Milla Dümichen

Mein lieber Oskar ...

Bibliographische Information

Text: Milla Dümichen
Lektorat: Rudolf Köster
Herstellung und Verlag:
BoD - Books on Demand, Norderstedt

Februar 2023

ISBN: 9783738617658

Ein Wort vorweg

Die Autorin dieses Buches lernte ich vor Jahren im Redaktionsteam des Füllhorn kennen. Milla Dümichen war bereits eine feste Größe in diesem Magazin für Soester Bürgerinnen und Bürger und überzeugte auch mich schnell mit ihren Geschichten, die das Leben schreibt, wie sie ihre Beiträge gerne nennt. Mir gefielen ihr fröhliches Wesen, ihre Fähigkeit, im Alltagsleben Beobachtetes in kleine Episoden zu formen, und vor allem ihre uneitle Offenheit für Anregungen. Besonders galt das für die sprachlichen Feinheiten des Deutschen. Als ehemaliger Deutschlehrer imponierte es mir, wie sicher sich Milla in einer Sprache bewegte, die sie erst als Vierzigjährige neu erlernen musste. Ihre Muttersprache war das Russische, als sie mit ihrer Mutter, einer Russlanddeutschen, die ihre Schullaufbahn noch mit Deutsch abgeschlossen hatte, 1992 aus Georgien nach Deutschland kam. Sie flohen, als der seit 1990 schwelende Kaukasuskonflikt zwischen Georgiern, Südosseten und Abchasen in einen Krieg ausartete.

Nur ihr erkennbar russischer Akzent, Reste grammatischer Wendungen, wie sie im Russischen für den Gebrauch der Artikel und Fälle gelten, und oft lustige Bedeutungsverwechselungen geben auch heute noch Zeugnis über ihre sprachliche Herkunft. Dieses Ärgernis für sie bekämpft sie offensiv mit der Bitte, sie in solchen Fällen gnadenlos zu korrigieren. Auf diese Weise pflegen wir seither eine Partnerschaft, die mit ihrer Umformung des westfälischen Pumpernickels zu Pimpernuckel entstand.

Mit viel Vergnügen begleitete ich daher ihre ersten Veröffentlichungen „Bittere Bonbons" sowie „Pustekuchen und andere Delikatessen" mit ihren Erlebnissen in der alten und neuen Heimat.

Diese Geschichten ließen Milla nicht ruhen. Besonders die Freude darüber, wie sehr ihre geliebte Mutter es genossen hat, nach so viel Leid in Verbannung und Arbeitslagern ihre letzten 25 Jahre im Sehnsuchtsland Deutschland verbringen zu dürfen, drängte sie, die Geschichte der entrechteten Russlanddeutschen in der ersten Hälfte des 20. Jahrhunderts am Beispiel ihrer Mutter zu erzählen. Nun liegt dieses Herzensprojekt Milla Dümichens als fiktives Tagebuch von Alma Peel vor. Und ich verhehle so manche Träne nicht, die ich bei der Durchsicht des Textes nicht halten konnte.

    Rudolf Köster, Gründungsmitglied der BördeAutoren

1

Als ich meine Mutter im Dezember 2014 fragte, was sie sich zu Weihnachten wünscht, ist es eher eine Höflichkeit. Seit Jahren schon hatte sie beteuert, sie brauche nichts, sie habe alles. Sie genoss ihre zentral gelegene betreute Wohnung mit Fahrstuhl, deren Süd-West-Ausrichtung sie den ganzen Tag mit hellem Sonnenschein verwöhnte. Auf den Fensterbänken und ihrem Balkon pflegte sie mit Begeisterung ihre unzähligen Pflanzen.

Viele ihrer jetzigen Nachbarinnen hatten im Luxus gelebt. Urlaub in Italien und Österreich, Pelzmäntel, Autos, Häuser in bester Lage. So was besaß meine Mutter nie. Aber im Gegensatz zu ihr waren nicht wenige Bewohner dort auf fremde Hilfe angewiesen, weil sich aus unterschiedlichen Gründen niemand aus ihrer Familie um sie kümmerte.

Da stand meine Mutter ein bisschen besser da: Sie hatte mich. Und das war ihr viel wichtiger als mehr Rente oder teure Möbel. Denn so kam sie in den Genuss, durch Wald und Feld ins Grüne gefahren zu werden und – was ihr sehr gefiel – in Boutiquen einkaufen zu können. Mit einem Rollator und per Bus wäre das zu weit und zu umständlich gewesen. Sie genoss diese Unternehmungen mit mir.

Vor allem das Schoppen. Jede Bluse, jeder Pullover wurde genau betrachtet und bewundert. Diese Sternstunden für sie waren ihr wichtig. Ihr Leben lang hatte sie nur Arbeit und Mangel gekannt und so etwas nicht gehabt. Doch nun wurden ihre Jugendträume im hohen Alter wahr. Mit meinem Zuspruch leistete sie sich das ein oder andere moderne Kleid. Endlich konnte sie ihre Sehnsucht nach Plissee-Röcken stillen. Inzwischen besaß sie um ein Dutzend solcher Röcke in verschiedenen Farben. So konnte auch sie punkten. Die schicken Kleider ihrer Nachbarinnen hatten ein bisschen an Glanz verloren.

Auch ihr ausgezeichnetes Gedächtnis und ihre Fähigkeit zu erzählen kamen nun zutage. Sie zitierte Gedichte, die sie in der Grundschule gelernt hatte, sie spielte ausgezeichnet Mensch ärgere dich nicht und konnte gut singen.

Und sie hatte mich, ihre Tochter, die sie fast jeden Tag besuchte. Meine Mutter wurde beneidet und gelobt. Die kleine Halbwaise, die ihr Leben lang geschubst, erniedrigt und ausgenutzt worden war, stand jetzt im Mittelpunkt.

An dem Tag, als ich Mama fragte, was sie sich zu Weihnachten wünsche, fiel mir auf, wie klein, wie zierlich sie geworden war. Geschrumpft um mehrere Zentimeter und etliche Kilo. Ich drückte sie sanft an meine Brust. In meinem Alter war sie kräftig und flink gewesen. Sie hatte nie Zeit, sich im Spiegel zu betrachten. Immer werkelte sie im Garten und im Stall, Winter und Sommer. Immer ein Kopftuch – unter dem Kinn nach hinten geschlungen und geknotet. Ich habe ihre wunderschönen kastanienbraunen Haare damals selten gesehen, nur dann, wenn sie diese wusch und in der Sonne trocknen ließ. Sie leuchteten rötlich und fühlten sich weich und geschmeidig an. Meine Mutter hatte ihr geheimes Pflegerezept: Regenwasser mit ein paar Tropfen Essig.

Ich betrachtete sie von der Seite und mir wurde schwer ums Herz. Sie war 97. Sie war fest davon überzeugt, ein himmlischer Schutzengel habe ihr geholfen, die sibirische Kälte, Arbeit bis zum Umfallen, Krankheiten und Verluste zu überstehen. Im Ersten Weltkrieg geboren, im zweiten vier Jahre Zwangsarbeit geleistet, ihre große Liebe verloren, gehungert, gebangt, sich gefügt und überlebt. Sie war doch noch so jung damals. Was war mit ihren Gefühlen, sexuellen Bedürfnissen? Das alles ist mir besonders dann durch den Kopf gegangen, wenn ich ihr beim Duschen half. Schmaler Rücken, hängende Brüste, dünne Beine. Doch sie lachte vergnügt. Noch ging es ihr gut, noch genoss sie die Zeit, als gebe es kein Morgen.

Wie lange noch? Ich wollte ihr jeden Wunsch erfüllen und ließ nicht locker. Hakte nach mit der Frage nach einem Weihnachtsgeschenk. Als sie mir antwortete, musste ich erst mal staunen: Sie wünschte sich ein Buch, das ein russisches Archiv neulich veröffentlicht hatte. Ich bestellte es, und als es eine Woche später mit der Post kam, hatte ich schon vergessen, worum es ging.

„Heimatbuch" stand auf der Titelseite. Ich blätterte kurz darin – lauter Namen und Orte, die mir nichts sagten. In den Weihnachtsvorbereitungen hatte ich nicht viel Zeit, um das Buch zu lesen, und so wickelte ich es in ein buntes Weihnachtspapier und schrieb „Alma" darauf.

Als ich es unter den Weihnachtsbaum legte, konnte ich nicht ahnen, dass es unser letztes gemeinsames Weihnachtsfest werden sollte. Ein halbes Jahr später verließ sie uns für immer.

Mehrere Wochen ließ ich mir Zeit mit der Wohnungsräumung. Seit Mamas Tod hatte alles plötzlich einen anderen Wert, jede Notiz, jedes Foto, jeder Gegenstand. Sollte ich es weggeben? In einen Container wegwerfen? Unter Bedürftige verteilen? Nein, noch konnte ich nicht loslassen, ich war noch nicht so weit. Vielleicht bald, vielleicht irgendwann, redete ich mir ein.

Eine Holzkiste, die ich im Schlafzimmer in einer Kommode fand, nahm ich mit nach Hause. In ihr hatte sie ihre wichtigen Dokumente aufbewahrt. *Dutzende Schulhefte, einige Bilder und eine Unzahl loser Blätter liegen darin, obendrauf das Heimatbuch und ein Brief.*

„24. Dezember 2014
Mein liebster Oskar! Heute Nacht habe ich von dir geträumt, seit langem mal wieder. Hand in Hand sind wir im Wald spazieren gegangen zu unserem Lieblingsplatz. Wir haben uns geliebt. Ich schloss meine Augen, und als ich glaubte in deinen Armen verbrennen zu müssen, löstest du plötzlich deine Umarmung und warst weg. Die schwankenden Zweige deuteten die Richtung, in die du verschwunden warst.
Ich rief dir nach und lief dir hinterher. Aber du antwortetest mir nicht. Die stacheligen Äste zerkratzten meine nackten Beine und mein Gesicht. Ich blieb stehen und wischte mir das Blut vom Gesicht. Eine innere Stimme sagte mir: Du bist weg, dieses Mal für immer. Für immer.
Ich werde wach, weil ich keine Luft mehr kriege. Ich bin durchgeschwitzt und mein Herz rast heftig. Einen Moment überlege ich, wo ich bin. Der Mond beleuchtet nur sparsam mein Zimmer, den Nachttisch und die Wanduhr. Zwei Uhr. Meine Füße sind eiskalt trotz Wollsocken.
Ich versuche die Fetzen meines Alptraums festzuhalten, aber es gelingt mir nicht. Ein schöner und doch schrecklicher Traum war das. Ich rede mir ein, es ist nur ein Traum, nichts weiter, doch ein unbehagliches Gefühl, dass es um eine Botschaft ging, bleibt noch eine Weile in mir haften.
Liegen bleiben macht keinen Sinn, ich werde nicht wieder einschlafen können. Ich ziehe mir meinen Bademantel über mein verschwitztes Nachthemd und

öffne die Balkontür. Frischer, würziger Nelkenduft weht vom Balkon herein. Ich atme tief ein. Dieser vertraute Duft begleitet mich über Jahrzehnte. Wo ich auch wohne, einen Topf mit Nelken auf dem Balkon gönne ich mir. Den bepflanze ich noch selbst.

Und überhaupt geht es mir gut, auch wenn es nur Kleinigkeiten sind, die ich noch selbst erledigen kann. Mir zum Beispiel die Fingernägel selbst schneiden oder ein Süppchen allein kochen können, das macht mich glücklich und zufrieden. Noch vergesse ich nicht, die Kochplatten auszuschalten, wie es meiner Nachbarin schon passiert ist.

Der Spiegel im Bad zeigt mir eine alte Frau mit zerzaustem Haar und welkem Gesicht. Alt bin ich geworden. Ein Schatten meiner selbst. Meine ehemals welligen, kastanienbraunen Haare sind grau und dünn geworden. Mein Gesicht ist mit Falten und Furchen gezeichnet, eingegraben in 97 Jahren.

Ich habe es mir nicht ausgesucht, so lange zu leben. Manchmal wollen meine Beine nicht weiterlaufen. In der Hüfte zieht es, pocht der Schmerz, krabbelt langsam nach unten in die Knie, so wie jetzt. Ich leg mich wieder hin, spanne die Muskeln an und lasse sie wieder los. Und noch einmal. Die Übungen sind nicht schwer, doch sehr wichtig. Nach kurzer Zeit vergeht der Schmerz, wenn auch nicht für immer.

Ich setze mich in meinen Sessel und schau mir die Fruchtstände meiner Balkonpflanzen an, die ich in den Winter hinein als Futtermöglichkeit für die Vögel stehen lasse. Bald werden die kleinen Sänger nichts mehr dort finden und ich werde das übrig gebliebene Gestrüpp entsorgen. So wie mich. Ich bin am Ende meines Lebens angelangt. Es ist auch für mich der Winter gekommen, und der Mann mit der Sense klopft schon an die Tür. Auch wenn sich gerade ein wenig Dezembersonne noch mal richtig ins Zeug legt.

Ich kämpfe mich ebenfalls durch meine letzten Tage. Mache gewissenhaft meine Übungen, um die Muskeln nicht erlahmen zu lassen. Doch wie lange schaffe ich das noch? Aber solange nicht alles düster um mich ist und die Schmerzen sich in Grenzen halten, erfreue ich mich an vielen Dingen.

Es macht mich glücklich, dass ich in die Heimat meiner Vorfahren zurückgekehrt bin, die sie vor dreihundert Jahren aus der Not heraus verlassen haben. Es macht mich glücklich, zu wissen, dass ich nicht irgendwo im weiten verschneiten Osten Russlands begraben werde.

Ab und zu, und in letzter Zeit immer öfter, denke ich an meine Heimat Ukraine. 1936 musste ich sie verlassen. Aber das weißt du ja. Schade, dass ich es in all den Jahren nicht geschafft habe, diesen Ort noch einmal zu besuchen, den großen Stein vor unserer Haustür zu streicheln und mit dem Akazienbaum meinen Frieden zu schließen. Dem habe ich lange nachgetragen, dass er der Eule Schutz gewährt hatte. Der Eule, die mit ihrem Schrei Mamas Tod prophezeite.

Vor einiger Zeit schickte mir mein Bruder ein Bild unseres Hauses mit der Scheune und dem Stall, von ihm selbst gezeichnet. Auch 80 Jahre und tausende Kilometer von diesem Ort entfernt habe ich noch alles in meiner Erinnerung. Auch das, was ich wo und wie überlebt habe, würde für zwei bis drei Menschenleben reichen.

Ich danke Gott, dass er mir meinen klaren Kopf erhalten hat, sodass ich mich noch an alles gut erinnern *kann, auch an die schlimmen Zeiten wie Krieg, Hunger, Vertreibung, Abschied. So oft gebangt, so oft getrauert. Manche Erinnerungen schmerzen immer noch.*

Meine Nachbarin sagte vor kurzem, wir werden es noch an meinem 100. Geburtstag krachen lassen. Ich weiß nicht, was ich davon halten soll. Soll ich lachen? Soll ich mich freuen? Blumenduft, Vogelgezwitscher, warme sonnige Tage, das alles freut mich und gibt mir immer wieder Kraft und vielleicht auch ein bisschen Hoffnung.

Gewiss, Hoffnung für so eine Greisin wie mich, klingt komisch, aber es tut mir gut. Und warum soll ich mir Sorgen machen? Es geht mir gut, meine kleine Rente reicht mir, und die kurzen Wege zum Geschäft kann ich gut bewältigen.

Die Angebote an Lebensmitteln sind hier reine Zerstreuung. Es bleiben keine Wünsche offen. Wenn du das alles sehen könntest! Ich tapere von Regal zu Regal und zerbreche mir den Kopf. Früher habe ich an den Feiertagen ein Huhn geschlachtet, Nudeln selbst gemacht und Suppe gekocht. Zum Nachtisch gab es Mohn- oder Nusskuchen.

Ich darf nicht zu viel auf einmal kaufen. Meine Kräfte reichen gerade, um die Tüte nach Hause zu bringen. Dann nehme ich auch den Fahrstuhl in Anspruch. Sonst laufe ich zu meiner Wohnung im ersten Geschoss zu Fuß. Es muss sein, das hält mich fit. Meine Ärztin ist jedes Mal hellauf begeistert, wenn sie mir meine Befunde präsentiert. Die würden wesentlich jüngere Leute glücklich machen, meint sie.

Und wieder zieht es in der Hüfte. Meine Tochter redet mir gut zu: „Ich bringe dich zum Arzt." Er ver-

schreibt Krankengymnastik und schickt mich zum Röntgen. Was für eine Verschwendung! Ist doch klar, dass in meinem Alter alles Mögliche kaputt ist, auch die Hüfte. Sie ist einfach müde mit ihren fast 100 Jahren!

Mit einem Rollator laufen will ich nicht. Ich habe viele alte Menschen mit blauen Flecken im Gesicht oder Bein- und Schulterbruch gesehen, denen der Rollator die Hilfe versagt hatte. Neulich wollte die Ärztin mich von den Vorteilen eines Rollators überzeugen. Ich habe mich so energisch gewehrt, bis sie endlich sagte: „Ich sehe schon, sie sind zu jung für einen Rollator."

Und immer die Füße beim Gehen anheben nicht vergessen. Als ich einmal gestolpert bin und mich eine Woche lang mit einem blauen Auge nicht aus der Wohnung traute, ärgerte ich mich über meine eigene Dummheit.

Manchmal denke ich an mein Ende im Kreislauf der Natur. Alle meine Geschwister bis auf eine Schwester sind tot. Wie wird mein Ende sein? Der Moment, wenn alles zu Ende geht? Wie ist es, nicht mehr zu sein, nicht mehr zu existieren? Werde ich Schmerzen haben? Was muss ich noch erledigen, bevor ich gehe?

Ich lege mein Schicksal in Gottes Hände. Eines Gottes, der nicht gefürchtet werden muss, der nicht richtet und der keinen Grund zur Bestrafung hat. Er hat mich noch nie im Stich gelassen.

Lieber Oskar, Ich muss jetzt los, ich feiere Heiligabend bei meiner Tochter, mit Enkeltochter und Urenkeln. Ich freue mich das ganze Jahr darauf. Wer weiß, wie lange noch?"

Ich lege den Brief beiseite, als ich auf dem nächsten Blatt eine zweite Datierung lese. Ich ahne, was ich dort lesen *werde.*

Wäre der Brief nicht in Mamas Schrift geschrieben, hätte ich nach den ersten Zeilen behauptet, er sei nicht von ihr. Aber es ist ihre Handschrift. Und er lag in der Holzkiste, die schon seit Jahren meiner Mutter gehört – direkt über dem Heimatbuch, aus dem sie nach sieben Jahrzehnten Ungewissheit endlich erfahren konnte, warum aus ihrem Lebenstraum mit Oskar nichts hat werden können.

Ich schaue mich in Mamas Wohnung um. Wo hat sie gesessen, als sie diesen Brief verfasste? An dem runden Tisch, auf dem die weiße, glatt gebügelte Tischdecke liegt? Oder saß sie entspannt in ihrem Lieblingssessel, den Schreibblock auf dem Schoß?

Nach über siebzig Jahren hat meine Mutter eine Liebeserklärung an Oskar geschrieben, ihre erste Liebe, den Vater ihrer Tochter Linda, meiner Halbschwester. So sehr mich diese Zeilen rühren, sie irritieren mich auch. Was ist mit meinem Vater, ihrem Ehemann, mit dem sie 47 Jahre verheiratet war? Liebte sie ihn nicht?

Mir wird klar, wie wenig ich über meine Mutter weiß. Ich weiß, dass sie 1917 auf dem Rückweg aus der Verbannung in die Ukraine geboren wurde und ich eine Halbschwester Linda habe, die ich nur einmal in meinem Leben traf. Ich war damals drei Jahre alt. Ich werde mich mit ihr in Verbindung setzen müssen.

Ich stöbere weiter in Mamas Heften mit Aufzeichnungen, nicht ohne schlechtes Gewissen, und doch in der Hoffnung, weiteres zu erfahren. Wäre es ihr recht, wenn ich das lese? Fragen kann ich Mama nicht mehr. Aber sie hat sie mir dagelassen. Sie hätte ja auch alles im Altpapiercontainer entsorgen können. Also traue ich mich und finde viele dicht beschriebe Seiten, mal in schöner Schrift, mal hakelig – eben so, als hätte sie etwas ganz Wichtiges schnell eintragen müssen, bevor sie es vergisst. Zum Beispiel Notizen wie diese:

„Laut Geburtsurkunde bin ich in der Ukraine geboren, in Wirklichkeit aber am 21. Januar 1917 bei Samara, 860 Kilometer vor Moskau und immer noch ca. 2.000 km von Wolhynien, der Heimat meiner Eltern, entfernt. An einem Sonntag, als der Erste Weltkrieg und der Bürgerkrieg in Russland wütete."

Ich denke an unser letztes gemeinsames Weihnachtsfest. Mama sah etwas müde aus, aber sie sang tapfer mit den Enkeln „Stille Nacht" und „Jingle Bells", trank einen Schluck Rotwein und lobte meine allweihnachtliche Ente.

Um uns Stress zu ersparen, haben wir schon vor ein paar Jahren entschieden, keine Weihnachtsgeschenke für Erwachsene zu machen, nur die kleinen Kinder dürfen sich auf sehr Ersehntes oder auch Überraschendes freuen. Mama bekam ausnahmsweise das in schönes, buntes Geschenkpapier eingewickelte Heimatbuch, das sie sich gewünscht hatte. Mit einem Mal hatte sie es sehr eilig, nach Hause zu gehen.

Nun weiß ich endgültig, warum. Sie wollte allein sein, in dem Buch stöbern und auf Spurensuche gehen. Und welch ein Zufall, sie ist dort ja auch fündig geworden.

Immer wieder verbringe ich Stunden mit der Lektüre der unterschiedlichen Hefte und einiger loser Blätter. Aus dem Puzzle ihrer Notizen wurden langsam Bilder und Geschichten, in denen ich meine Mutter in einem ganz neuen Licht sehe. Geschichten vor allem über Leben, Leiden und Leistungen von Frauen in einer schweren Zeit.

Ich entschließe mich, diese Geschichten zu ordnen, zu einer Erzählung des Lebens meiner Mutter werden zu lassen. Ich will versuchen, ihre Aufzeichnungen mit all dem zusammenzufügen, was ich von Mama und anderen *über das Leben und Leiden der Deutschen und Deutschstämmigen in Russland in der ersten Hälfte des 20. Jahrhunderts erfahren habe.*

Ich muss es einfach. Denn bin ich es ihr und mir schuldig, dass meine Kinder und Kindeskinder die Möglichkeit erhalten, ihre familiären Wurzeln kennenzulernen. Soll vergessen werden, woher wir kommen und unter welchen Bedingungen unsere Vorfahren gelebt haben?

Ich bin sicher, dass meine Mutter mich dabei unterstützt hätte. Das entnehme ich einer späten Notiz aus den Achtzigerjahren über die Todesnachricht ihrer in die USA ausgewanderten Cousine Katarina, die meine Mutter damals über das Rote Kreuz ausfindig gemacht hatte:

„*Heute ist der Totenbrief von Katarina angekommen. Sie wird mir also die versprochene Kopie von Tante Almas Tagebuch nicht mehr schicken können. Ich hätte es gerne gelesen. Vielleicht hätte es mir Mut gemacht, das zu ordnen, was ich manchmal notiert habe, weil es mir gerade besonders wichtig war, weil ich mit etwas nicht zurechtkam oder auch, um mir Kummer von der Seele zu schreiben. Aber wie soll ich nach so vielen Jahren mein Leben rekonstruieren, Verbindungen herstellen, Unerklärliches nachträglich erklären?*"

Anscheinend ließ es ihr keine Ruhe. Sie hat es auf ihre Art gemacht und ich werde versuchen, aus ihren Erzählungen und Notizen ihr Leben und das ihrer Familie zu rekonstruieren, als ob meine Mutter uns ihre Wünsche, Ängste und Gefühle selbst beschreiben würde. Als ob sie doch aus ihrem ungeschriebenen Tagebuch eine Autobiografie gefertigt hätte. Den Roman eines Lebens in schweren Zeiten – in Freud und Leid und mit dem unbändigen Willen, zu überleben und wenigstens ein kleines Stückchen Glück zu erhaschen. Selbst nicht mehr abge-

schickte Briefe an ihre große Liebe sollen davon erzählen – und auch solche, die sie auf den Postweg zu Oscar gegeben hat, nicht wissend, ob sie ihn überhaupt erreichen konnten oder nicht. Auch für das Leben meiner Mutter wichtige Erlebnisse anderer aus der Großfamilie und Beiträge aus deren Sicht werde ich dabei so aufnehmen, als ob diese es noch selbst erzählen könnten. Die Quellen dafür sind meine Gespräche mit ihnen oder das, was Mama mir über sie erzählt oder in ihren Aufzeichnungen hinterlassen hat. Sie werden auf den folgenden Seiten auch als Erzählende zu Wort kommen, neben meiner Mutter, die nun den Anfang macht.

Alma

Eduard, in der Familie Ed genannt, kann nicht schlafen. Ein kräftiger Januarsturm heult und pfeift durch die Ritzen des Pferdewagens. Morgen, bei Tageslicht, muss er die Undichtigkeiten in der Plane versiegeln. Auch die Pferde untersuchen und die Hufeisen fester annageln. Das kann er selbst machen, ohne einen Hufschmied suchen zu müssen. Das nötige Werkzeug dazu hat er sich besorgt. Und die Vorräte müssen inspiziert werden, alles soll noch für mehrere Wochen reichen. Ed versucht zu schätzen, wie lange sie schon unterwegs sind, seit sie in diesem Winter 1916 aus Sibirien aufgebrochen sind. Zwei Monate oder länger? Morgen wird er in seinem Kalender nachschauen und nachrechnen, wie lange sie noch bis zu ihrem Ziel brauchen.

Aus der Tiefe des Wagens dringt ein dumpfes Stöhnen seiner schwangeren Frau Emilia. Jetzt kommt es darauf an, rechtzeitig eine Hebamme zu finden. Seine Frau ist zäh, und es ist ihr drittes Kind, aber sie ist Mitte dreißig, nicht mehr die Jüngste. Sie ist tapfer, obwohl die Kälte und ihr schmerzender Rücken sie quälen.

Ed schaut in die Ecke, wo seine beiden Söhne schlafen. Der große, Edmund genannt, ist acht, kerngesund und kräftig. Er hilft Ed schon bei der Arbeit, kann auch die Pferde lenken, wenn Ed die Augen vor Anstrengung zufallen wollen. Aber der Kleine, Reinhard, bereitet ihm Kummer. Er hat gerade eine schlimme Krankheit überstanden. Die Reise über mehrere Monate in einem Pferdewagen durch das wilde kalte Russland zehrte an allen. Für Reinhard schien es bis vor einigen Tagen noch die letzte Reise zu sein.

Das setzt Ed zu, er fragte sich oft, ob es ein Fehler gewesen war, die Reise trotz der Schwangerschaft seiner Frau und der winterlichen Temperaturen anzutreten. Aber zwei Jahre sibirische Verbannung hatten ihn angetrieben: Ihm fehlte die Heimat mit ihren Wäldern und dem guten Klima, auch der Kontakt zu den Verwandten und Freunden, die durch glückliche Fügung nicht deportiert worden waren und zu Hause bleiben konnten.

Eds Gedanken wandern zurück nach Sibirien, zurück ins Jahr 1915, als die russische Regierung ihrer Deportation dorthin eine gesetzliche Grundlage gegeben hatte.

Damals hatten die Feindseligkeiten gegen die Deutschen in der Ukraine während des Krieges ihren Höhepunkt gefunden. Sie wurden zwangsenteignet und weit ins Landesinnere vertrieben. Man unterstellte ihnen, sich mit der vorrückenden Armee des Deutschen Reichs zu solidarisieren und zu verbünden. Dabei hatten sie in allen Zeiten dem Zaren die Treue gehalten. Aber in Kriegszeiten misstraute der Staat den Deutschen und ihrer Loyalität.

Schon bei der Ankunft gab es viele Probleme bei der Unterbringung der Verbannten. Es wurden eigene Unterkünfte für sie eingerichtet, was die dortige Bevölkerung ganz und gar nicht begeisterte. Es war ein bescheidenes Leben, und diejenigen, die keine Zimmer bekommen hatten, waren sogar gezwungen, Erdhütten als Notunterkunft zu bauen.

Die Erdhütten waren kuppelförmige und etwas in den Boden eingelassene provisorische Häuser, deren Gewölbegerüst mit Weidezweigen, Gras und Erde abgedeckt wurde. Manche Familien mussten mehrere Monate in dieser Dunkelheit und Feuchtigkeit hausen, bis sie eine einigermaßen normale Wohnung beziehen konnten. Glücklicherweise fand Ed ein Zimmer bei einer freundlichen Familie.

Aber das Schwierigste war, in dieser Gegend eine Arbeit zu finden, mit der die Familie ernährt werden konnte. Die meisten Deportierten waren Bauern, Weber oder Schumacher. Frauen versuchten es mit Schneidern und Sprach- oder Musikunterricht.

Ed bewarb sich im Frühjahr bei den Dorfbewohnern als Zeitarbeiter, um Lebensmittel zu verdienen. Doch die einheimischen Bauern waren auch nicht reicher als die Verbannten. Ausgebeutet durch hohe Steuern, fehlten vielen die richtigen Geräte für die Bearbeitung des Bodens für die Ernte. Auch Zugtiere, Pferde, Ochsen oder Kühe für die schwerste Arbeit waren Mangelware.

Ed musste in dieser Zeit erfinderisch sein. Er besuchte mit dem Pferd die umliegenden Dörfer und bot seine Dienste an. Die Witwen und Frauen, deren Männer an der Front kämpften, freuten sich, wenn er im Dorf erschien. Sie baten ihn, das zu reparieren, was sie nicht selbst erledigen konnten. Einen Pflug oder eine alte

Uhr, und Ed war es gleich, was zu reparieren war. Wichtig war nur, dass er dafür Milch, Eier, Speck und Gemüse bekam. So wurde die Familie versorgt. Als er bald ein leichtes Wägelchen selbst gebaut hatte und die Familie zu seinen Ausflügen mitnehmen konnte, wunderte sich meine Mutter, wie groß sein Kundenstamm geworden war. Das waren überwiegend junge, hübsche und liebebedürftige Frauen. Mit gespielter Eifersucht fragte Emilia ihren Mann, ob sie sich Sorgen machen müsse, dass er sich hier womöglich eine Bäuerin suche und bleiben wolle. Ansonsten gab es aber nicht viel zu lachen.

Als sich Ende 1916 herumgesprochen hatte, dass die Regierung plante, Diskriminierungen zu mildern und die Deportierten in ihre Heimat zurückkehren zu lassen, wollte Ed die Gelegenheit ergreifen. Zwar hatte ihn Alma, seine Cousine aus Amerika, in ihren Briefen vor einer Rückkehr gewarnt, und er selbst ahnte, dass sein zurückgelassenes Hab und Gut wohl längst unter Russen und Ukrainern verteilt, verschenkt oder verpachtet worden war und ihn keine Entschädigung erwartete. Aber Ed wollte trotzdem zurück in die Ukraine.

Auch als seine Frau ihn bat, lieber Russland ganz zu verlassen, egal wohin, ob Deutschland, Kanada oder die USA, ließ er sich nicht umstimmen. Er wollte auf jeden Fall zuerst nach Hause, eine Ausreise ohne behördliche Genehmigung kam für ihn nicht in Frage. Schon Angesichts der Gefahr, wegen illegalem Grenzübertritt erneut nach Sibirien deportiert zu werden.

Da hatte ihm seine Frau zugestimmt, aber sie war fest entschlossen, dieses Land, in dem sie Fremde geworden waren und herumgeschubst wurden, nicht mehr als ihre Heimat zu betrachten. Für sie war die sibirische Verbannung ein Albtraum gewesen.

Ed wollte gleich den Winter über die Gunst der Stunde zur Rückkehr in die Ukraine nutzen. Sie kämen dann leichter voran als zu jeder anderen Jahreszeit, wenn alle Wege durch Russland und die Ukraine zu Matsch werden, falls es ein paar Tage regnet und die Pferde und Wagen im Schlamm versinken.

Mit dieser Entscheidung sollte er großes Glück haben, denn schon bald, im Juli 1917, verschärfte sich die Lage wieder. Die Regierung wollte verhindern, die Deutschrussen in den Westen Russlands heimkehren zu lassen, wo sie sich in der Nähe von Frontlinien befinden würden. Sie könnten sich mit dem Feind verbünden und dem Vaterland schaden. Wer das Zeitfenster bis dahin verpasst hatte, blieb für sehr lange Zeit in Sibirien, wenn nicht sogar für immer.

Ed schaffte ein zweites Pferd und einen Schlitten an. Mit Plane überdacht, bot der Pferdewagen einen guten Schutz gegen Wind und Schnee. Alles, was die Familie für den weiten Weg brauchen würde, verstaute er in Holzkisten, die er an den beiden Wagenseiten anbaute. Während die Familie schief, saß er nächtelang am Tisch bei Kerzenlicht und rechnete und grübelte, wie lange sie für die etwa 2.500 Kilometer brauchen würden. Pferde können 60 km pro Tag schaffen, je nachdem, ob sie im lockeren oder schnellen Trab laufen. Sie mussten Übernachtungen einplanen, die Geld kosten würden. Oder Lebensmittel: Speck, Honig, Korn, Käse, Nüsse und getrocknetes Obst. Alles wurde durchdacht und geplant. Nach Berechnungen der Frau sollte ihr Kind im Februar kommen. Bis dahin könnten sie bei gutem Vorankommen fast zu Hause sein.

Mit gutem Gefühl zogen sie los, in der Hoffnung, dass niemand krank wird. Aber ausgerechnet das passierte.

Reinhardt wurde krank. Er hatte Durchfall, hörte auf zu essen und bekam Fieber. Ganz still lag er in seiner Schlafecke und schaute mit leerem Blick in den Himmel. Mit schwerem Herzen kaufte Ed vorsorglich Bretter: Wenn es so weit wäre, wollte er selbst einen Sarg bauen. Doch solange noch Hoffnung bestand, taten sie alles, um ihren Sohn am Leben zu halten.

Bei dem Gedanken an seinen Kleinen schreckt Ed aus seinen Erinnerungen auf und sieht nach ihm. Reinhard schläft tief und fest, sein Atem geht ruhig. Seit zwei Tagen hat er kein Fieber mehr und gestern mit Appetit von den am Schwarzmarkt organisierten Salzheringen gegessen. Ed ist voller Zuversicht, sein Sohn scheint über den Berg zu sein, und sie werden es schaffen, ganz bestimmt. Gott wird ihnen beistehen.

Ed schiebt den Vorhang etwas zur Seite. Sogleich fährt ihm der Schnee schmerzhaft ins Gesicht. Der Wind hat zugenommen und pfeift nun in hohen Tönen. Himmel und Erde sind eine Schneewand. An einem etwa fünfzig Meter entfernten Kirchturm schlägt die Uhr fünf.

Beim ersten Tageslicht werden die Kinder wach, sie machen eine Essenspause. Ed schließt den Vorhang wieder und schläft ein. Sein Sohn übernimmt die Zügel, und es geht weiter. Der neue Tag beginnt heiter. Das nächtliche Schneetreiben beruhigt sich und die Sonne zeigte sich zaghaft am Horizont.

Es wird ein besonderer Tag. Das ständige Rütteln, die Kälte und Aufregung beschleunigen die Wehen bei Eds Frau. Trotz allem erreicht die Familie rechtzeitig ein Krankenhaus. Ein Mädchen erblickt etwas früher als geplant die Welt. Ein älterer Arzt hält Ed ein winziges, mit glitschigem Schleim bedecktes Mädchen hin. Er drückt seine Lippen an ihr Köpfchen und atmet erleichtert auf. Es ist das schönste Kind, das er je gesehen hat. Sofort verliebt in das kleine Wesen blickt der stolze Vater sein Mädchen an und flüstert ihm zärtlich zu: „Ich werde dich Alma nennen, nach deiner Großcousine."

2

Das kleine Mädchen in Eds Händen ist meine Mutter Alma. Herauszufinden, wer ihre Großcousine gleichen Namens war und warum mein Opa Ed seine Tochter nach ihr nannte, war nicht einfach. Aber Mamas Notizen aus dem Holzkistchen und auch Hinweise dort auf mir unbekannte Menschen ließen mich in eine andere Zeit und Welt eintauchen. Wer zum Beispiel war Katarina?

Ich lasse sie als erste Nebenerzählerin zu Wort kommen. Sie stellt uns in ihrem Bericht ihre Mutter Alma, Mamas Großcousine, vor. Die Frau, für die mein Großvater Eduard als Jugendlicher so sehr schwärmte und die daher zur Namenspatin meiner Mutter wurde.

Katarina

Ich war ein Kuckuckskind. Es war ein recht schlechter Start für das Leben, wenn man bedenkt, dass ich Anfang des zwanzigsten Jahrhunderts geboren wurde. Die ersten Autos eroberten die Straßen. Start des ersten deutschen Zeppelins und die rasante Entwicklung des Telefons. Und ich hätte das alles beinahe nicht erleben dürfen, weil ich nicht aus ehelicher Zeugung stammte. Jeglicher Schwangerschaftsabbruch war verboten, aber verzweifelte schwangere Frauen gingen zum Pfuscher und ließen ihre Leibesfrucht beseitigen. Viele der Frauen starben nach dem Eingriff an Infektionen, weil auf Hygiene bei den „Engelmachern" oft wenig Wert gelegt wurde.

Zum Glück war meine Mutter Alma die Lieblingstochter von Opa Hinrich. Das kam ihr zugute. Er konnte seine Tochter nicht in der Gosse verenden lassen. Er war ihr – und damit auch mein – Retter. Für Tante Matilde, Almas jüngere Schwester, sah die Sache allerdings ganz anders aus. Sie hasste es, wenn die Eltern Alma bevorzugten und verwöhnten.

Später, als ich schon längst erwachsen war, beschrieb uns Oma Theresia, Opa Hinrichs Frau, eine unschöne Szene, die sie im Kreise der Familie erleben musste:

„Als Opa Hinrich wieder mal davon schwärmte, dass Alma so begabt, dazu ein hübscher, einfach reizender Engel und sein Ein und Alles sei, wurde Matilde wütend. Besonders, als er dann auch noch zustimmend erwähnte, Alma sei als junge Frau nicht nur eine gute Reiterin, sondern auch eine prachtvolle Tänzerin gewesen, da war Matildes Geduld zu Ende.

Sie beschimpfte Alma als ein schlimmes, verzogenes, wildes Ding, das besser gleich ihren späteren Mann Max geheiratet hätte, anstatt erst ihre Träume und Illusionen auszuleben. Alma sei alles andere als ein Engel, auch wenn sie so aussähe und alle entzückt von ihr wären. Sie habe als jüngere Schwester Papas Liebling ganz anders erlebt. Gelitten habe sie unter ihr, vor dem ständigen abschätzigen Spott über ihre Pummeligkeit.

Opa Hinrich, wütend über diesen Ausbruch seiner jüngeren Tochter, suchte noch nach Worten, als Mathilde erregt nachlegte. Ihn verächtlich danach befragte, was Alma denn den Eltern beschert habe, und die Frage gleich selbst beantwortete.

Ein Kuckuckskind habe sie ihrem Max untergeschoben! Und dann sei sie nach Amerika abgehauen, ohne sich um die Eltern zu kümmern!"

Diese Szene habe sich tief in ihr Gedächtnis eingegraben, versicherte Oma Theresias mir, sie habe Mathildes Ausbruch nie vergessen können.

Ich weiß auch, dass es Mathilde maßlos ärgerte, wie wenig Max, mein offizieller Vater, an der Wahrheit interessiert war. Max, fünfzehn Jahre älter als Alma, hatte aus dem Krieg ein steifes linkes Bein mitgebracht. Er war ein brillanter Briefverfasser, romantisch und sehr vermögend. Ob es seine vielen leidenschaftlichen Briefe in dunkelvioletter Tinte, die wie Blut aussah, waren, die meine Mutter dazu bewegt haben, ihn zu heiraten, oder sein Vermögen, hat meine Mutter nie erwähnt. Doch sie blieb bis zu seinem Tod an Max' Seite.

Womöglich war es ihre klügste Entscheidung überhaupt, als ihre Wespentaille von Tag zu Tag fülliger und Mahnungen der Eltern immer lauter wurden, die Ehre der Familie nicht zu beschmutzen. Aber Max war überglücklich, seine große Liebe heiraten zu können. Und dazu bekam er eine entzückende kleine Tochter. Sobald er die Angst überwunden hatte, mich behutsam in seinen Armen zu halten, um mich nicht zu zerquetschen, verwöhnte er mich maßlos.

Ich liebte ihn innig.

Alma

Das erste Mal hatte ich von meiner Namensvetterin Alma gehört, als ich fünf war. Mein Vater zeigte mir ein kleines Foto von meiner Großcousine; das einzige, das er besaß. Er strich zärtlich über die vergilbte, rissige Oberfläche und bedauerte, dass es nicht das beste Foto von ihr sei, denn sie wäre viel hübscher gewesen, mit schmaler und schlanker Taille und kastanienbraunem Haar. Ich wunderte mich sehr, dass er so liebevoll von ihr sprach. Warum hatte er seine zwei Jahre ältere Cousine so gut in Erinnerung behalten? Als sei es erst gestern gewesen, dass er sie das einzige Mal gesehen hatte. Damals, als er sich mit seinen 15 Jahren, fast noch ein Kind, hoffnungslos in sie verliebte.

Er wirkte glücklich und unbeschwert, während er von diesem zauberhaften Sommer auf dem Landgut seiner Tante Theresia erzählte. Meine Schwestern und ich saßen still und lauschten gebannt den Geschichten aus der Vergangenheit, als Mädchen und junge Frauen noch Kleider aus Seide und Atlas trugen, sich in Musik und Tanz übten und Pferde mit einem Sattel ritten.

„Ich möchte auch so schön sein und solche hübschen Kleider tragen", rutschte mir heraus.

Aber ... „Schönheit vergeht!", unterbrach mich meine Mutter und strich meine Wange. Vater schien uns nicht zu hören, er steckte tief in seinen Erinnerungen. Mit einem Hauch von Ironie über sich und seine damaligen Gefühle fuhr er fort zu erzählen.

Ed

Ich war so verliebt in Alma, dass es mir das Herz zerriss, als ich sah, wie sie allen Männern den Kopf verdrehte. Sie liefen ihr überall nach und bettelten um den ersten Tanz oder um das Recht, ihr aus dem Sattel zu helfen. Mich mochte sie auch; gewiss, aber nicht so, wie ich es gerne gehabt hätte. Sie knuddelte mich wie ein Kind, wuschelte meine Haare durch und gab mir unschuldige Küsschen auf die Wangen. Sie spielte gut Klavier und ermutigte mich, sie mit meiner Klarinette zu begleiten, die ich schon seit zwei Jahren übte. *Ed,* sagte sie zu mir, *du hast Talent. Du solltest unbedingt Musiker werden!* Und ich bildete mir ein, dass ich mit achtzehn ein bekannter Musiker sein würde und Alma heirate. Wie naiv war ich!

Alma

Vater strich das Foto mit flacher Hand, so, als ob er die Kränkung und die Enttäuschung wegwischen wollte. Ich saß aufgewühlt da, und als Vater das Foto in die Schachtel zurücklegen und aufstehen wollte, streckte ich ihm meine Hand entgegen. „Was ist mit Alma weiter passiert, Vater? Erzähl mir bitte!"
„Es ist schon spät, mein Kind. Geh schlafen." Er lächelte mir zu, strich über meine langen hellbraunen Haare und sagte sanft: „Ich habe dich nach ihr genannt, Alma. Du siehst ihr sehr ähnlich."
Plötzlich sah er müde und besorgt aus. Später erinnerte ich mich oft an diesen Moment. Fürchtete er, dass ich nicht nur äußerlich Alma gleiche, und das bereitete ihm Kummer? Aber warum? Welche Geheimnisse steckten dahinter? Ich dachte oft an sie und träumte nachts von dieser ungewöhnlichen Frau auf Vaters Bild. Weil ich ihn immer wieder nach Alma fragte, erzählte er uns an einem anderen Abend weiter.

Ed

Meine Großcousine Alma lebte mit ihren Eltern in Deutschland. Ihre Mutter, meine Großtante, hatte das Glück, einen Großgrundbesitzer zu heiraten, der in Mecklenburg-Vorpommern größere Ländereien von Bauern aufgekauft hatte und dann an sie weiter verpachtete. So wurde sein Gut größer und größer. Kaum ein Bauer schaffte es, die hohe Pacht zu bezahlen. So versuchten viele ihr Glück als Auswanderer. So wie wir nach Russland zogen.
Uns ging es in Wolhynien nicht schlecht. Das Zarenreich warb um Auswanderer aus Deutschland. Wir hatten viel Land von der russischen Regierung bekommen,

Bankkredite für die Anschaffung notwendiger Güter, und das alles steuerfrei. Die Männer waren vom Militärdienst befreit und wir genossen unser deutsches Schul- und Finanzsystem. Aber im Vergleich zu Almas Familie waren wir längst nicht so wohlhabend. Mein Vater führte auch eine Landwirtschaft, musste aber selbst Hand anlegen, auf dem Feld oder auch in der Werkstatt, um die Familie zu ernähren. Ich durfte, wie meine Brüder auch, zur Schule gehen. Aber nachmittags leisteten wir unsere Arbeitsstunden, wo auch immer wir gebraucht wurden.

Als ich mit der Schule fertig war, hat mein Vater mir als Belohnung eine Sommerreise zum Gut seiner Schwester Theresia in Deutschland geschenkt. Er wollte den Kontakt zu seinen Geschwistern aufrecht erhalten, wenigstens zu denjenigen, die nicht nach Übersee ausgewandert waren. Für mich wurde ein richtiger Anzug beim Schneider bestellt, weiße Hemden und Taschentücher mit Monogramm, und Mama übte mit mir Tischmanieren.

Ich fühlte mich großartig. Vor der Abreise konnte ich kaum schlafen. Ich malte mir eine ganz andere Welt aus, als ich sie kannte und war überzeugt, dass ich dort großartige Abenteuer erleben würde.

Als ich nach langer Fahrt mit Pferdewagen und der Bahn von einer blendend aussehenden jungen Frau mit einer hellbraunen Lockenpracht und breitem Lachen auf dem runden Gesicht empfangen wurde, wusste ich gleich, dass ich mit meiner Vermutung recht hatte. Ich würde auf dem Landgut meiner Tante mit Alma sicherlich einiges erleben können.

Winkend lief sie auf mich zu und rief: „Du musst Ed sein! Ich bin Alma, deine Cousine!" Bis dahin nannte mich keiner Ed, alle nur Eduard. Aus ihrem Mund klang es so locker und niedlich, dass ich mich gleich verzaubert füllte. Ich stand wie angewurzelt am Bahngleis, und sie musste mich lachend wach rütteln.

„Nun komm schon, wir werden erwartet!" Nur zu gerne ergriff ich mein abgestelltes Gepäck und ließ mich von ihr vom Bahnsteig leiten.

Alma

Drei Monate blieb mein Vater auf dem Gut seiner Tante, jeden Tag dachte er schweren Herzens an seine Heimkehr. Es war alles so aufregend dort – wie auf einem anderen Planeten. Das Haus war immer voller Gäste: junge Männer der Militärakademie in der Nähe und Almas Freundinnen und Geschwister. Fast jeden Abend erlebte er Gesang und Vorlesungen von für ihn damals völlig unbekannten Personen, es klirrten Weingläser und Kaffeetassen, und in allen Ecken wurde gelacht und diskutiert. Und mittendrin Eds Schwarm Alma. Sie wurde nicht müde zu tanzen, zu spielen, oder um die Wette zu rennen. Seine Tante Theresia und Onkel Hinrich saßen in ihren gemütlichen Sesseln und genossen den Trubel.

Nachdem mein Vater abgereist war, fand ein reger Schriftverkehr zwischen den beiden statt. Alma berichtete, dass sie trotz Weigerung der Familie angefangen habe, einen kaufmännischen Beruf zu erlernen. Sie hatte sich von anderen emanzipierten Mädchen von deren Ideen anstecken lassen: Frauen sollen frei sein, frei von der Familie und frei von einem Ehemann, der sie belehren und zurechtweisen konnte. Unabhängige Frauen wollten sie sein! Davon schwärmte sie.

Ed war von solchen Ideen nicht besonders begeistert,

schließlich wollte er Alma heiraten, irgendwann. Aber schon bald blieben ihre Briefe aus. Unermüdlich schrieb er ihr jede Woche, aber sie antwortete nicht.

Später erfuhr er, was damals passiert ist. Almas Erwartungen an ein freies und unabhängiges Leben scheiterten an einer unglücklichen Liebe. Gefühlvoll, wie sie war, verliebte sie sich in einen Poeten, der sie mit seinen Gedichten berauschte und verführte. In ihrer Ahnungslosigkeit vom richtigen Leben war sie von zu Hause fortgelaufen, um ihren Traum von einem freien Leben mit einem Künstler zu verwirklichen.

Diese *Entdeckungsreise* dauerte nur einen Monat, dann verabschiedete sich ihr Held von ihr und wanderte nach Amerika aus. Er fragte sie nicht einmal, ob sie mitkommen wolle. Und sie hatte geglaubt, ihr Leben habe gerade angefangen. Nun saß sie in seiner kleinen, schmuddeligen und mit hunderten von Büchern und Manuskripten vollgestopften Wohnung, in die jeden Abend zahlreiche Freunde kamen, um zu diskutieren, zu streiten und Zukunftspläne zu schmieden.

Im Nachhinein konnte sie sich und ihrer Familie nicht erklären, was ihr geschah. Statt die Freiheit zu erlangen und dem Familienzwang zu entkommen, kehrte sie zurück ins traute Heim, krank und schwanger. Sie ließ sich von Max, einem langjährigen Verehrer, ehelichen und gab sich selbst das Versprechen, sich künftig keine falschen Hoffnungen mehr zu machen. Max hatte sie vergötterte, seit sie ein kleines Mädchen war, und sie fühlte sich geborgen bei ihm. Katarina blieb ihre einzige Tochter, geliebt und verhätschelt.

Kurz nach dem Beginn des Ersten Weltkrieges wurde Almas Mann krank und starb ziemlich schnell. Vorher nahm er Alma ein Versprechen ab. Sie solle mit Katarina nach Amerika auswandern, wo sein Bruder lebte. In Deutschland würden dunkle Zeiten anbrechen, warnte er sie. 1915 brach Alma mit ihrer Tochter nach Amerika auf und schrieb gleich nach ihrer Ankunft an meinen Vater einen kurzen Brief.

„Lieber Ed,
wir sind Gott sei Dank gesund und unbeschadet in Amerika angekommen. Vorher mussten wir noch wochenlang im Hamburger Hafen in einer Halle ausharren. Die Ausstellung von Auswanderungspapieren dauerte eine Ewigkeit. Dank unserer Ersparnisse konnten wir uns ein Hotelzimmer und den Restaurantbesuch leisten. Viel Bammel hat mir der Gesundheitstest beschert. Katarina war erkältet und hustete nachts sehr stark. Ich fand einen Arzt und zahlte ihm ein Vermögen, damit er sie in einer Woche gesund pflegte. Aber unterwegs wurde sie wieder krank, diesmal seekrank. Lieber Ed, ich denke oft an die Tage, als du uns auf unserem Gut besucht hast. Wie glücklich und unbeschwert wir waren! Und wie jung! Wie geht es dir in deiner unruhigen Heimat? Ich lese jeden Tag Zeitungen, und die besagen nichts Gutes: Die Deutschen sind in Russland in Ungnade gefallen. Wenn du die Möglichkeit hast, wandere bitte mit deiner Familie in die USA aus. Ich werde dir helfen, wo ich kann.
Deine Alma."

Mein Vater erhielt diesen Brief noch im Sommer 1915 und hat ihn zusammen mit dem alten Foto aufbewahrt. Es freute ihn, sie in Sicherheit zu wissen, und doch schmerzte ihn immer noch seine Enttäuschung von damals, als er mit achtzehn zu ihr aufbrechen wollte, um sie zu heiraten. Denn stattdessen bekam er eine Einladung zu ihrer Hochzeit.

Binnen einem Monat bewarb er sich zum Militär, wo er zwölf lange Jahre diente und seinen Traum, Musiker zu werden, erfüllt sah. Er heiratete, bekam Kinder, baute ein Haus und war glücklich, bis seine Familie mit weiteren 200.000 deutschen Grenzbewohnern aus Wolynien durch das 1915 erlassene sogenannte Liquidationsgesetz aus der Heimat vertrieben wurde. Es schmerzte ihn sehr, sein selbstgebautes Haus und die Mühle, sein heimatliches Dorf, seine Felder und die Wälder zu verlassen. Er schrieb Alma, dass es zu spät sei, auszuwandern, und das war sein letzter Brief an sie.

3

Meine Mutter hat mir erzählt, dass Katharina sie nach dem Tod ihrer Mutter über das Rote Kreuz ausfindig gemacht hat. Von ihr wusste sie, dass ihrer Großcousine der Sommer mit ihrem Vater für immer in Erinnerung geblieben ist.

Alma

Mit Katarina hatte ich einige Telefonate geführt, nachdem sie mich gefunden hatte. Meine Frage, ob meine Namenspatin Alma gewusst habe, dass Ed unsterblich in sie verliebt war, bejahte sie. Sie habe es im Tagebuch ihrer Mutter gelesen, das diese auch in Amerika weiterführte. Als mir spontan herausrutschte, dass ich Almas Aufzeichnungen gerne lesen würde, versprach sie, mir eine Kopie des Tagebuches zu schicken. Doch Katarina starb plötzlich und unerwartet, ohne ihr Versprechen erfüllt zu haben.

Auch von ihrer Verwandtschaft in Deutschland berichtete mir Katarina. Mathilde war eine Mutterschaft nicht vergönnt, sie blieb ledig, kinderlos und verbittert zurück. Doch ihre Pflicht, die Eltern zu pflegen, erfüllte sie bis zuletzt, und sie weinte hemmungslos bei deren Beerdigung. Danach nahm sie Kontakt zu Alma auf und hatte sogar erwogen, nach Amerika zu gehen. Alma war die einzige Verwandte von Mathilde, die ihr nach dem frühen Tod ihrer zweitältesten Schwester Veronika geblieben war. Sie lebte einsam und abgeschieden. Doch wer sollte sich um das große Gut kümmern? Sie konnte doch nicht alles liegen und stehen lassen, es war ihr und Almas Erbe. Als sie nach dem Zweiten Weltkrieg vor der russischen Armee auf der Flucht war, bereute sie ihre Entscheidung, aber es war zu spät. Mit 72 Jahren starb sie unterwegs auf dem Weg nach Westen. Es gebe nicht mal ein Grab von ihr, schrieb Katarina.

Ich hätte das Tagebuch meiner Großcousine gerne gelesen. Vielleicht hätte es mir Mut gemacht, das zu ordnen, was ich manchmal notiert habe, weil es mir gerade besonders wichtig war, weil ich mit etwas nicht zurechtkam oder auch, um mir Kummer von der Seele zu schreiben. Aber wie sollte ich nach so vielen Jahren mein Leben rekonstruieren, Verbindungen herstellen, Unerklärliches nachträglich erklären? So ist es bei dem Vorsatz geblieben.

4

Bei der Zusammenstellung von Mamas Lebensweg wollte ich auch wissen, in was für eine Welt sie hineingeboren wurde.

Anfang 1917 war es in St. Petersburg verstärkt zu Demonstrationen und Streiks gekommen. Demonstranten forderten eine bessere Versorgung mit Lebensmitteln, Holz und Kohle. Die Menschen standen bereits nachts in langen Schlangen für Brot an. Es kam zu Plünderungen und Streiks.

Zar Nikolaus ließ auf Demonstrierende schießen, anstatt ihnen Entgegenkommen zu signalisieren. Doch seine Soldaten wollten nicht auf wehrlose Menschen schießen und wechselten die Seite.

Später, im Oktober, nutzten die Bolschewiken diese Lage im Land und ergriffen in der Oktoberrevolution 1917 die Macht. Kurz danach, im Dezember 1917, schlossen sie einen separaten Waffenstillstand mit Deutschland und Österreich.

Das Deutsche Reich führte mit seinen Verbündeten den Krieg gegen die Westmächte weiter. Sie wollten ihre im Osten gewonnenen Territorien nicht verlieren. Erst im November 1918 kapitulierte Deutschland.

Der Erste Weltkrieg ging zu Ende, in Russland hatten die Kommunisten die Macht übernommen. Gleich danach brach in Russland als Widerstand gegen das bolschewistische Regime ein alles vernichtender Bürgerkrieg aus. Er kostete 12 Millionen Menschen das Leben und verwüstete Russland bis zur Unkenntlichkeit.

Alma

Ich wurde in eine feindliche, unsichere Welt hineingeboren. Jedes Mal, wenn ich mich an meine Kindheit erinnere, läuft es nach einem bestimmten Muster ab: Ich sehe mich in einem von Kerzenlicht spärlich beleuchteten Zimmer. In einer Ecke liegt in einem großen Bett eine alte Frau. Ein Kreuz aus Holz hängt an der weiß getünchten Wand. Die Frau schläft. Oder ist sie tot? Wie objektiv diese Bilder sind, kann ich nicht sagen. Was ist wahr, was meine kindliche Einbildung? Ich kann nur schildern, was ich in meinem Inneren sehe und empfinde.

Ich besitze nur wenige Fotos von meiner Mutter Emilia, aber ich erkenne sie, die Frau im Bett. Sie war 42, als sie starb. Ich war sieben. Ich stand vor ihr und suchte in ihrem Gesicht nach einer Regung, in der Hoffnung, dass sie nicht tot ist, dass sie nur schläft. Hilflos und verloren fühlte ich mich.

Es sind nur sieben Jahre, die ich mit ihr erleben durfte. Mir ist nicht bekannt, wo genau und wie lange wir in dem Ort geblieben sind, wo meine Mutter sich nach meiner Geburt erholen sollte. Sie erzählte später, dass mein Vater ungeduldig auf ihre Genesung wartete. Seine Sorge um die Zustände der Wege ließ ihm keine Ruhe, denn wenn das Wetter umschlüge und der Schnee schmelze, würden sie im Matsch versinken.

Ich weiß von meiner Mutter, dass es unterwegs, als es endlich weitergehen konnte, kleine und große Gruppen desertierter Soldaten auf dem Weg nach Hause gab. Laut, aufgeregt, müde und ausgehungert. Nach vier Jahren an der Front hatten sie ihren Dienst verweigert, sich Mut angetrunken und ihren Frust über die schlechten Nachrichten aus der Heimat, ihre verwahrlosten Höfe, Krankheiten und Tod in der Familie laut rausgeschrien. Sie forderten das Ende des Krieges.

Neben der roten, weißen, grünen und der anarchistischen Armee gab es auch Partisanengruppen und Räuberbanden. Es war schwer, sie zu unterscheiden und gefährlich, ihnen in die Quere zu kommen. Mein Vater mied auf unserem Weg die Städte, die Landstraßen waren sicherer. Millionen Menschen waren unterwegs, durchquerten das Land zu Fuß oder wie wir mit Pferd und Wagen. Manche lagen schon im Graben, erfroren, ermordet, verhungert.

***

Es war ein Wunder, dass die Familie es unter diesen Umständen schaffte, nach Hause zu kommen. Es war schon Abend, als wir nach der langen Reise vor unserem heimatlichen Gartentor standen. Unser Haus war, wie mein Vater es schon erwartet hatte, besetzt. Schon bevor er aussteigen konnte, stürzte eine ältere Frau aus dem Haus und schimpfte laut: „Was wollt ihr hier? Es ist unser Haus! Haut ab, sonst rufe ich die Polizei!" Sie hatte wohl unseren Vater erkannt.

In unserer Situation wäre es fatal gewesen, sich mit der Polizei anzulegen, denn legal waren wir nicht zurückgekommen. Es gab keine Entlassungspapiere, und die Gefahr, zurück nach Sibirien geschickt zu werden, war zu groß. Mein Vater erkannte sofort, dass es keinen Zweck hatte, sich mit einer hysterischen Frau anzulegen. Er zwang die Pferde zum Trab und wollte weiterfahren, aber in diesem Moment kam der älteste Sohn der Besetzerfamilie vom Feld nach Hause.

Im Gegensatz zu seiner Mutter erwies er sich als freundlich, und wir durften seinen (unseren!) Stall beziehen. Vater konnte in der eigenen Mühle aushelfen. Monatelang waren wir auf die Gnade der fremden Familie, die unser Haus besetzt hatte, angewiesen, wohnten in der Scheune und lebten von Papas Lohn in der Mühle. Wir gewöhnten uns daran, wenn es auch nicht ganz einfach war.

Eines Tages passierte jedoch Unglaubliches. Schon morgens früh standen auf dem Hof ein Dutzend Truhen, Werkzeug und andere Sachen wie Kleidersäcke herum. Die alte Frau lief umher und jammerte. Ihr Sohn kam aus der Scheune und ging direkt zu Ed. Es war einfach unglaublich, was er sagte: „Verzeih, Eduard. Ich hätte es nicht annehmen sollen, aber deine Mühle hatte es mir angetan. Ich habe hier bei dir viel gelernt, ich werde mir eine solche Mühle woanders bauen lassen."

Mein Vater sagte leise: „Ja, mach das. Du schaffst das. Danke." Der Mann nickte. Seine Mutter kam nahe an meinen Vater heran und spuckte ihm provokant vor die Füße.

„Mutter!", ermahnte ihr Sohn sie vorwurfsvoll beschämt, aber mein Vater bedeutete ihm, sich nicht weiter aufzuregen. Er konnte sie sogar verstehen.

Der Bauer packte alles in den Kastenwagen, der von zwei Pferden gezogen wurde, und verließ unser Haus. Seine Mutter saß mit gekreuzten Armen neben ihm, und ihre dünnen, zerzausten Haare flatterten im Wind. Im Nachbarhaus waren verblüffte Blicke hinter den Fensterscheiben zu sehen.

Mein Vater stand wie angewurzelt vor seinem Haus und konnte sein Glück kaum fassen. Sein Haus, in dem er jedes Brett und jeden Beschlag selbst vor Jahren angenagelt hatte, war wieder in seinem Besitz. Seine Frau streichelte zärtlich die Haustür, die Wände, den Holztisch in der Küche und weinte vor Freude.

Diese fernen, unvollständigen Bilder sind aus wehmütigen Geschichten meiner Eltern entstanden und haben sich für immer in mein Gedächtnis eingebrannt. Ich sehe das Holzhaus, die dunklen Stufen, die zu der massiven Eingangstür führen. Die Flurdielen dahinter sind sauber gescheuert und warm von der Sonne. Ich sehe, wie Papa Mamas Wange streichelt, sie unbeholfen küsst und ihre Tränen abwischt. Ich sehe Mama, die voller Energie herumrennt, Wasser aus dem Brunnen schöpft, die Gardinen wäscht, den Fußboden schrubbt und die Möbel poliert.

Als die Küchenschränke blitzsauber waren, packte Mama eine Kiste mit Porzellan aus, die sie all die Jahre aufbewahrt hatte. Jede Tasse und jeder Teller wurde abgewischt, bewundert und vorsichtig in den Schrank gestellt.

In den nächsten Tagen wurden Tücher, Decken und Kleider ausgekocht, getrocknet und gebügelt. Mama konnte wieder lachen und nahm sich immer Zeit, uns vor dem Schlafengehen Märchen zu erzählen. Sie sah jung und glücklich aus. Infolge dieser wieder erwachten Lebensfreude bekam ich in den vier folgenden Jahren zwei Geschwisterchen, zwei Mädchen: Irene und Gretchen.

Es gibt ein Foto von Mama, auf dem sie in einem Wintermantel vor der Kamera sitzt, während wir Kinder Kleider tragen. Kaschiert der Mantel ihren großen Bauch, oder ist ihr kalt? Alle Gesichter sind ernst und maskenhaft. Wurden wir ermahnt, ernst und steif für einen kurzen Moment stillzuhalten? Ich erinnere mich nicht daran. Aber Mamas Gesicht scheint sehr nachdenklich zu sein. War es die Zeit, als sie um unsere Auswanderung bemüht war und gegen Behördenwillkür und Vaters Unwillen kämpfte? Oder war sie durch ihre sechste Schwangerschaft müde geworden, die ihr mit 42 Jahren schwerfiel. Bis zuletzt blieb sie fest entschlossen, Russland zu verlassen.

5

Dieses Bild, das wenige Jahre nach dem Bürgerkrieg (1918-1921) entstanden sein muss, habe ich nirgends gefunden. Es war die Zeit, die den Menschen in Russland bessere Zeiten brachte. Den Bauern wurde gestattet, die Produkte, die ihnen über das Ablieferungssoll hinaus verblieben, im freien Handel zu veräußern und Gewinne zu machen. Es ging endlich voran.

Ich weiß von Mama, dass das auch für unsere Familie galt. Die Bauern aus nahe gelegenen Dörfern brachten wieder ihre Ernte zu Vaters Mühle: Sonnenblumenkerne, Mohn und Raps. Sie waren gut gelaunt, machten es sich im Schatten der Akazien-, Apfel- und Birnbäumen gemütlich. Sie ahnten nicht, dass schon bald, im Jahr 1927, diese kurze positive Periode beendet sein würde. Der drohende Zerfall Russlands war durch die NEP (Neue Ökonomische Politik) abgewendet worden, Wirtschaft und Gesellschaft hatten sich erholt. Doch die Bauern fühlten sich schon wieder verraten. Das kommunistische System duldete keine bourgeoisen Elemente, keine wohlhabenden Bürger. Die Kommunisten forderten die Kollektivierung und Mechanisierung der Landwirtschaft. Die NEP hatte nur als Übergangsmodell beim Aufbau des Sozialismus dienen sollen.

Alma

Noch war ich klein und mir fehlte es an nichts. Ich ahnte nicht, dass diese Geborgenheit mich bald verlassen würde. Noch war unsere Mama die wichtigste Bezugsperson für mich und meine Geschwister. Ich war neugierig, und wenn sie sich mit meiner kleinen Schwester beschäftigte, büxte ich ihr aus.

Direkt vor der Tür war ich eins mit der Natur. Reife Himbeeren rankten bis an den Holzzaun. Ich pflückte eine und prompt verletzte ich mich an den Dornen. Das Weinen unterdrückte ich tapfer, sonst hätte ich wieder zurück ins Haus gemusst. Ich steckte meinen Finger in den Mund und stapfte weiter. Tautropfen kühlten meine nackten Füße. Ich bewunderte große Blätter, unter denen ich mich vor dem Regen schützen konnte, und Schmetterlinge, so bunt und so riesig wie meine Hand.

Von der Hufschmiede her hörte ich den Hammer auf Eisen schlagen; dann zischte es, als dieses in Wasser getaucht wurde. Irgendwo grunzten die Schweine. Ich hörte den rauschenden Fluss am Rande der Siedlung, im Schilf raschelten Vögel, im Bach sprangen Fische. Kröten gaben ein nicht endendes Konzert, und aus dem Wald rief der Kuckuck.

Als ich älter wurde, durfte ich im Garten aushelfen: Tomaten und Gurken gießen oder reife Früchte einsammeln. Die Kaninchen zu füttern, gehörte auch zu meinen Aufgaben.

Ab und zu sammelte ich Eier im Hühnerstall, dabei passte ich auf, dass unser Hahn Petja mich nicht erwischte. Ich hatte panische Angst vor ihm, er lief mir immer hinterher und hackte in meine nackten Beine. Die Bruthennen waren ebenfalls aggressiv, wenn sie ihre Küken beschützten. Von den Kühen wurde ich oft bedroht, wenn ich sie ungelenk melken wollte. Nur vor Hunden und Katzen hatte ich keine Angst, die waren meine besten Freunde. Sie liebten mich einfach so, weil ich sie auch liebte, und natürlich für etwas Futter.

Papa blieb bis in der Nacht in der Mühle. Wenn er endlich kam, brachte er feste Brocken von den Samen mit nach Hause, die übrig geblieben waren, nachdem das Sonnenblumenöl aus ihnen herausgepresst worden war. Ich liebte es, in diese Brocken hineinzubeißen und daran zu lutschen.

Ich erinnere mich auch an die mit der Hand angetriebene Nähmaschine meiner Mutter und an das Nachfolgemodell mit Fußantrieb. Wie diese an langen Abenden zwitscherte und ratterte, leise und eintönig. Mama nähte uns Kleider aus bunter Baumwolle, denn ihre Mädchen sollten schön und ordentlich gekleidet sein.

Unser Dorf zählte etwa hundert Höfe von Bauern, die sich am Flussufer niedergelassen hatten. Noch lange vor Vaters Geburt hatten meine deutschen Vorfahren ihre Habseligkeiten zusammengepackt und ihre Reise in die Fremde angetreten. Der Siebenjährige Krieg und danach der Krieg mit den Franzosen, die Missernten und der Hunger hatten viele Deutsche gezwungen, ihre Heimat zu verlassen und anderswo neu anzufangen.

Sie kamen mit Pferdewagen von weit her. Auf der Reise durch die Ukraine gelangten sie an ein Flussufer. Der Ort war so idyllisch, so bezaubernd, dass sie noch lange in der Nacht am Feuer saßen und beobachteten, wie sich an der Oberfläche des Flusses der Mond und die Feuerfunken spiegelten. Kinder plantschten fröhlich und heiter bis spät in die Nacht im Wasser.

Und obwohl die Ankömmlinge todmüde waren, lachten sie seit langem wieder. Dieser Fluss, der gute Boden und der dichte Wald faszinierten sie. Hier wollten sie Wurzeln schlagen. Ihre Siedlungen wurden nach ihren heimatlichen Mustern gebaut und bekamen die Namen ihrer zurückgelassenen Dörfer.

Den Herbst liebte ich besonders, der war bunt und hatte viel zu bieten. Von überall her duftete es nach reifem Obst. Goldfarbenes Korn stand zur Ernte bereit. Menschen mit Zugochsen und Pferden kamen und ernten diese Kostbarkeit.

Der Morgen im Dorf begann mit lautem Muhen der Kühe, dem Gegacker des Geflügels und lauten Unterhaltungen der Nachbarinnen. Noch schlaftrunken aßen wir Haferbrei, meine Brüder schnappen ihre Schulbeutel und liefen in die zwei Kilometer entfernte Schule.

Ich wollte auch ein Schulmädchen sein und bat Mama, mir einen Schulbeutel zu nähen. Da hinein legte ich ein paar Stifte, die ich meinen Brüdern stibitzt hatte und abgerissene Zeitungsränder. Papier war knapp, auch für Schüler, geschweige denn für mich.

Die Ölmühle ernährte unsere Familie, aber Vater blieb täglich sehr lange dort, und mir fehlte Zeit mit ihm. Ich vermisste seine Geschichten aus der Vergangenheit, über seinen Sommer bei der Großcousine Alma und seine Zeit beim Militär. Besonders seine Schwärmerei für Alma fand ich interessant, hatte ich ihr doch meinen Namen zu verdanken.

***

Mein Vater war sehr unglücklich und enttäuscht, als er drei Jahre nach den fröhlichen Ferientagen mit Alma in Mecklenburg-Vorpommern die Einladung zu ihrer Hochzeit erhielt. Er hatte sich damals nicht vorstellen können, eine andere Frau zu heiraten, so tiefgründig war seine Jugendschwärmerei.

Um Alma zu vergessen, bewarb er sich kurz danach zum Militär. Dort absolvierte er eine Ausbildung zum Militärmusiker und Regiments-Kapellmeister. Er wollte sich selbst, aber vor allem Alma, beweisen, dass er ein berühmter Musiker werden würde.

Er hatte die russische Staatsangehörigkeit angenommen wie so viele Deutsche damals. Damit hätte er eine höhere Position in der Regierung des Zaren bekommen können. Doch er war mit Leib und Seele Musiker und wollte nie etwas anderes werden. Deshalb hat er auf jeden Posten verzichtet, Hauptsache, er durfte in dem Orchester des Zaren spielen. Es war eine prunkvolle Zeit. Sie wurden in die Häuser der Adligen eingeladen, spielten auf Bällen und in Theatern.

Zwölf Jahre blieb er beim Militär. Zum Glück lag diese Zeit zwischen dem Krim- und dem Ersten Weltkrieg, sonst hätte er vielleicht noch länger dort bleiben müssen. Seine Mutter ließ ihm keine Ruhe, sie hatte eine Braut für ihn ausgesucht und schrieb ihm lange Briefe: „Ich habe die Jahre gezählt, dann die Monate. Jetzt zähle ich die Tage. Wann kommst du endlich nach Hause, mein Sohn?"

Also gab er nach und folgte den Bitten seiner Mutter. Aber die Musik ist seine Leidenschaft geblieben. Er suchte musikalisch begabte Männer und gründete im Dorf ein Orchester. Sonntags und an Festtagen spielten sie in unserer Kirche. Aus dieser Zeit stammt ein Bild von meinem Vater und seinem Orchester. Dort sitzt er in der Mitte und schaut stolz und zufrieden in die Kamera.

Ich erinnere mich an ein Fest, als meine Eltern miteinander tanzten. Papa füllte ein Schnapsgläschen fast randvoll und stellte es auf seinen Kopf. Mamas schönes weites Kleid wirbelte um ihre schlanken Beine. Und das Glas auf Papas Kopf verlor keinen Tropfen. Die Gäste und ich klatschten begeistert in die Hände.

Ich wollte mich auch so leichtfüßig und flink im Walzer-Takt in Papas Armen drehen, und ab und zu erfüllte er mir diesen Wunsch. Schon als Kind lernte ich Walzer tanzen. Auch Musikinstrumente kann ich blind an ihrem Klang erraten.

***

Der friedliche Schein trog und ich ahnte, dass im Erwachsenenleben etwas vor sich ging. Angst und Unruhe überkam das Volk, denn die politische und wirtschaftliche Situation der Deutschen in Russland verschlechterte sich wieder. Nach der ersten Verbannung nach Sibirien hatten wir zwar zurückkehren können, aber nun sollten die Deutschen ihre deutsche Staatsangehörigkeit endgültig abgeben und die ukrainische oder russische beantragen. Und das war nicht das einzige Problem. Steuerbegünstigungen wurden gestrichen, und der Militärdienst für sie wurde eingeführt.

Meine Brüder waren fast im wehrpflichtigen Alter, das machte Mama Angst. Im Falle eines Krieges hätten sie gegen ihre Landsleute kämpfen müssen. Nach zweihundert Jahren in Russland mussten die Deutschen entscheiden, ob sie bleiben oder nach Deutschland zurückkehren wollten. Aber in Deutschland herrschte nach dem verlorenen Krieg Arbeitslosigkeit, und die sozialen Verhältnisse brachten gewalttätige Auseinandersetzungen zwischen den politischen Richtungen auf die Straße. Viele Kolonisten suchten sich eine andere Heimat und wanderten nach Kanada oder Amerika aus.

Mama wählte Kanada als Auswanderungsland, weil dort seit einigen Jahren Papas Bruder Daniel lebte. Er schrieb Briefe voll Begeisterung und Bewunderung für die neue Heimat. In der englischen Kolonie Kanada gebe es viel Ackerland, das bearbeitet werden solle. Papa zögerte und haderte, er wollte seine geliebte Mühle nicht verlieren und auch nicht sein Orchester! Aber Mama blieb bei ihrem Ausreisewunsch, sie wollte nicht wieder weggejagt und deportiert werden. Im Jahr 1924, als Mama mit ihrem 6. Kind schwanger war, kam die Genehmigung. Mama wollte nur noch vor der Abreise ihr Baby zu Hause zur Welt bringen. Aber danach war nichts mehr so, wie vorher. Gott hatte unsere allabendlichen Gebete nicht erhört. Manchmal fragte ich mich, wie mein Leben verlaufen wäre, wenn Mama damals nicht gestorben wäre.

***

Es war ihr sechstes Kind. Seit zwei Tagen hatte ich nachts gehört, wie sie unter den Wehen litt und laut stöhnte. Mama war schlank, aber stark und zäh. Auch hochschwanger hatte sie immer den Haushalt erledigt, bei der Ernte gleich wenige Tage nach den Geburten geholfen und das Baby mit aufs Feld genommen. Im Winter saß sie unermüdlich lange Abende am Webstuhl oder an der Nähmaschine. Nur bei der letzten Geburt war alles anders.

An dem Abend, an dem meine Mutter entbinden sollte, stand ich lange im Flur und wartete darauf, dass das Baby zur Welt kommt. Als ich es schreien hörte, schob ich den schweren Vorhang zur Seite. Die Hebamme hielt das Baby kopfüber an den Beinchen und klopfte ihm kräftig auf den Po. *Autsch! Tut ihm das nicht weh?* So laut, wie es schrie, glaubte ich, musste es wehgetan haben. Ich konnte erkennen, es war ein Junge mit rotem, faltigem Gesichtchen und kleinen Händchen, die er zu Fäusten ballte. Er schrie immer noch, als die Hebamme ihn in einer kleinen Schüssel badete und nach dem Trocknen in eine Decke wickelte. Dann wurde er ruhig.

Ich hatte genug gesehen und ging ins Bett. Es war doch kein Storch da, wie es uns in der Schule erzählt wurde.

Vor dem Einschlafen suchte ich für meinen neugeborenen Bruder nach einem Namen. Gregor, das gefiel mir gut, so hieß mein Lehrer.

Stunden später war ich plötzlich wieder wach, weil es laut wurde. Irgendetwas musste passiert sein. Und wieder spannte ich aus dem Flur ins elterliche Schlafzimmer. Warum hatte die Hebamme ihren Koffer gepackt und eilte nach draußen? Fast schon in der Tür drehte sie sich zu meinem Vater um und sagte, dass sie Mama nicht weiterhelfen könne. Die Blutung sei nicht zu stoppen. Mama müsse ins Krankenhaus. Schnell!

Später erfuhr ich, dass Mama stark geblutet hat und die Hebamme eine Tamponade einlegen musste, um die Blutung zu stillen. Nach kurzer Zeit hatte sich die Tamponade voller Blut gesaugt, und die Hebamme geriet in Panik. Ihr fehlte die Erfahrung, sie hatte bisher noch keine komplizierte Geburt begleitet. Vor hundert Jahren traten bei älteren Schwangeren häufiger Komplikationen auf. Mama war schon 42 und gehörte zu dieser Risikogruppe.

Auf Zehenspitzen ging ich in Mamas Schlafzimmer und schaute sie an. Als Papa hereinkam, versteckte ich mich in einer Ecke. Von dort konnte ich sehen, wie er zwischen Schlafzimmer und Küche pendelte, Wasser und frische Tücher brachte. Das erste Mal in meinem Leben sah ich Papa weinen und dass seine Hände zitterten. Mir kamen auch die Tränen, und ich wusste nicht, ob der Staub der Gardine, hinter der ich mich versteckte, daran schuld war oder Papas Anblick, der Schmerz und die Verzweiflung in seinem Blick. Draußen hörte ich eine Eule: „Komm mit, komm mit ..."

Wie als Antwort vernahm ich das Röcheln meiner Mutter. Endlich traute ich mich aus meinem Versteck und ging näher an ihr Bett heran. Ich wusste nicht, wen von beiden ich trösten sollte.

Als Papa mich entdeckte, sagt er: „Ich fahre jetzt in die Stadt. Es muss doch jemanden geben, der ihr hilft! Sie blutet sehr stark, und es hört nicht auf." Ich solle bei Mama sitzen bleiben und ihr ab und zu Wasser reichen. Er sprach mit mir wie mit einer Erwachsenen, suchte bei mir Hilfe, einem siebenjährigen Mädchen! Und obwohl es mir schwerfiel, versuchte ich tapfer zu sein.

Als hinter Vater die Tür in Schoß fiel, näherte ich mich Mamas Bett und berührte ihren Kopf. Sie hatte Fieber.

„Mama, möchtest du was trinken?", fragte ich leise. Ich wartete vergebens auf eine Antwort. Im Halbschlaf warf sie ihren Kopf hoch, stöhnte, zuckte und redete irgendetwas, was ich nicht verstand. Im Zimmer brannte nur ein kleines Licht, die Gardinen waren zugezogen und die Tür verriegelt, aber ich fürchtete mich.

Mein neugeborener kleiner Bruder lag in seiner Wiege und schlief. Die Hebamme hatte ihn, bevor sie gegangen war, an Mamas Brust gelegt. In zwei, drei Stunden würde er wieder Hunger haben. Ich hätte ihn gerne auf den Arm genommen, aber ich wollte ihn nicht wecken.

Als Papa hereinkam, war ich im Sitzen eingeschlafen und fuhr hoch. Bei ihm war eine Krankenschwester.

„Sie ist älter und erfahrener", versuchte Papa, mich zu beruhigen. „Geh jetzt schlafen."

Er streichelte mein Gesicht. Nur ungern ging ich ins Bett, kuschelte mich an meine kleine Schwester Greta. Greta war herrlich warm wie ein Ofen. Sie wachte nicht einmal auf, als ich meine eiskalten Füße an sie drückte.

Schnell schlief ich ein und wachte erst wieder auf, als es nebenan lauter wurde.

„Es ist zu spät. Sie hat zu viel Blut verloren", hörte ich die Krankenschwester sagen. Ich lief ins Schlafzimmer. Papa stand vor Mamas Bett, hielt ihre Hand in seiner, aber sie reagierte nicht.

„Sie können die Hebamme verklagen. Ich werde es bezeugen", riet die Krankenschwester. Ihr Handeln erschien mir herzlos. Aber ich war zu klein, um zu verstehen, dass zu der damaligen Zeit bei den Frauen die Blutungen nicht ohne Operation gestillt werden konnten. Und eine Operation wäre nur möglich gewesen, wenn Papa sie rechtzeitig ins 80 Kilometer entfernte Krankenhaus gefahren hätte. Jetzt war es zu spät.

Es waren die Zeiten, als die Ärzte bei Eileiterschwangerschaften oder Wochenbett-Depressionen versagten, weil sie die Frauenleiden nicht ernst nahmen. Es war traurig für die Kinder und die Ehemänner, wenn eine Frau im Wochenbett starb. Dennoch war es Alltag. Sich nach der Geburt erholen konnte kaum eine Frau. Im Haushalt wartete viel Arbeit auf sie.

Die Frauen, die mit vierzig Jahren nicht bei einer Geburt starben, hatten sehr häufig danach eine Gebärmuttersenkung. Von Bandagen hat damals keiner gehört oder gewusst. Und Depressionen galten vielfach noch als eine neumodische Pseudo-Krankheit.

Schlafen konnte ich in dieser Nacht nur bruchstückweise, so wie in den die zwei Nächten davor auch. Ich konnte die Schreie der Eule nicht überhören. Sie hatte den Akazienbaum vor unserem Haupteingang in Beschlag genommen. Immer wieder rief sie: „Komm mit, komm mit!" Papa ging ein paar Mal hinaus und verscheuchte die Eule. Aber sie kam immer wieder.

Der neue Tag brach an und am Nachmittag lag Mama immer noch wie erstarrt. Ich fürchtete mich, blieb aber bei ihr sitzen.

In all der Aufregung vergaßen wir Gretchen. Als Papa mich nach ihr fragte, war ich ratlos. „Ich habe Irene gesagt, sie soll sich um sie kümmern …"

Aber Irene saß in der Küche auf dem Boden und spielte mit unseren Kätzchen. *Wenn Mama das sehen würde*, huschte es mir durch den Kopf. Mama erlaubte keine Katzen im Haus. Sie hatte eine Katzenhaar-Allergie und hustete sich die Seele aus dem Leib, wenn eine Katze in ihre Nähe kam.

„Irene! Iiireeene!" rief Papa laut, und sie hob ihren Kopf. „Wo ist Grete?!"

„Woher soll ich das denn wissen?"

„Aber ich habe doch…" Sie lässt mich nicht ausreden und wirft mir vor, ich hätte auf Gretchen selbst aufpassen sollen.

Doch es war noch einmal gut gegangen. Eine junge Frau aus dem Nachbardorf hatte Gretchen auf dem Weg aufgelesen, als sie barfuß und ziemlich ausgekühlt am Wegesrand saß und weinte. Sie habe sich verlaufen, hatte sie der freundlichen Frau erklärt. Die freundliche Frau hieß Maria. Sie wickelte Gretchen in ihr Tuch und brachte sie nach Hause. Dass diese Maria eine Rolle in unserem weiteren Leben spielen würde, ahnte damals keiner von uns.

Am gleichen Abend rief uns Papa zu Mamas Bett. Sie war für kurze Zeit zu sich gekommen, nachdem die Krankenschwester ihr ein Schmerzmittel verabreicht hatte. „Sie soll keine Schmerzen haben", sicherte sie dem Vater zu.

Ein tiefer Schatten umhüllte Mamas Augen, ihr Mund war nur ein schmaler Schlitz mit blauen Lippen. Doch ihr Blick, den sie auf uns richtete, war voll Liebe und Sorge.

Als sie mich anschaute, flüsterte sie leise: „Almine, du bist die Älteste. Du wirst als Erste konfirmiert. Ich habe für dich etwas vorbereitet. Da, in der Schublade", sie zeigte auf die alte Kommode, „liegt ein Stück Stoff. Lass dir zu deiner Konfirmation ein Kleid davon nähen."

Sie schloss die Augen und schwieg eine Weile. Als sie sie wieder öffnet, ist ihr Blick auf das Baby gerichtet. „Den Kleinen nehme ich mit!"

Dieser böse Vogel, die Eule! Sie hatte nicht lockergelassen. Ich stürzte raus, suchte nach einem Stein, wollte das Ungeheuer vom Baum jagen. Aber es war nicht mehr da.

***

Die Nachbarn kamen zu uns, um die Totenwache zu halten. Mama wurde auf einem Teppich aufgebahrt, das Brüderchen neben ihr. Ich schaute Mama so lange an, bis es mir vorkam, sie sei nicht tot, sie schliefe nur. Ihre Gesichtszüge waren entspannt und friedlich. *Jetzt hat sie keine Schmerzen mehr*, dachte ich. Gleich würde sie die Augen öffnen und uns sagen, dass alles nur ein Traum war. Und alles würde wie früher.

Aber sie wurde nicht wach, je länger ich wartete, desto verzagter wurde ich. Und danach war nichts wie früher.

Ich habe vergessen, wie die Beerdigung verlaufen ist, ich erinnere mich nur daran, dass die beiden in einem Sarg beerdigt worden sind und dass Papa nicht mit seiner Blaskapelle spielte. Grete hing die ganze Zeit an meinem Saum, sie war müde und fragte immer nach

Mama. Eine Nachbarin nahm sie auf den Arm und sagte, dass Mama jetzt ein Engel sei, mit Flügeln, und jederzeit zu uns herunterfliegen könne.

Später wühlte ich in der Schublade und suchte nach dem Stoff, den Mama für mich aufbewahrt hatte. Er war wunderschön, aus feiner hellbrauner Wolle. Es würde ein wundervolles Kleid zu meiner Konfirmation werden. Ich musste weinen, als mir klar wurde, dass Mama an meinem großen Tag nicht dabei sein würde.

6

Meine Oma Emilia ist 1924 gestorben. Sie war erst 42 und meine Mutter gerade sieben Jahre alt. Nach ihrem Tod verbrannte Opa Ed die Ausreisedokumente und versank in Schwermut. Er sprach kaum noch und war immer in der Mühle, auf dem Feld, im Stall oder im Wald. Auch sein Orchester vernachlässigte er. Sein Bruder Daniel schickte ihm aus Kanada besorgte Briefe, doch Papa gab ihm keine Antwort.

Immer wieder quält mich die Frage, was meinen Eltern und uns Kindern alles an Widrigkeiten erspart geblieben wäre, wenn sie damals die Ukraine verlassen hätten. Aber mit seiner geliebten Frau und dem sechsten Kind hatte Opa Ed auch ein Großteil seines Lebenswillens verlassen.

Im selben Jahr, als meine Oma starb, wurde an der Wolga die autonome sozialistische Republik der Wolgadeutschen gegründet. Wollte die Regierung doch die Deutschen, die bereit waren, Russland für immer zu verlassen, beschwichtigen, ihnen etwas bieten, damit sie doch blieben? 400.000 Deutschen gelang es zwischen 1918 und 1926, Russland zu verlassen. Es waren die letzten Versuche, über Sibirien und China nach Amerika auszuwandern. Die USA stellten in Wladiwostok Schiffe zur Verfügung. Ein Teil der Flüchtlinge wurde unterwegs gestoppt und in Sibirien angesiedelt.

1927 gestattete die sowjetische Regierung die letzte Neugründung des deutschen Areals im Altaigebiet. Danach begann die Kollektivierung. Ende 1929 kamen rund 14.000 Deutsche aus allen Teilen des Landes nach Moskau, in der Hoffnung, eine Ausreisegenehmigung zu er-

halten. Nach langen Verhandlungen wurde knapp die Hälfte (5.671 Personen) in Deutschland aufgenommen – nur zur Durchreise! – und nach Nord- und Südamerika weitergeleitet. Die anderen wurden gewaltsam zurücktransportiert.

Alma

Papas Bruder Daniel in Kanada war sehr enttäuscht, dass sein Bruder seine eventuell letzte Chance aufgegeben hatte, Russland zu entkommen. Von ihm kamen lange keine Briefe mehr. Es waren traurige Zeiten.

Für mich hieß es: Ich durfte nicht zur Schule. Unsere kleine Greta war drei, sie konnte nicht allein zu Hause bleiben. Aber ich beklagte mich nicht. Meinen Kummer darüber bemerkte niemand. Alle waren in Trauer versunken.

Dann wurden wir von einem seltenen Gast überrascht. Tante Augusta, meine Groß- und Patentante, kam zu Besuch. Die Nachricht über Mamas Tod hatte sie viel zu spät erreicht, sie schaffte es nicht zu der Beerdigung. Zwei Wochen lang blieb sie bei uns, kümmerte sich um uns, besonders um mich. Wir gingen jeden Tag zum Friedhof, bepflanzten Mamas Grab mit Rosen und Margeriten. Unterwegs erzählte Tante Augusta Geschichten aus Mamas Jugend, die sich in einer ganz anderen Zeit und anderen Welt abgespielt hatte.

***

Damals war Russland zaristisch, Mama besuchte das Gymnasium, wo sie in Mathematik und in der englischen und französischen Sprache unterrichtet wurde. Gute Bildung sicherte damals jungen Damen eine gute Partie.

Meine Großeltern mütterlicherseits waren vermögend, sie führten ein florierendes Stoffgeschäft und ermöglichten ihren drei Töchtern eine gute Ausbildung. Mein Großvater, den ich leider nicht kennenlernen durfte, war sehr traurig darüber, dass er keinen männlichen Nachfolger hatte. Er schärfte seiner Frau ein, die Erziehung der Töchter nicht zu vernachlässigen, sie sollten außer Musik und Sprachen etwas Nützliches lernen. Darunter verstand er, dass Mädchen lernen sollten, wie man einen guten Fisch und Braten zubereitet, die Suppennudeln richtig schneidet und später dem Mann viele Kinder schenkt.

Aber seine Töchter waren lebhaft und neugierig, sie strebten nach anderem, als nur Ehefrau und Mutter zu sein. Tante Augusta meinte, wenn meine Mutter in eine andere Zeit hineingeboren worden wäre, hätten ihr ihre Fähigkeiten und ihre unbändige Lebhaftigkeit eine ganz andere Zukunft ermöglicht. Vor allem vor dem Hintergrund der wachsenden Bemühungen der Frauen um Gleichberechtigung Anfang des zwanzigsten Jahrhunderts – auch in Russland.

Das alles war neu für mich, Mama hatte mir davon nichts erzählt. Ich war noch viel zu klein, um es zu verstehen. Meine Tante Augusta gab bereitwillig Auskunft, soweit sie konnte, als ich sie mit vielen Fragen löcherte.

Ihren Erzählungen nach waren Mama und ihre Schwestern sehr attraktiv. Mama war die älteste von ihnen. Sie hatte sich sehr lange um die Heirat gedrückt, in der Hoffnung, irgendwann ihre musikalische Begabung in St. Petersburg verwirklichen zu können und Pianistin zu werden.

Nach der Revolution im Jahr 1905 verbot ihr Vater ihr ein für alle Mal, sich weitere Hoffnungen zu machen. Er entschied kurzerhand, dass seine Tochter jetzt alt genug sei, um zu heiraten und Kinder zu bekommen. Die Aufgabe, ihr die Flausen aus dem Kopf zu schlagen, sollte der Zukünftige übernehmen.

Mama soll getobt haben, als sie erfuhr, dass ihr Vater eine Heiratsvermittlerin eingeschaltet hatte. Aber als bald darauf eine entfernte Verwandte bei ihnen auftauchte und von einem begabten Musiker erzählte, der im Militärorchester der russischen Zarenarmee diente und bald nach Hause kommen würde, war sie plötzlich wie umgewandelt. Sie betrachtete ein mitgebrachtes Bild von ihm, auf dem er in einem großen Saal mit dreißig anderen Musikern ein Konzert gab, er selbst am Kontrabass.

Dieser unbekannte Musiker weckte das Interesse meiner Mutter. Sie bat um das Bild und versprach den Eltern, den Mann kennenlernen zu wollen. Und obwohl sein Aussehen und sein Alter (er war zehn Jahre älter als sie) mit dem Foto nicht übereinstimmten und sein Wesen nicht den Schilderungen der entfernten Verwandten entsprach, willigte sie zur großen Erleichterung ihrer Eltern in die Heirat ein.

Meine Eltern waren in der Tat sehr verschieden. Mein Vater war meistens ernst, wenig gesprächig. Mama war viel lebhafter, und von Tante Augusta erfuhr ich, sie habe in ihrer Jugend sogar übergeschäumt vor Temperament. Die Tante schlief mit mir in einem Bett und ich konnte ihr Löcher in den Bauch fragen Sie erzählte mir die tollsten Geschichten, auch solche, die ihr selbst irgendwann passiert waren.

Tante Augusta war Mitglied der kommunistischen Partei und hatte die Fahne der Revolution geschwenkt. Sie war Lehrerin von Beruf und machte schnell Karriere. Gleich nach der Revolution leitete sie die Schulbehörde, kämpfte um die Durchsetzung der allgemeinen Schulbildung, besonders auf dem Lande, wo zur Erntezeit die Kinder mitarbeiten mussten, denn nur wenige Landwirte konnten Hilfskräfte bezahlen.

Später habe ich mich oft gefragt, an welche andere Zukunft Tante Augusta wohl gedacht haben mochte, als sie von Mama sprach? An ein Leben, wie sie es führte? Ich sehe sie vor meinen inneren Augen, wie sie vor mir stand. Sie trug eine Lederjacke, die mit einem Gurt geschnürt war, und an dem Gurt hing eine Revolvertasche mit einer echten Pistole.

Als Volkskommissarin war es ihr erlaubt, diese Waffe zu tragen. Diese Pistole durfte ich sogar einmal anfassen, als sie von ihr gereinigt wurde. Sie war vorsichtshalber nicht geladen. Ich fragte, wozu sie eine Pistole brauche. Sie sei oft unterwegs, erklärte sie mir, und es sei nicht ungefährlich, als Frau allein unterwegs zu sein.

Meine Patentante reiste zwei Wochen später ab. Ich stand an unserer Toreinfahrt und heulte, winkte ihr, und sie wedelte mir mit ihrem roten Tuch zu, das sie normalerweise immer um ihre Haare geschlungen hatte. So blieb sie mir in Erinnerung: eine große, stattliche Frau, mit ungebrochenem Eifer und Glauben an ihre kommunistische Partei.

Zehn Jahre später verlor sie ihren Mann und ihren einzigen Sohn, die auf Grund einer Verleumdung als Staatsverräter angeklagt und kurzerhand erschossen wurden.

Sie selbst musste viele Jahre in einem sibirischen Lager verbringen. Doch sie überlebte diesen ganzen Wahnsinn und erreichte ihren 102. Geburtstag. Den durfte sie in ihrer historischen Heimat Deutschland feiern. Dass sie in ihrer neuen alten Heimat begraben ist, tröstet mich sehr.

***

Als ihr Pferdewagen aus meinen Augen verschwand, zerbrach noch einmal etwas in mir. Ich fühlte mich sehr einsam. Tante Augustas Berichte über meine Mutter halfen mir, die Erinnerungen an sie zu bewahren, denn was wusste ich Siebenjährige schon von ihr, sie war viel zu früh von uns gegangen. Mein Vater betete sie an, das hat er mir kurz vor seinem Tod im Jahre 1937 gestanden, dreizehn Jahre nach Mamas Tod.

„Ich habe nie gedacht, dass ich nach meiner Begegnung mit Alma jemanden anderen lieben lernen könnte. Deine Mutter war eine sehr sanfte Frau. Ich hätte mir nie erlaubt, im Gespräch mit ihr meine Stimme zu erheben. Sie hat sich für mich und unser bescheidenes Leben auf dem Lande entschieden, und niemals hat sie sich über zu viel Arbeit beklagt. Sie fehlt mir jeden Tag. Für mich ist sie nicht tot, sie lebt in meinem Herzen."

„Und Alma?", fragte ich. „Hast du sie vergessen?"

„Nein, wie könnte ich das? Die erste Liebe vergießt man nie. Das weißt du selbst." Ja, mit zwanzig wusste ich das schon und außerdem inzwischen auch, was mich mit meiner Namensvetterin zusätzlich verband.

***

Es war eine schwere Zeit für uns nach Mamas Tod. Mich traf es besonders hart, ich musste viel im Haushalt helfen, der ziemlich groß war: vier Pferde, viele Hühner, Gänse, Enten und eine dreijährige Kuh Maruscha. Wie ich damit fertig wurde, weiß ich heute nicht mehr.

Meine Schwester Irene war mir in dieser Zeit keine Stütze, sie war auch kein liebes Mädchen. Sie nahm mir meine wenigen Spielsachen weg, machte sie kaputt oder tauschte ihre Beute mit einem der Mädchen im Dorf. Wenn ich mich ihr in Weg stellte, schlug sie mich. Meine Brüder mischten sich nicht ein, und mein Vater bemerkte es nicht. Ich hatte keinen Mut, ihm das zu erzählen. Ich wusste, was er sagen würde, das gleiche wie immer: „Du bist doch die Ältere, wehre dich!" Aber Irene war stärker als ich und oft voller Hass.

Und dann war da ja auch noch meine kleine Schwester Greta, um die ich mich als Älteste zu kümmern hatte und deshalb nicht in die Schule gehen sollte. Nachts habe ich in meinen Gebeten Mama angefleht, ob sie mir nicht helfen könne.

Und dann geschah etwas, das mein Herz mit Glück überflutete. Unser Dorflehrer wusste, wie aufgeweckt und neugierig ich war und dass ich unbedingt lernen wollte. Spätabends kam er zu uns und bat Papa, er solle seine Tochter unbedingt endlich in die Schule schicken.

Ich versteckte mich in der Küche und lauschte aufgeregt mit klopfendem Herzen dem Gespräch. Papa murmelte etwas von viel Arbeit, vom kleinen Gretchen, das nicht allein zu Hause bleiben könne, und rieb sich verlegen seinen ungepflegten Bart. Der Lehrer schlug vor, dass ich meine kleine Schwester mit in die Schule bringen könne. Papa, der immer ein Vorbild in der Gemeinde war, schämte sich wahrscheinlich für seine unbeholfene Ausrede, willigte ein und begleitete den Lehrer zur Haustür. Bevor der Lehrer herausging, entdeckte er mich, mäuschenstill versteckt in der Ecke der Küche.

„Morgen um acht Uhr. Vergiss die Hefte nicht." Seine Augen leuchteten warm.

Papa suchte einen Leinensack, schüttelte ihn kräftig draußen aus und legte ihn an meinen Tischplatz. Dann schaute er meine Schuhe an, klebte neue Sohlen drunter und stellte sie vor mein Bett. An dem Abend schrubbte ich unsere Küche besonders eifrig, dann wusch ich meine Haare und schnitt die Nägel. Lange konnte ich nicht einschlafen und betete mit geschlossenen Augen: „Danke, lieber Gott. Danke Mama ..."

Gretchen schlief noch fest, als ich sie weckte. Sie war ein liebes Kind. Nie weinte sie ohne Grund oder quengelte herum. In der Schule saß sie ganz still neben mir und schlief manchmal im Sitzen ein. Dann schob ich ihr meinen Schulbeutel vorsichtig unter den Kopf, und sie schlief weiter.

Nur vier Jahre hatte ich das Glück, zur Schule gehen zu dürfen. Aber das waren sehr glückliche Jahre. Ich habe alles aufgesaugt, was uns der Lehrer erzählte. Alles, was ich zu lesen bekam, speicherte ich in meinem Kopf. Geschichten, Lieder, Gedichte. Viele davon kann ich heute noch.

* * *

1932 wurde meine Konfirmation gefeiert, leider auch die letzte, die in unserer Kirche stattfinden durfte. Ich sah hübsch aus in meinem neuen Kleid. Schade, es war nicht aus Mamas braunem Stoff. Aus dem Stoff hatte meine Stiefmutter einen Anzug für meinen Vater angefertigt. Papa hatte sich dagegen wehren wollen, der Stoff sei viel zu dünn für einen Herrenanzug. Die Stiefmutter hatte ihren Willen jedoch durchgesetzt. Sie meinte, es sei ein feiner Stoff für einen Sommeranzug. Ich hatte nur sehr schwach eingewandt, dass Mama doch den Stoff für mich aufbewahrt habe. Aber auch mir hörte niemand zu. Papa hat den Anzug nicht ein Mal angezogen.

Aber zu meiner Konfirmation nähte meine Stiefmutter für mich ein Kleid aus weißem Stoff, den sie aus 3 Kopftüchern zusammenstellte. Sie war eine geschickte Näherin. Am Kragen und an den Manschetten hatte sie ein zartes Muster angenäht.

***

Ich habe hier etwas vorgegriffen, denn ich habe ja noch gar nichts von der Stiefmutter erzählt. Es ist keine schöne Geschichte, und ich erzähle sie nicht gerne, weil sie wie ein Märchen über ein kleines Mädchen und ihre böse Stiefmutter klingt. Aber ja, sie war böse, die Maria, unsere Stiefmutter. Herr, vergib ihr ihre Sünden.

Papa war mit 52 ein Witwer mit fünf Kindern geworden. Aber für Frauen war er trotzdem ein interessanter, begehrenswerter Mann, selbst junge Frauen sahen in ihm eine gute Partie.

Maria war so eine Anwärterin. Sie wohnte im Nachbardorf. Und es war *die* Maria, die an Mutters Todestag unser Gretchen auf dem Waldweg aufgelesen und nach Hause gebracht hatte.

Der Dorfklatsch blühte: *Jung und frisch, sie könnte einen jüngeren Bräutigam haben*, hieß es bei den Nachbarn. *Fast 30 Jahre Unterschied*, stellten sie kopfschüttelnd fest. Tatsächlich waren es 25. *Was will sie mit so einem alten Mann und mit seinen Kindern? Hat sie ihn verführt? Oder er sie? – Er ist doch ein Mann in den besten Jahren*, verteidigten ihn andere voller Respekt. *Sicher will er für seine Kinder wieder eine Mutter haben. Sie soll sich um sie kümmern und sie behüten.*

Es ging also um uns drei kleine Mädchen, die so gerne getröstet und wieder in Obhut sein wollten. Maria kam ab und zu wie zufällig zu unserem Hof, hat uns angesprochen, ausgefragt und mit uns gespielt. Bald kam sie gleich nach dem Frühstück, wusch unsere Haare und flocht uns Zöpfe. Mit ihr gingen wir in den Wald, sammelten Blumen, Beeren und Pilze. Wir banden zusammen Blumenkränze und sangen Kinderlieder. Unsere kleinen Herzchen füllten sich nach dem schmerzlichen Verlust der Mutter wieder mit Freude.

Wie es zur Annäherung zwischen meinem Vater und Maria kam und warum sie in ihrem Alter noch nicht verheiratet war, weiß ich bis heute nicht, ich erinnere mich nur an den Tag, als Papa uns ganz ernst in die Augen schaute und fragte: „Wollt ihr sie zur Mama haben?"

„Ja, ja, das möchten wir!", riefen wir freudig. Wir wussten eben nicht, dass Maria uns als Waffe benutzt hatte. Nur Eduard, der erwachsen genug war, um zu verstehen, dass Maria es lediglich auf unseren Hof und Papas Ansehen in der Gemeinde abgesehen hatte, mochte sie von Anfang an nicht. Aus Respekt vor unserem Vater sagte er aber nichts.

Später habe ich mich oft gefragt, warum sie sich so veränderte. Vielleicht war sie zu jung für das, was sie sich vorgenommen hatte. Wahrscheinlich hat sie selbst unter dieser Situation gelitten. Aber ganz verstanden habe ich es nie, warum aus unserer lieben Freundin bald eine böse Stiefmutter wurde.

Mein großer Bruder musste einmal in der Woche drei Laibe Brot backen, weil Maria das nicht hinkriegte. Sie verbrannte das Brot oder vergaß, den Sauerteig fürs nächste Backen aufzubewahren. Mein Bruder konnte es so gut wie Mama.

Ich stand bei Dunkelheit auf und musste den Ofen anmachen, bevor die Stiefmutter das Frühstück zubereitete. Jeden Morgen war es das Gleiche: Der Ofen war kalt und voll Asche vom gestrigen Tag. Ich musste sie zusammenfegen und in einem Eimer nach draußen tragen. Aus kleinen Holzspalten bastelte ich ein kleines Türmchen, dann legte ich größere Holzscheite dazu, und erst dann versuchte ich, das Holzspaltentürmchen darunter anzuzünden. Wenn das zu früh zusammenbrach, musste ich von vorne anfangen. Irgendwann funktioniert es gut. Dann saß ich vor der Ofentür und schaute ins Feuer.

Als die Stiefmutter zum zweiten Mal schwanger war, durfte ich wieder nicht mehr zur Schule gehen. Sie beschäftigte sich die ganze Zeit mit sich selbst, und an mir blieb die gesamte Hausarbeit hängen. Insgeheim hasste ich mein kleines ungeborenes Geschwisterchen, weil ich seinetwegen zu Hause bleiben musste. Wenn ich nach dem Feuermachen im Ofen ein wenig vor der Ofentür saß und in die lodernden Flammen blickte, dachte ich wehmütig an meine Freunde, die sich in dieser Zeit für die Schule anzogen, die von ihren Mamas zubereiteten Butterbrote in einen Schulbeutel packten und sich auf den Weg machten. Ich hätte auch gern meine Schultasche gepackt und wäre zur Schule gelaufen, in dem nun ein neuer Lehrer unterrichtete. Ich hatte ihn auch schon gesehen. Er war älter als der vorherige, er hinkte ein bisschen, hatte gütige Augen, und vor ihm glaubte ich keine Angst haben zu müssen.

***

Angst hatte ich vor dem Lehrer gehabt, der mich ein Jahr lang unterrichtet hatte. Anfangs hatte er mich oft für meine saubere Schrift und mein gutes Gedächtnis gelobt. Wenn ich besonders gut vorlas, tätschelte er meine Wange und den Kopf. Ich war so stolz auf mich und so glücklich, denn zu Hause tätschelte mich seit

Mamas Tod keiner mehr. Ich blühte auf, bis dann plötzlich etwas Entsetzliches passierte.

In einer zweiten Unterrichtsstunde schickte mich der Lehrer in den Nebenraum, wo die Ersatzstifte und Hefte lagen. Ich sollte ihm ein paar Stifte bringen. Während ich die dort suchte, stand plötzlich der Lehrer hinter mir. Er fasste mich von hinten an und presste seinen Körper an mich. Seine Hände wanderten forsch und hektisch von meinen Brüsten an meine Oberschenkel. Meine Haare blieben in den Knöpfen seiner Jacke hängen, so dicht stand er hinter mir. Ich fühlte etwas Hartes in meinem Rücken, und ich spürte seinen heißen Atem an meinem Hals.

Sein leises Flüstern: „Warum bist du immer so schüchtern?" verwirrte mich. „Sind deine Eltern sehr streng? Bestrafen sie dich? Ich werde mich um dich kümmern! Und ich werde dafür sorgen, dass du auch nächstes Jahr in meine Klasse kommst."

Er atmete schnell und schnaubte wie ein wilder Hengst. Es war für mich nichts Neues, dass in einem Dorf jeder über seinen Nachbarn Bescheid weiß und er von meiner bösen Stiefmutter gehört haben musste. Aber ich verstand nicht, was das in dieser Situation zu bedeuten hatte. Ich versuchte, mich zu befreien, aber es gelang mir nicht. Er packte mich zwischen meinen Beinen und drückte mich fest an sich.

Irgendwann ließ er mich los, strich meine wuscheligen Haarsträhnen hinter die Ohren, steckte mir einen Bonbon in die Hand und schubste mich zur Tür. Mit niemandem wollte ich über diesen Vorfall reden, nicht einmal mit meinem Papa. Ich empfand Ekel, aber auch Angst, dass er es immer wieder tun würde.

Besonders meiner Stiefmutter konnte ich das unmöglich erzählen. Sie hätte mir die Schuld gegeben. Hatte sie uns doch schon früh eingeschärft: „Gnade euch Gott, wenn ihr einen Bastard im Rocksaum nach Hause bringt!" Sie drohte dabei mit ihrem Zeigefinger und warf uns böse Blicke zu. Wir hatten nicht verstanden, worüber sie redete. Fragen waren da nicht erwünscht.

Oft grübelte ich im Bett beim Einschlafen, wie ein Kind in meinen Rocksaum kommen sollte. Der Saum meines Kleides war nicht groß genug, dort konnte man unmöglich ein Kind tragen. Aber der Vorfall mit dem Lehrer machte mir Angst. Konnte ich womöglich von seiner Grabscherei schwanger geworden sein?

***

Aber dann musste ich ja bald zu Hause bleiben und die Aufgaben meiner hochschwangeren Stiefmutter übernehmen. Meine jüngere Schwester Irene durfte zur Schule gehen, verschwendete über Marias Belehrungen keine Gedanken, streckte ihr die Zunge entgegen und lief weg. Sie hasste Maria mit der ganzen Kraft ihrer kleinen Kinderseele.

Und Papa, wo blieb seine Zuneigung zu mir? Als Mama noch lebte, war er ein so lieber Vater gewesen, immer stand er uns zur Seite, wenn wir Trost brauchten. Seine Liebe hatte mir Halt gegeben. Er achtete darauf, dass ich nicht krumm am Tisch saß, dass ich nicht zu viel und nicht zu hastig aß, den Erwachsenen nicht widersprach, das Nachtgebet nicht vergaß und nicht neidisch auf ein neues Kleid oder die Schuhe anderer Mädchen war. Lügen und Stehlen waren für ihn große Sünden. Dafür gehe man in die Hölle, wenn man stirbt. Es war keine gute Aussicht, in die Hölle zu kommen. Nein, da wollte ich nicht hin und versuchte deshalb immer, lieb und brav zu sein. Aber diese Gespräche gab es nicht mehr. Papa war meist außer Haus, und wenn er zum Essen kam, war er müde und schweigsam.

Nach dem Frühstück räumte ich die Küche auf, fegte und wischte den Boden. Mittags, wenn ich im Stall frisches Heu verteilte, hörte ich von draußen die Stimmen meiner Freunde und Freundinnen, die aus der Schule heimkamen. Oft saß ich abends müde von der Arbeit am Ofen, weinte und beneidete Irene, die sich in der Schule nur langweilte. Wie gerne hätte ich mit ihr getauscht!

* * *

Ich hatte gehofft, wenn das Baby erst geboren wäre, würde die Stiefmutter den Haushalt wieder übernehmen und ich dürfte zur Schule. Doch ich irrte mich. Nach der Geburt ihrer zweiten Tochter wurde es noch schlimmer. Die Eltern stritten sich oft. Maria war jung und nicht besonders fleißig. Der Haushalt, fünf Stiefkinder, viele Tiere, der große Garten und die beiden eigenen kleinen Mädchen, die sie noch von meinem Vater bekommen hatte, das war zu viel für sie. Mehrfach lief sie nach einem Streit mit Papa von zu Hause weg. Ihre Babys wurden wach und schrien. Unter anderen Umständen hätten wir die beiden neuen Geschwister vielleicht ins Herz geschlossen. Aber damals fühlten wir uns betrogen und enttäuscht, auch von Papa, wenn er uns weckte, um Maria zu suchen.

Auf unsere Frage, wo wir die Stiefmutter denn suchen sollten, schickte er Irene und mich ins Nachbardorf, dort wohnten Marias Eltern. Ohne Widerrede liefen wir in die Nacht hinaus. Fünf Kilometer durch den Wald, auch im Winter, das war zu viel für kleine Mädchen. Als wir halb erfroren an die Tür der Eltern unserer Stiefmutter klopften, konnten wir vor Angst und Erschöpfung kein Wort sagen. Das war auch nicht nötig. Marias Vater, ein alter Mann, rieb unsere kleinen Füßchen mit seinen großen Händen warm, wickelte uns in Decken und steckte uns ins Bett. Dann hörten wir sein Brüllen, mit dem er seine Frau aus dem Bett holte: „Geh und such deine Tochter!"

Was war nur aus unserem Vater geworden? So traurig und niedergeschlagen, dass er nicht einmal selbst merkte, was er uns damit antat. Es dauerte noch eine Weile, bis unser älterer Bruder sich einmischte. Beim nächsten Streit kam er aus seinem Zimmer, und mit fester Stimme befahl er: „Mädels, ab ins Bett, und Du geh selbst deine Frau suchen!"

Es war eine Wohltat. Wir konnten im Bett bleiben, froh, dass unsere nächtlichen Einsätze endlich ein Ende hatten. Aber an Einschlafen war in solchen Situationen nicht zu denken. In meinem Herzen kämpften Mitleid und Liebe, aber auch Verachtung für unseren Vater miteinander, und ich weinte viele Tränen in mein Kissen.

***

Nach Mamas Tod fehlte sie mir immer und überall. Wie ein krankes Tier suchte ich mir ein Versteck, in das ich mich zurückziehen konnte, um meine Trauer zu überwinden. In unserem Wohnzimmer hing ein Spiegel, der zu Mamas Aussteuer gehört hatte und seit ihrer Hochzeit dort hing. Der ehemals hellbraune Holzrahmen war rau, rissig und grau geworden. Nachdem Mama tot war, hat ihn keiner richtig geputzt, geschweige denn lackiert. Auch das Spiegelglas hatte schwarze Flecken bekommen und drohte, blind zu werden. Wahrscheinlich war Feuchtigkeit eingedrungen und breitete sich langsam immer weiter aus.

Ich bin öfter in unbeobachteten Momenten ins Wohnzimmer geschlichen und habe mich im Spiegel betrachtet. Mir schien, ich konnte Mama sehen, wie sie vorm Spiegel sitzt und ihre schönen lockigen braunen Haare bürstet und hochsteckt. Mit dem Zeigefinger geht sie über ihre Augenbrauen und dann berührt sie ihr Grübchen am Kinn. Mama hat nie geglaubt, eine Schönheit zu sein, doch dieses Grübchen machte ihr Gesicht weich und sinnlich.

An einem Tag, als ich dachte, allein im Haus zu sein, schlich ich wieder ins Wohnzimmer und betrachtete mich im Spiegel. Was ich dort sah, gefiel mir nicht besonders. Schmales Gesicht, die Nase ein bisschen zu groß, schmale Lippen. Später wurde mir bewusst, sie sind nicht schmal, sie sind nur zusammengepresst vor Angst und Schüchternheit, immer darauf bedacht, dass nichts aus meinem Mund herausrutschte, was für ein kleines Mädchen als vorlaut galt. Aber meine Augen, graugrün mit langen Wimpern, sie gefielen mir, und meine Haare fand ich auch schön. Meine Laune besserte sich, und ich versuchte, Mamas Bewegungen nachzumachen, steckte meine Haare hoch und schnitt Grimassen, mit denen ich ein Grübchen ans Kinn zaubern wollte. Nichts war mir in diesem Moment wichtiger als dieses Grübchen, so wie es Mama hatte – oder Selma, Mamas liebste Freundin.

Selma war eine gute Schneiderin. Sie hatte für Mama ihr letztes Kleid genäht, das sie im Grab trug. Aus cremefarbenem Stoff, den Selma mit seidenen Bändchen verziert hatte. Die Reste dieses Bändchens hob ich auf und flocht sie manchmal in meine Zöpfe ein. Dann erzählte ich jedem, dass die schönen Bändchen die gleichen seien, wie die an Mamas Totenkleid. Eine alte Frau blieb einmal bei mir stehen, legte mir ihre warmen Hände auf die Schulter und sagte leise:

„Trage sie nicht mehr, liebes Kind. Trage sie nicht." – „Warum?" – „Ein schlechtes Omen ist das." Ich verstand nicht, warum das schlecht sein sollte, aber die Bändchen habe ich nicht mehr getragen.

Solche Erinnerungen schmerzten immer wieder. Auch als ich vor dem Spiegel Grimassen schnitt und zwischendurch Mama von meinem Kummer erzählte. Ich wischte meine Tränen ab und versuchte, wieder zu lächeln, um Grübchen ans Kinn zu zaubern.

Plötzlich fühlte ich mich von hinten gepackt. Erschrocken drehte ich mich um. Meine Stiefmutter schaute mich misstrauisch an: „Was machst du hier?"

Ich sammelte meinen ganzen Mut zusammen und fragte sie, ob ich auch solche schönen Grübchen, wie Selma hätte. Die Stiefmutter blickte mich verblüfft an. Dann begann sie abschätzig zu lachen: „Was bildest du dir ein? Das ich nicht lache", und schickte mich mit einem unwirschen: „Glaubst du, ich bin eure Putzfrau?" in der Küche, um dort sauber zu machen.

Und wieder bildete ich mir für einen Moment ein, Mamas Gesicht im Spiegel zu sehen. Ihre Augen schienen feucht zu sein. Aber schon schoben mich die kräftigen Hände meiner Stiefmutter vom Spiegel weg und aus dem Wohnzimmer heraus.

Ich holte Wasser aus dem Brunnen, stellte in der Küche einen großen Topf auf den Herd und streichelte sanft das Fell unseres Hundes. Es tat mir gut, wie er sich genüsslich streckte und die Augen schloss, nachdem er kurz dankbar zu mir aufgeschaut hatte. In diesem Moment schwor ich mir, dass ich meine Kinder, wenn ich welche haben sollte, niemals schlagen würde. Sie sollten schlafen können, so lange sie wollen, und ich würde sie niemals so schwer arbeiten lassen, wie ich es musste. Und sie sollten zur Schule gehen und danach draußen spielen können. Mit diesem Vorsatz gab ich dem Hund einen zärtlichen Schubs aufs Hinterteil und schickte ihn aus der Küche. Es wartete viel Arbeit auf mich, zum Spielen hatte ich keine Zeit.

* * *

Mein Leben war trostlos, und ich wurde immer stiller. Die Nachbarn hielten mich oft auf der Straße an und fragten nach meinen Geschwistern. Sie steckten mir ab und zu Bonbons oder ein Stück Kuchen zu. Ich solle es gleich aufessen, meinten sie, ich würde ja immer dünner.

Über Marias Benehmen erzählte ich nichts. Auch als es bei uns zu Hause immer schlimmer wurde, vor allem, wenn Papa und die Brüder nicht anwesend waren. Und sie waren oft nicht da.

Irene hat das Ganze noch schlimmer gemacht. Einmal flüsterte sie mir ins Ohr, dass sie Maria in der Werkstatt mit einem Fremden erwischt habe. Sie hatte sich in einer Ecke versteckt und die Liebesszene beobachtet. Jetzt hatte Irene unsere Stiefmutter in der Hand. Sie wurde noch frecher und lauter zu ihr und fing an, Maria zu provozieren. Einmal schrie sie unsere Stiefmutter sogar an: „Du beklaust uns, du bringst Speck und Wurst zum Markt und verkaufst es!"

Die Situation eskalierte. Maria schnappte einen Holzschuh, warf ihn nach Irene, traf aber unsere kleine Schwester Greta. Die Kleine ist fiel bewusstlos um, und wir schrien: „Gretchen ist tot, Gretchen ist tot!"

Durch unser Geschrei aufgeschreckt liefen die Nachbarn herbei und holten Greta mit Wasser und Tätscheln auf die Wangen ins Leben zurück.

Von da an herrschte Krieg. Wir hassten sie und sie uns. Obwohl die älteste der drei Schwestern, war ich sehr schüchtern. Ich versuchte, Maria aus dem Weg zu gehen, so gut es ging. Sie verängstigte und bedrängte mich.

Ein Erlebnis aus dieser Zeit habe ich nie vergessen können. Wahrscheinlich hatte sie an dem Tag wieder nichts gekocht, so wie es immer mehr zur Regel wurde. Ich schlich mich heimlich in den Hühnerstall und versteckte mich. Dort wartete ich, bis sie aus dem Haus ging. Dann zündete ich schnell ein kleines Feuer an und kochte mir in einer Blechdose ein Ei. Es musste schnell gehen. Ich fischte das Ei aus dem heißen Wasser heraus und prüfte, ob es schon fertig war. Wenn sich ein Ei im Kreisel leicht drehen lässt, das wusste ich, dann ist es gar. Ich war so vertieft in meine Tätigkeit, dass ich ihr Heranschleichen nicht bemerkte. Aus heiterem Himmel bekam ich eine Ohrfeige, und sie nahm mir das Ei ab. Was mehr schmerzte, mein leerer Magen, die Ohrfeige oder die Kränkung, ich kann es bis heute nicht genau sagen.

Zwanzig Jahre später, als ich meine Verwandten besuchte, sah ich auch meine Stiefmutter wieder. Sie deckte für mich und meine Familie den Tisch reichlich. In der Mitte stand eine große Schüssel, voll mit gekochten Eiern. Auch nachdem ich ihr zuliebe zwei gegessen hatte, schob sie mir die Schüssel näher und bot mir an, ich könne noch mehr davon nehmen. Auf meine Bemerkung hin, dass ich kein drittes mehr runter bekäme, brach sie plötzlich in Tränen aus.

„Du mochtest doch Eier so gern", schluchzte sie, als

die Weinkrämpfe etwas nachgelassen hatten. Sie hatte die unschöne Szene im Hühnerstall offenbar auch nicht vergessen! Ich umarmte sie, und wir beide haben noch eine Weile zusammen geweint. Als eine erwachsene Frau und Mutter verzieh ich ihr. Das Kind in mir weigerte sich, es zu vergessen.

***

An seinem Lebensende vertraute mir Papa an, dass er Maria nie geliebt habe und dass es ein Fehler gewesen sei, sie zu heiraten. „Ach Papa", sagte ich ihm damals, „wir alle haben Fehler gemacht." Ich streichelte seine magere unrasierte Wange. Er lächelte.

Wenn ich an diese Zeit zurückdenke, in der ich so unglücklich und einsam war, schnürt es mir die Kehle zu. Irene war mir nach wie vor kein Trost. Sie war in der letzten Zeit ihrer Jugend hochgeschossen, fast einen halben Kopf größer als ich, war schlank und hatte schöne Augen. Auch um ihre gerade Nase beneidete ich sie. Meine Nase machte mir Kummer, sie war etwas zu groß für mein Gesicht, fand ich.

Für die Stiefmutter war Irene ein rotes Tuch. Sie beklagte sich alle Tage bei meinem Vater.

„Irene ist schwierig, sie ist unordentlich, frech und treibt sich mit den Nachbarjungs herum. Sie wird uns eines Tages ein uneheliches Kind bringen oder landet in der Gosse".

Heute denke ich, Maria hatte nicht vor, uns schlecht zu behandeln. Die Umstände und der große Altersunterschied überforderten sie. Zu den eigenen beiden Töchtern noch fünf Stiefkinder, die es ihr nicht gerade leichtmachten.

***

Papa hatte viele Talente, er liebte die Musik, konnte gut tanzen und beherrschte die Naturheilkunde. Er legte uns ein Blatt Spitzwegerich zur Linderung auf Insektenstiche und stellte aus deren Wurzeln Wundpaste her. Bei Erkältungen, Halsweh und grippalen Infekten verwendete er selbst zubereitete Kräutertees und Hustensirup mit Honig. Wenn wir krank wurden, ließ er uns Kräuter-Aufguss inhalieren. Bis heute denke ich an sein Kräuterbad in einem Holzzuber mit einer kleinen Bank darin. Auf die unten gestapelten Kräuter wurde heißes Wasser gegossen und obendrauf wurde ein großes Tuch gelegt, so dass nur der Kopf aus der Tonne herausragte. Mit solchen Bädern wurden wir spätestens nach drei Tagen wieder gesund. Er brachte uns auch die Vorteile des Heilfastens bei, das ich bis heute anwende.

Schon als Kind war ich stolz auf meinen Vater, weil er beliebt war und die Achtung seiner Mitmenschen genoss. Jeder in unserer Dorfgemeinde, der Sorgen hatte, Rat oder Hilfe brauchte, kam zu ihm. Er war Heilpraktiker und auch Seelsorger. Die tiefe Gläubigkeit meines Vaters faszinierte mich.

Als lange nach Mamas Tod Kolchosen gegründet werden sollten, kam ein kommunistischer Agitator auch in unser Haus. Es muss im Jahr 1930 gewesen sein. Es gab keine Gaststätte im Ort, und es war üblich, dass mein Vater dem Gast unsere Wohnzimmercouch anbot. Als dieser mit Essen versorgt worden war, saß mein Vater noch lange mit ihm in der Küche. Ich lauschte an der Tür. Obwohl ich nicht alles verstand, blieb mir das Gespräch bis heute in Erinnerung.

„Sie sind doch ein weltoffener intelligenter Mensch, Herr Peel. Glauben sie wirklich an Gott?"

„Ja, ich bin gläubig".

„An wen oder an was glauben sie?"

„Ich glaube, dass es im Himmel jemanden gibt, der auf uns aufpasst."

„Na, dann sind Sie schon mal weiter als unsere Gelehrten. Bis heute konnte keiner von denen die Welt genau erklären und woher der Mensch stammt. Sie glauben also, es war Gott, der uns geschaffen hat. Können sie das auch belegen?"

Er schmunzelte in freudiger Erwartung, meinen Vater mit seiner Frage in die Enge getrieben zu haben. Doch mein Vater blieb unbeirrt.

„Beweisen kann ich leider nichts. Aber nehmen wir mal an, dass Himmel und Hölle existieren."

Er beugte sich zu seinem Gast vor und schaute ihm fest in die Augen. „Wenn wir sterben, Sie und ich, was unbestritten einmal sein wird, dann stehen wir also vor dem Allmächtigen. Ich fürchte mich nicht, ich habe nach seinen Geboten gelebt und an ihn geglaubt. Was ist mit Ihnen?"

Jetzt war es mein Vater, der gespannt auf die Antwort wartete. Der Kommissar rutschte etwas nach vorne und schaute meinem Vater fest in die Augen. „Ich behaupte, keine Angst vorm Sterben zu haben. Aber vielleicht ist es darum, dass ich noch jung bin. Ich habe auch gläubige Eltern gehabt, sie erzählten mir, dass wir alle in den Himmel kommen, dass dort auf den Wolken Engelchen mit Flügelchen sitzen und singen und spielen und lachen.

Aber im Krieg habe ich gesehen: Es gibt diesen Himmel nicht. Mit dem Tod ist alles zu Ende! Man kommt in eine Kiste, wenn überhaupt, sonst einfach in ein Massengrab, und das war's. Die Würmer erledigen den Rest. Basta!"

Sein „Basta" unterstrich er nachdrücklich damit, dass er mit flacher Hand auf die Tischfläche schlug. Und bevor mein Vater antworten konnte, riet er ihm: „Ich sage Ihnen was: Hören Sie auf, an Märchen zu glauben!"

Ich war mir sicher, dass der Kommissar wütend über die Sturheit seines Gesprächspartners war und wünschte mir, dass Papa aufhören würde, mit ihm zu diskutieren.

Aber nein, er schüttelte mit dem Kopf und sagte: „Das ist keine schöne Vorstellung, die Sie hier auftischen, Herr Kommissar. Aber ich bleibe dabei, Gott ist für mich ein Gefühl, etwas, das gut und richtig ist. Man muss ihm nur vertrauen. Wer das wagt, zu dem kommt er auch und reicht ihm seine Hand."

Mit diesen Worten stand er auf, um zu zeigen, dass damit das Gespräch für ihn zu Ende war. Ich war mir sicher, der Agitator hatte Funken in den Augen. Solche Gespräche verabscheuten die Kommunisten. Heute schätze ich, sein Respekt vor dem Gastgeber bremste den Mann, grob und deutlicher zu werden.

Mag sein, dass mein Vater damals seine Worte mit Bedacht wählte, das kann ich heute nicht mit Sicherheit sagen, aber der Sinn seines Entgegensetzens hat sich tief in meinem Gedächtnis einprägt. Meine Eltern hatten sicherlich sehr wenig oder gar keine Ahnung von der wissenschaftlichen Lehre, wie unsere Erde entstanden ist, aber sie hätten Gott als Schöpfer der Menschen niemals infrage gestellt. Dieses religiöse Vertrauen half ihnen, das Gleichgewicht im Leben zu bewahren, und es hat Papa damals Kraft gegeben, seinen Glauben gegen den Atheismus des Kommissars zu verteidigen.

Doch der Besuch des Agitators zeigte bei meinem Vater dennoch Wirkung. Ein paar Tage später ließ er sich als zweiter in die Mitgliederliste der Kolchose eintragen. Der *freundliche nächtliche Plausch* hatte den Vater zum Nachdenken angeregt: Die neuen Zeiten duldeten keinen anderen Glauben und keine anderen Götter als Oberbefehlshaber Josef Stalin. Und mein Vater war klug genug, um zu verstehen: Man muss mit den Wölfen heulen, bevor etwas Schlimmes passiert und sich das Rudel über einen hermacht.

Mein Bruder Edmund war über diese Entscheidung seines Vaters entsetzt. Er hatte erwartet, irgendwann Papas Hof als Eigentümer zu übernehmen, wie es früher immer geregelt war: Den väterlichen Hof übernahm der Älteste, der Zweitälteste wurde ausbezahlt und baute sein eigenes Haus, meist auf dem gleichen Grundstück. Mädchen wurden verheiratet. Dass sich das nun ändern sollte und sogar die Nutztiere der Kolchose gehören sollten, machte meinen Bruder zornig. Er regte sich ganz besonders darüber auf, dass wir unsere Tiere abgeben sollten.

Selbst mit den Nerven am Ende, zügelte ihn unser Vater mit dem Hinweis, dass die Gesetze nun einmal so seien. Die Familie zu erhalten, war für ihn höchstes Gebot in diesen unsicheren Stunden. Und mein Bruder fügte sich enttäuscht, weil er einsah, dass Papa recht hatte.

* * *

Die Kolchosen kamen trotz des Druckes und der Propaganda, die die Agitatoren ausübten, nur zögernd zustande. Die Begründung, dass es zum Vorteil für alle sein würde, den Grund und Boden gemeinsam zu bewirtschaften, überzeugte nur wenige. Die Anweisung, Ihre eigenen Tiere, die sie fast als Mitglieder der Familie ansahen und oft im Winter aus dem kalten Stall ins

Haus hereinholten, an die Allgemeinheit abzugeben, war für die Bauern unvorstellbar. Viele protestierten, versteckten ihre Pferde und Kälber. Aber das machte alles noch schlimmer. Wenn solche Tiere bei Durchsuchungen gefunden wurden, drohten drakonische Strafen. Die „Unbelehrbaren" mussten ihre Häuser und Dörfer verlassen und ihnen drohte ein baldiges Lebensende in Sibirien. Das hätte auch uns erwartet, wenn Papa nicht klug und rasch gehandelt hätte, bevor es zu spät war.

* * *

Ich war vierzehn, als ich aufs Feld geschickt wurde: Löcher stechen und säen. Mit einer Sichel, mit einer Sense, und sogar hinter dem Pflug musste ich laufen. Es war eine sehr schwere Arbeit, die mir den Schweiß aus allen Poren trieb. Bei der Getreideernte waren die Frauen für das Binden zuständig. Ich ging hinter zwei Mähern, die so schnell arbeiteten, dass ich außer Atem war, wenn ich ihnen folgen sollte, um die Garben zu binden. Danach wurden die gebundenen Garben zum Dreschhaus gefahren, wo die Körner mit Dreschflegeln aus den Ähren geschlagen wurden. Das waren ein Meter lange dicke Griffe mit Klöppel an Ketten, mit dem wir auf die Garben schlugen. So wurde das Korn von der Schale gelöst. Alles von Hand.

Und doch gab es, wie zu jeder Zeit im Leben, auch in diesen harten Zeiten etwas Positives: Mit den Kolchosen kam ein Kino in unser Dorf. Unsere Jugend ließ sich von der neuen Welt mitreißen. Die Kultur wurde gefördert, Laientheater gegründet, und am Wochenende gab es Tanz. Auch wenn ich nach der Arbeit vor Müdigkeit an mein Bett dachte, lief ich lieber in den Klub. Dort ging es lustig zu. Als ich mich das erste Mal abends umgezogen hatte und verkündete, ins Kino zu gehen, verbot mir Papa, jemals den Fuß in dieses gottlose Haus zu setzen. Mit dieser neuen sündigen Zeit stand er auf Kriegsfuß.

Doch lange konnte er uns nicht aufhalten. Als erster ging Reinhard tanzen und zeigte mir zu Hause ein paar Schritte. Als Papa uns dabei erwischte, schimpfte er überraschenderweise nicht. Er belächelte Reinhardts hektische Schritte und empfahl ihm, auf den Rhythmus zu hören und die Schultern gerade zu strecken. Konnte es sein, dass er in diesem Moment an seine Zeit mit Mama erinnert wurde, wie er einen Walzer mit ihr drehte und auf seinem Kopf ein Gläschen Schnaps balancierte?

Wir waren von der rasanten Geschwindigkeit des Lebens mitgerissen und berauscht. Ich war fast erwachsen, hatte Arbeit und Freundinnen. Und als Wichtigstes: Ich hatte meine Angst vor der Stiefmutter abgelegt, und das befreite meine Seele. Als das Eis gebrochen war und Papa mir zur Erntezeit (nur am Wochenende!) erlaubte, in den Klub zu gehen, genoss ich endlich die Freiheit. Ob er ahnte, dass uns diese Zeiten nur kurz geschenkt waren? Oder plagte ihn das Alter mit Krankheiten und Existenzsorgen?

Heute verstehe ich sehr gut. Unser Vater ahnte diese unsicheren Zeiten kommen. Und er hatte recht! Schon 1933 verlor der Beitritt in die Kolchose die erhoffte positive Wirkung gänzlich. Es war eben nur eine Enteignung. Sie hatte uns nur vorläufig die Heimat und ein Zuhause erhalten, aber wie lange noch?

***

1933 war ein schlimmes Jahr. Trotz unseres Fleißes hatten wir einen schlechten Ernteertrag. Unsere Mahlzeiten bestanden meist aus einer Schüssel Suppe und Brotkanten. So ging es nicht nur uns, sondern auch unseren Nachbarn. Dabei lebten wir in unserem Dorf noch deutlich besser als viele andere Menschen. Sie starben massenhaft, ganze Familien und komplette Dörfer verhungerten.

Unsere Nachbarn hielten in der Mittagszeit ihre Haustüren verschlossen, denn in der Gegend wimmelte es von vielen Bettlern, die von Dorf zu Dorf zogen, in der Hoffnung, etwas Essbares erbetteln zu können. Wir durften unsere Haustür nicht verriegeln. Papa ermahnte uns, jedem Bettler etwas zu geben, selbst wenn es nur ein Zwieback oder eine Kartoffelknolle war. „Gib dem Bettler etwas von deiner Mahlzeit, dann wirst auch du in deiner Not etwas zurückbekommen", belehrte uns Vater immer wieder.

An Feiertagen machte ich mit vielen anderen Mädchen und Jungs lange Ausflüge. Schon früh gingen wir aus dem Haus und nahmen Brote mit Speck mit, gekochte Eier und Gurken. Wir sammelten Pilze, essbare Kräuter und Beeren. Gegen Mittag machten wir Rast und veranstalteten ein Picknick.

An einem sonnigen Tag, als wir ein abseits liegendes Dorf durchquerten, war es gespenstisch still dort, und es schwirrten ungewöhnlich viele Fliegen. Unser Lachen erstarb uns auf den Lippen, als wir plötzlich direkt auf der Straße ein kleines Kind sahen, noch ein Baby. Es war höchstens ein Jahr alt und saß im Dreck, nackt und schmutzig. Das Schlimmste aber war, dass es versuchte, sein Erbrochenes zu essen.

Ein bestialischer Gestank lag in der Luft. Wir sahen

uns um und fanden verwesende Leichen in den Häusern. Ein Taschentuch an den Mund gedrückt, wollten wir in ein nahe gelegenes Wäldchen flüchteten.

„Aber wir können doch das Baby nicht sterben lassen", sagte jemand.

Einer von den Jungs hatte sein Hemd ausgezogen und wickelte das Baby ein. Wir gaben ihm zu trinken und ließen es an einem Zwieback lutschen. Im nächsten Dorf gaben wir es bei einer Hebamme ab. Ob es durchkam, weiß ich nicht, es war sehr schwach. Später haben wir erfahren, dass es sogar Kannibalismus gegeben haben soll.

7

Was für schreckliche Zeiten musste meine Mutter Alma erleben. Aus ihren Erzählungen und Notizen habe ich die damalige Welt kennengelernt, in Geschichtsbüchern und Statistiken weitere Informationen darüber gesammelt. Sicher erlebte Russland damals auf verschiedenen Gebieten einen wirtschaftlichen Aufschwung, aber um welchen Preis! Besonders in der Landwirtschaft ging vieles gewaltig daneben. Schuld war ein falscher politischer Ansatz. Der sogenannte große Terror verbreitete sich im Land und versetzte das Volk in Angst und Schrecken.

Bei meinen Recherchen über diese Zeit erfahre ich viel über die Geschichte der Region an der westlichen Grenze Russlands, in der meine Mutter mit ihrer Familie lebte. Schon zur Zarenzeit und auch in den 30er Jahren des zwanzigsten Jahrhunderts waren dort lebende Deutsche ein Dorn in den Augen des russischen Militärs. Erst wurden sie verdächtigt, Spione des deutschen Kaisers zu sein, später als Anhänger des Hitlerregimes angesehen.

Nach der Oktoberrevolution fingen die Kommunisten an, die sogenannte Weiße Garde, die aus zaristischen Militäroffizieren und Freiwilligen bestand, systematisch zu vernichten. Nach Lenins Tod übernahm Stalin das Ruder und führte die Säuberungen durch gegen Oppositionelle, Regimekritiker, Intellektuelle und alle, die ihm verdächtig vorkamen. Diese Säuberungen dauerten bis nach seinem Tod am 5. März 1953 an. Sogar leidenschaftliche Revolutionäre, die von Anfang an dabei waren, kamen unter die Räder.

In den Jahren 1931 und 1932 begann mit zwei Missernten der sogenannte „Holodomor" (ukrainisch: Tötung durch Hunger). Mehrere Millionen Menschen fielen dem Hunger und den Epidemien zum Opfer. Allein in der Ukraine waren es vorsichtig geschätzt etwa drei Millionen.

Stalin verfolgte das politische Ziel, den ukrainischen Freiheitswillen zu unterdrücken und die sowjetische Herrschaft in der Ukraine zu festigen. Die Bolschewiki waren bereits zuvor radikal gegen die ukrainische Intelligenz und den ukrainischen Klerus vorgegangen. Danach wandten sie sich nun gegen die Bauernschaft, die sich weiterhin hartnäckig der Kollektivierung und Umerziehung widersetzte.

Die Städte traf es noch härter als die Dörfer, weil sie auf die Versorgung durch die Landwirtschaft angewiesen waren. Aber das gelang nicht, obwohl man den Bauern den größten Teil der Ernte dafür beschlagnahmte. Die Landwirte verbündeten sich landesweit und streikten. Als die Regierung kurz nach Kriegsende den Bauern durch ein Dekret ihren Boden für immer als ihr Eigentum zugesprochen hatte, war der Jubel groß gewesen. Aber nicht lange. Schon bald wurde ihnen alles weggenommen, was sie geerntet hatten: Korn, Kartoffeln, Gemüse. Das Dekret erwies sich als Versprechen von gestern. Noch schlimmer: Wenn die Bauern nicht gleich freiwillig ihre Ernte abgaben, zerstörten Tschekisten das Haus samt Speicher und Stall.

Es war die Zeit, als die Kollektivierung und Industrialisierung Russlands auf Hochtouren lief und das Ausland staunte. Alles aus der Zarenzeit wurde verteufelt und ausgelöscht. Die Städte, Dörfer und Straßen wurden nach den Helden der kommunistischen Partei und ihren Idealen umbenannt. Damit wollten die Kommunisten zeigen, es gebe kein Zurück mehr. Und wenn nötig, wurden diese Änderungen gewaltsam durchgeführt.

Trotz des Hungers der Landbevölkerung erhöhten die Parteikader die Abgabenquote der Bauern auf 44 Prozent. Während im Jahr 1931 noch 7,2 Millionen Tonnen Getreide in der Ukraine requiriert wurden, sank dieser Wert trotzdem auf 4,3 Millionen Tonnen im Jahr 1932. Das Getreide wurde größtenteils zur Devisenbeschaffung auf dem Weltmarkt verkauft. Die Einnahmen wurden zur Industrialisierung der sowjetischen Wirtschaft und zu Rüstungszwecken genutzt.

Sonderkommissionen zur Bekämpfung der Konterrevolution, der Spekulation und der Sabotage, kurz TSCHEKA, waren dafür verantwortlich. Ihr Gründer war Felix Dserschinski, der „Eiserne Felix", der als Kind ein katholischer Priester werden wollte und später zu einem unbarmherzigen Atheisten, Revolutionär und Henker unzähliger Menschen wurde. Von ihm ausgebildete Tschekisten hatten in diesen schlimmen Zeiten unbegrenzte Macht. Sie konnten jeden festnehmen und hinrichten.

Alma

Seit einigen Monaten wütete in unserer Region eine zehnköpfige Gruppe Tschekisten, die die Aufgabe hatten, Brot und Getreide aufzutreiben. Die Truppe führte diesen Befehl so eifrig und so brutal aus, dass die Schäden größer wurden als der Nutzen. Papa beobachtete das Ganze mit Argwohn, sprach aber nicht darüber, und er verbot uns auch, an solchen Diskussionen teilzunehmen. Es sei zu gefährlich. Die Tschekisten kamen fast alle Tage zu uns und in die Nachbardörfer, unangekündigt und meistens nachts. Sie suchten nach versteckten Lebensmitteln wie Getreide, Schinken, Butter und Speck.

Einmal traf ich auf dem Weg zur Arbeit solch eine Gruppe. Unter den Männern waren auch zwei junge hübsche Frauen mit kurzgeschnittenen Haaren, was zu der Zeit außergewöhnlich erschien. Auch ihre schweren Lederjacken sahen bedrohlich aus, mit breitem Gurt zusammengehalten, an dem ein Revolver hing. Ihre Jugend und ihr hübsches Aussehen hinderte sie nicht an ihrer Brutalität. Sie fanden sogar Gefallen daran, Kinder und Frauen zu erschrecken. Auf die Männer schlugen sie gerne mit der Peitsche ein und grinsten stolz, wenn die Rotarmisten sie lobten und ermutigten, weiterzumachen. Sie genossen ihre Macht. Macht ist eine Droge. Sie verändert Menschen, sie ist gefährlich. Besonders, wenn sie von der Regierung als legitim erklärt wird. Und genau das hatte die kommunistische Regierung damals getan. Sie gab den Tschekisten unbeschränkte Macht für den großen Terror, den sie ausübten.

Auch in unserem Dorf verschwanden Nacht für Nacht Freunde und Nachbarn auf Nimmerwiedersehen. Noch heute, nach so vielen Jahren, werde ich von diesen Bildern heimgesucht. Laut und rücksichtslos wurde mit dem Gewehrkolben an die Tür gehämmert und fremde, bewaffnete, in schwarze Lederjacken gekleidete Leute fragten nach Papa. Ich stand sprachlos und zitternd im Lichte einer Lampe, die mir direkt ins Gesicht leuchtete. Musste antworten, wo Papa sei. Zwei Tschekisten durchsuchten Schränke und Dachboden. Nach einer Stunde gingen sie wieder und wir saßen im Dunkeln und beteten, dass Papa nicht gefunden wird. Noch heute schrecke ich hoch, wenn an der Tür laut geläutet oder geklopft wird.

Um die Verhaftung zu verhindern, übernachtete Papa jede Nacht irgendwo im Wald. Nach dem Abendessen zog er seine Felljacke an und verließ das Haus. Das hat ihm die Verhaftung und vielleicht auch die Hinrichtung erspart, aber seine Gesundheit war ruiniert. Die kalten Nächte im Wald verursachten Papas Lungenleiden. Als er später seinen geliebten Kontrabass wieder spielen wollte, machte sein Husten das unmöglich. Es war sehr traurig, ihn so zu sehen.

Nach solchen Durchsuchungen machte Papa morgens erst eine Dorfrunde, um über die Verhaftungen zu erfahren. Und abends zog er seine Joppe an und ging aus dem Haus.

＊＊

Als ich mein 16. Lebensjahr erreichte, wurde endlich mein Traum wahr. Von der schweren Arbeit auf dem Feld durfte ich in die Molkerei wechseln. Wie stolz war ich damals, als ich nicht mehr von einer Gruppe Kühe zur anderen springen musste, sondern meine eigenen zwölf Schützlinge bekam. Was ich nicht ahnte: Die Tiere waren noch jung. Um sie zu melken, brauchte ich meine ganze Kraft. Die älteren, erfahreneren Frauen haben mich von der Seite her beobachtet und kicherten dabei. Es hat lange gedauert, bis mich die Tiere endlich akzeptierten und die Eimer nicht mehr umstießen. Meine Arme taten mir vom Melken der strammen Euter weh, aber um keinen Preis hätte ich mich beschwert oder aufgegeben.

Erst nachdem die Kühe ihre Kälber bekommen hatten, wurde das Melken leichter. Und ich wurde für meine Geduld belohnt. Schon im nächsten Jahr hatte ich Rekordergebnisse. Ich wurde zur besten Melkerin in unserer Region ernannt und durfte zum Kongress. Ich, gerade mal 17 Jahre jung, durfte vor Tausenden Delegierter eine Rede halten. Ob mein Vater stolz auf mich war? Oder konnte ihn das alles nicht von der Realität ablenken? Einer Realität, die, wie ich schon erwähnt habe, erschreckend war.

Und dann kam Oskar in mein Leben.

8

Als ich beim Öffnen der Holzkiste mit Mutters Erinnerungen als erstes auf den Brief an Oskar stieß, kämpfte ich mit meinem Gewissen. Soll ich die Hefte und Notizen lieber in die Holzkiste lassen? Ist es ihr recht, wenn ich mehr über sie erfahre, als sie mir erzählt hat? Aber ich wollte doch zu gerne wissen, wer Oskar war, und wie sich Mama und er nahegekommen sind. Ein Bild aus ihrem Brief vom 24. Dezember 2016 ging mir nicht aus dem Kopf:

„Hand in Hand sind wir im Wald spazieren gegangen zu unserem Lieblingsplatz. Wir haben uns geliebt. Ich schloss meine Augen, und als ich glaubte in deinen Armen verbrennen zu müssen, löstest du plötzlich deine Umarmung und warst weg."

Es muss die große Liebe gewesen sein, die bei Ihr auch nach so vielen Jahren solche Sehnsucht auslöste. Was ist passiert, warum trennten sich ihre Wege?

Alma

Er kam abends nach Feierabend zu uns. Alle außer mir waren bereits mit ihren Aufgaben fertig, nur ich musste noch meine Kühe melken. Aber erfahrener geworden und inzwischen flott bei der Arbeit, dauerte es nicht lange, bis ich mit dem Melken und Saubermachen fertig war und dabei sein konnte.

Ich fragte mich, was der junge Mann zu dieser späten Stunde bei uns wollte. Er war ein Fremder, ich kannte ihn nicht, hatte ihn nie gesehen. Aber Greta. Sie schubste mich zum dritten Mal in die Seite, bis ich sie wahrnahm.

„Was ist?", fragte ich ungeduldig.

„Das ist mein neuer Lehrer", flüsterte sie hinter ihrer Hand. Ganz rot im Gesicht befürchtete sie offenbar, dass der Lehrer gekommen war, um sich über sie zu beschweren. Gretchen war zwar gut in der Schule, aber ab und zu war sie seltsam auffällig. Seitdem sie Marias Holzschuh am Kopf getroffen hatte, gab es Momente, in denen sie plötzlich für längere Zeit verstummte.

Eine ärztliche Untersuchung hatte nicht viel erbracht. Aber Epilepsie sei es nicht, beruhigte uns der Arzt, es würde sich mit der Zeit sicher wieder geben. Seit wir das wussten, ließen wir sie in Ruhe, bis sie wieder von alleine sprach.

Ab und zu fragte Gretchen mich nach ihren Hausaufgaben, aber sie war nun schon in der fünften Klasse, mir also mit ihren Kenntnissen voraus. In Mathematik konnte ich ihr aushelfen, da war ich sehr gut, aber Physik und die Sprache bereiteten mir Schwierigkeiten. Ich wäre ja gerne noch ein paar Jahre zur Schule gegangen, aber das hatte nicht sollen sein. Inzwischen war ich darüber hinweg. Mir gefiel die Arbeit mit den Kühen. Und ich war gut darin, das macht mich stolz.

Weder Greta noch ich ahnten, dass dieser junge Mann, der zu unserem Abendbrot blieb, ein Anliegen hatte, das ausgerechnet mich betraf. Er wollte eine Abendschule in unserem Dorf gründen. Für solche jungen Menschen wie mich, die am Tag arbeiten mussten und abends ihren Schulabschluss nachholen wollten.

Er schaute mich freundlich, aber dabei so auffordernd an, dass mir unbehaglich wurde. Ich hatte mich damit abgefunden, dass ich als Schulkind keinen Abschluss hatte machen können, geschweige denn studieren. Ich hatte mich auf meine Arbeit konzentriert, würde bestimmt bald heiraten und Kinder bekommen. Welche Zukunft hatte ich sonst zu erwarten? Ich wurde bald achtzehn.

Damals war es dann für Frauen höchste Zeit, an die Familiengründung zu denken. Aber dass ich in diesem Moment einem potentiellen Bräutigam gegenübersaß, daran konnte ich nun wirklich nicht denken. Eine Melkerin und ein Lehrer, ein Studierter, ein Bild von einem Mann. Wenn mir einer das gesagt hätte, hätte ich ihn ausgelacht.

Mein Bruder Reinhard ließ sich für die Abendschule gleich begeistern, er wolle gerne dabei sein. Als ich seine Freude sah, merkte ich, wie ich zornig wurde. Schon wieder war ich benachteiligt. Ich konnte dieses Angebot schon deshalb nicht annehmen, weil ich mich auch abends um meine Kühe kümmern musste.

„Was ist mit Ihnen? Würden Sie auch kommen?" fragte mich der Gast, als ich vor ihm eine Tasse Tee abstellte. Ich blickte auf, und dunkle Augen mit weißer Iris strahlten mich an.

„Ich kann nicht", entwischte es mir. „Ich muss bis in die Nacht hinein arbeiten."

„O doch, das können Sie. Ich beabsichtige zwei Schichten einzuführen: Eine Gruppe fängt 17 Uhr und die andere später, um 19 Uhr, an. Dann können viele teilnehmen."

„17 Uhr, das passt mir gut, da habe ich Pause", rutschte mir heraus. Ich war mir nicht klar darüber, ob er die Freude in meiner spontanen Reaktion bemerkte, denn seine Antwort klang rein geschäftsmäßig: „Na sehen Sie, das ist jetzt geklärt. Ihr beide", er zeigte in Reinhardts und dann in meine Richtung, „seid die ersten. Ich notiere gleich eure Namen."

Er öffnete seine Aktentasche und entnahm ihr einen Schreibblock und einen Stift. Ich schaute seine gepflegten Hände mit den kurz geschnittenen Nägeln an und versteckte meine unter dem Tisch. Obwohl ich noch eine Stunde Zeit bis zur nächsten Melkschicht hatte, überkam mich plötzlich eine merkwürdige Unruhe. *Diese Augen!* Ich musste hier raus. Ich meinte, seine Blicke in meinem Rücken zu spüren, als ich meine Jacke von der Garderobe herunternahm.

Draußen kühlte frischer Wind meine erhitzten Wangen. Ich ärgerte mich, dass dieser fremde Lehrer mich so durcheinanderbrachte. Warum nur? Ich hatte bis dahin zwar viele Verehrer, die mit mir tanzen wollten, aber keine intime Liebschaft mit einem der jungen Männer. Es gab schon mal einen schüchternen Kuss im Dunkeln, aber keiner von denen hatte mich so aufgewühlt, wie der Lehrer durch seine bloße Anwesenheit. Nicht nur sein Name war anders als bei unseren Jungs, sein Haar war fast schwarz und die Haut von leichter Bräune. Seinen Namen konnte mir Gretchen verraten: Oskar. Die Abendschule sollte im September anfangen, jetzt war es erst Juni. Da hatte ich Zeit genug, nachzudenken.

* * *

An warmen Abenden traf sich die Jugend fast täglich vor dem Klub. Wir sangen oder unterhielten uns. Irgendwann kam auch Oskar dazu. Er nickte mir wie einem guten Bekannten zu, und meine Freundinnen fragten mich, wann ich die Ehre gehabt hätte, den Herrn Lehrer kennenzulernen. Mein Herz fing an zu rasen, als ich ihn sah, aber ich wollte nicht, dass meine Freundinnen das mitbekommen. Meine Empfindungen sollten mein süßes Geheimnis bleiben. Sie würden mich necken, das wusste ich. Ich drehte mich ohne eine Antwort um und plauderte Belangloses mit einer Freundin, als Oskar plötzlich hinter mir stand und fragte: „Freust du dich schon auf die Abendschule?"

Ich hatte bis dahin wenig über die Schule nachgedacht. Es war gerade alles sehr spannend um mich herum. Am Abend noch die Schulbank zu drücken, das war ja noch etwas hin. Trotzdem, ich wusste selbst nicht warum, nickte ich. Sprechen konnte ich nicht, meine Stimme versagte in seiner Nähe.

An dem Abend blieb es nicht nur bei diesem Gespräch. Ich bemerkte, dass Oskar offensichtlich meine Gesellschaft absichtlich suchte. Als ich mir darin sicher war, schlug mich mein Herz vor Aufregung bis zum Hals.

Als die Kapelle zu spielen begann, forderte Oskar mich zum Tanz auf. Er tanzte gut, er führte gut, aber ich war so aufgeregt von seiner Nähe, dass ich stolperte und auf seine Schnürsenkel trat. Dabei hatte ich zu Hause mit Reinhardt oft geübt und eine gute Ausdauer. Irgendwann funktionierte es dann auch mit Oskar. Danach begleitete er mich nach Hause. Was zu einer Art Ritual wurde. Von dem Tag an kam er jedes Mal zum Tanzen, tanzte ausschließlich mit mir und begleitete mich nach Hause. Dabei hatte ich ihm doch nicht viel zu bieten. Und ich war nur 1,60 groß, nach Mamas Schlag geraten.

Es gab doch so viele hübschere Mädchen im Dorf, manche arbeiteten im Gemeindehaus, waren immer gepflegt und attraktiv angezogen. Ihre Hände und Nägel stets sauber und manchmal lackiert. Manche trugen sogar elegante Schuhe aus echtem Leder und konnten sich *Krasnaja Moskwa* leisten, ein Parfum, das nur auf dem Schwarzmarkt für viel Geld zu haben war. Diese

Mädchen waren hinter Oskar her, das wusste ich. Und ich spürte ihren Neid. Wahrscheinlich fragten sie sich, warum er ausgerechnet eine einfache Melkerin wählte, die nur vier Jahre zur Schule gehen durfte. Ich selbst verstand es auch nicht. Irgendwann, als er mich küssen wollte, nahm ich meinen Mut zusammen und fragte ihn, warum er mit mir gehen wolle. Er brauche doch bestimmt eine gebildete, intelligente Freundin, mit der er sich über Geschichte und Literatur unterhalten könne.

Seine Antwort machte mich sprachlos: „Aber das ist doch leicht zu ändern! Was glaubst du, warum ich dich in der Schule sehen möchte? Ich möchte, dass du deinen Schulabschluss nachholst und dich weiterbildest. Zum Beispiel zu einer Lehrerin, so wie ich."

Ich schaute ihn lange an. Warum wollte er das? Störte ihn meine mangelnde Bildung doch? Sicher, er verbrachte gerne Zeit mit mir, aber würde er mich auch heiraten wollen? Und wenn ja, seine Mutter würde es bestimmt nicht zulassen.

Ja, seine Mutter. Sie war ein Problem für mich. Es hatte sich herumgesprochen, dass Oskar, der Schwarm aller Frauen im Dorf, sich für mich interessierte. Wenn wir, seine Mutter und ich, uns zufällig über den Weg liefen und ich es nicht geschafft hatte, eine andere Richtung einzuschlagen, spürte ich ihren durchdringenden Blick. Ich konnte in ihren Augen lesen: *Du bist nicht die Richtige für meinen Sohn. Du bist nur eine ungebildete Melkerin, meinen Sohn verdienst du nicht. Ein Lehrer braucht eine gute Partie, die er überall stolz präsentieren kann. Das bist du nicht.*

Wenn ich an ihr vorbeigehen musste, bekam ich Herzklopfen. Ich befürchtete, eines Tages würde sie mich ansprechen und mich auffordern, ihren Sohn in

Ruhe zu lassen. Mit Oskar darüber reden, das konnte ich nicht. Irgendwas hielt mich davor zurück. Es war, glaube ich, die innige Verbindung zwischen ihm und seiner Mutter, die nicht zu übersehen war. Oskar sprach immer viel und gerne von seiner Familie und besonders liebevoll von seiner Mutter.

* * *

Oskar war acht Jahre älter als ich und wuchs in der Wolgarepublik auf. Anders als bei uns in der Ukraine waren die 1930er Jahre für die Wolgadeutschen zu einer Blütezeit der deutschen Sprache und Kultur geworden. Die Autonomierechte ermöglichten es den Wolgadeutschen, die deutsche Sprache zur Amtssprache neben Russisch und Ukrainisch einzuführen. Leider hielt auch diese erfreuliche Episode nur kurze Zeit an.

Oskar hatte sehr früh seinen Vater verloren, und seine Mutter ersetze ihm beides. Sie stammte aus einer wohlhabenden Familie, konnte sich Feldarbeiter und Haushaltshilfe leisten. Oskar durfte das Knabengymnasium besuchen und sich in einer höheren Schule zum Lehrer ausbilden lassen. In den 1930er Jahren gab es in der Wolgarepublik bereits mehrere Hochschulen und Fachhochschulen.

Als er in unser Dorf kam, war Oskar 24. Seine Mutter folgte ihm, und sie bezogen eine Wohnung, die speziell für Lehrer ausgewiesen war. Oskar erzählte mir, dass er sich sofort in unsere Gegend verliebt habe, unsere Wälder, die weiten Kornfelder, die kalten Winter mit viel Schnee. An der Wolga wuchsen die Bäume nicht so hoch wie bei uns. Dort herrschte überwiegend Steppenklima mit wenig Niederschlag. Die Winter waren zwar milder als bei uns, dafür wehten starke Winde, und das ließ den Boden austrocknen, was wiederum zu schlechten Ernten führte.

Als ich einmal vorsichtig das Gespräch mit Oskar auf seine Mutter lenkte, verstand er meine Ängste nicht. Er war verliebt und wie alle Verliebten ungeduldig. Als sich der Frühling mit seinen milden Tagen und Nächten über das Land ausbreitet, lockte er mich oft zu Spaziergängen in die saftigen Wiesen und Auen. Wir trafen uns so oft wie möglich. Unsere Lieblingsplätze waren am Rande des Dorfes, wo wir Hand in Hand über die Waldwege streiften.

Der Frühling ist die schönste Zeit! Was kann noch schöner sein? Da grünt und blüht es weit und breit im goldenen Sonnenschein. Oskar hatte Germanistik studiert und konnte die schönsten Gedichte von Annette von Droste-Hülshoff, Eichendorf und Schiller zitieren. Ich hatte nicht einmal die Namen gehört. Deswegen wollte er, dass ich lerne. Er war ein gebildeter, wohlerzogener Mann, aber dabei so ungeduldig.

Seine Lippen waren so heiß, seine Arme so stark, die Umarmungen so fest ... Ich hatte Angst mich zu verlieren ... Aber wir waren doch nicht verheiratet ...

Alles wollte gegen meine religiöse Erziehung revoltieren, gegen die Moralvorstellung dieser Zeit, Sex vor der Ehe sei eine Sünde. Gegen die Angst, als unverheiratete Mutter Schande über die Familie zu bringen. Irgendwann sprach mich mein Vater direkt an: „Glaubst du, er meint es ernst mit dir?"

Ich hatte gehofft, meine Familie merke nicht, wie ich mich immer mehr in meine Liebe verliere. Ich dachte, alle wären mit sich selbst beschäftigt. Jetzt wusste ich, dass auch Papa Oskars seltsame Haltung nicht verstehen konnte. Und meine liebste Schwester Gretchen äußerte bald ihre Bedenken. Sie war dreizehn, ein hübsches, noch etwas pummeliges Mädchen. Sie hatte angefangen, sich für Jungs zu interessieren. Sie und ihre Freundinnen waren alle in Oskar verliebt. Da reimte man sich in ihrer Clique dies und das zusammen. Dem Dorfklatsch nach warteten angeblich alle auf den Tag, an dem Oskar mich wegen einer anderen verlassen würde. Alle waren überzeugt, wir würden nicht zusammenpassen.

Das versetzte mir einen Stich, ich war hin und her gerissen. Leider hatte ich niemanden, mit dem ich darüber reden konnte. Meine Brüder hatten Freundinnen, und Irene war keine Seelenverwandte für mich. Sie war es nie. Zwar mied sie mich nicht mehr so schlimm wie früher, aber nahe kamen wir uns nur bei Tisch.

Papa hatte mich also im Auge. Besser so, ich wollte meine Beziehung zu Oskar nicht verheimlichen und hätte ihn gerne zu uns eingeladen, so wie es meine Brüder mit ihren Freundinnen taten.

Olga, Reinhardts junge Freundin, war fast alle Tage bei uns. Jung und verspielt tobte sie unbefangen mit meinen jüngeren Geschwistern herum und war in Reinhardt verliebt, das sah man ihr gleich an. Edmund, unser Ältester, würde bald heiraten, seine Alwine gehörte fast schon zur Familie.

Dann sprach Papa mich beim Abendbrot an, als meine Geschwister schon aufgestanden und gegangen waren: „Hat er dich schon mal gefragt, ob du ihn heiraten willst?"

Ich lief rot an. Gleich, bevor ich etwas antworten konnte, mischte sich meine Stiefmutter ein: „Du bist noch zu jung, um zu heiraten, und für einen Lehrer als

Frau unangemessen. Seine Mutter sucht schon nach ihrer Schwiegertochter."

Mein Puls raste. „Woher weißt du das?"

„Ich halte doch meine Augen und Ohren nicht geschlossen wie manche Verliebte! Wie ein blindes Huhn läufst du doch durch die Gegend! Die Nachbarn reden schon über dich!"

Na klar, sie fürchtete die Schande, die ihre Stieftochter anrichten könnte. Und sie gönnte mir einfach das Glück nicht. „Alte Hexe" nannte ich sie in meinen Gedanken. Doch meinem Vater gegenüber war ich eine stets gehorsame Tochter und versprach ihm, auf mich zu achten.

In der Nacht lag ich wach und verheult in meinem schmalen Bett, und als die Morgendämmerung anbrach, entschied ich, mich von Oskar zu trennen. *Wird eh nichts aus uns,* dachte ich, und mein Herz verkrampfte sich. In dem kurzen Schlaf danach fand ich dennoch keine erholsame Ruhe. Ich träumte von Oskar und einem Mädchen, das er in den Armen hält und küsst.

An diesem Morgen war ich fest entschlossen, Oskar auszuweichen, wo immer ich konnte. Ich ging nicht mehr zum Tanzen und ins Kino. Als er es bemerkte, suchte er meine Nähe. Ich brachte es nicht übers Herz, ihn abzuweisen und erzählte ihm, ich hätte kaum Zeit für ihn. Ich sei auf dem Weg zur besten Melkerin des Jahres und für die Stachanow-Auszeichnung vorgeschlagen worden.

9

An dieser Stelle ihrer Notizen habe ich Mutters Heft zu Seite gelegt und in der Suchmaschine meines Computers Stachanow-Auszeichnung eingegeben. Die Stachanow-Bewegung war eine sowjetische Kampagne zur Steigerung der Arbeitsproduktivität in den Betrieben, benannt nach Alexei Stachanow, der am 31. August 1935 in einer Kohlengrube im Donezk-Becken in nur einer Schicht 102 Tonnen Kohle gefördert haben soll. Angeblich hatte er die Arbeitsnorm um fast 1500% übererfüllt. Ein Held war geboren. Es gab ab sofort eine Bezeichnung für solche Arbeiter: „Held der Arbeit", die ganze Bewegung hieß Stachanow-Bewegung. Plötzlich wollte jeder so ein Held sein, denn diese wurden mit Orden belohnt, bekamen bessere Wohnungen und bessere Lebensmittel.

Dass es bei Stachanows Rekordleistung nicht mit rechten Dingen zugegangen war, verstand jeder. Sie war im Vorfeld sorgfältig geplant und der Arbeitsplatz entsprechend vorbereitet worden. In der Bevölkerung wurden darüber auch Scherze gemacht: Theaterhäuser verpflichteten sich, die Anzahl der Aufführungen zu vervielfachen, Wissenschaftler wollten die Anzahl der Entdeckungen verdreifachen und die Angestellten der NKWD (Volkskommissariat für innere Angelegenheiten der UDSSR) die Anzahl der Verurteilten. Trotz dieser Absurdität schlossen sich immer mehr Arbeiter der Stachanow-Bewegung an. Stachanow wurde als Vorbild gefeiert und bekam ein Haus, einen Kuraufenthalt und eine Stelle im Ministerium für Kohleindustrie. Bald wurde gemunkelt, dieser einfache Bergarbeiter Stachanow habe seine einmalige Chan-

ce und das ungeheuerliche Glück nicht verkraftet. *Er soll angefangen haben zu saufen und wurde bald aus dem Ministerium verbannt. Depressiv starb er vereinsamt Ende der 70er Jahre.*

Alma

Mit 18 hatte mich der Ehrgeiz gepackt. Ich liebte meine Kühe, pflegte und fütterte sie. Sie belohnten mich dafür, ich bekam mehr Milch von ihnen als die anderen Melkerinnen. Und eines Tages wurde auch mir tatsächlich der Name *Stachanow-Heldin* verliehen, und ich durfte zum Kongress nach Nowograd-Wolynski reisen, der Hauptstadt unserer Region.

Meine Familie und auch Oskar waren stolz auf mich. Oskar wollte mich unbedingt zum Kongress begleiten. Er war so lieb und fürsorglich, ich konnte ihn unmöglich mit meiner Entscheidung konfrontieren, mich von ihm zu trennen. Mir fehlte einfach der Mut und ich verstand die Welt nicht mehr. *Wo blieb sein Heiratsantrag?* Ich zerbrach mir den Kopf, bekam aber nichts außer Kopfschmerzen davon und beschloss, mir Zeit zu lassen.

Das riesige Kongresszentrum war voll besetzt. Wir bekamen Plätze zugewiesen und wurden von wichtigen Menschen begrüßt. Als ich mit Namensnennung aufgerufen wurde, zur Bühne zu kommen, um die Medaille zu empfangen, zitterte ich vor Aufregung. Vor allem, weil man eine Dankesrede von mir erwartete. Das ist lange her, ich erinnere mich dennoch gut daran, wie ich vor Tausenden fremder Menschen stand, die mich erwartungsvoll anschauten. Nur was ich sagte, habe ich vergessen.

Danach lud mich Oskar ins Theater ein. Es war mein erster und leider auch mein letzter Theaterbesuch. Wir saßen in der hintersten Reihe, wo es dunkel war, und Oskar streichelte und küsste mich leidenschaftlich.

Es gab das Theaterstück Natalka Poltawka zu sehen. Trotz der Aufregung erinnere ich mich an das Stück. Es geht darin um das ukrainische Mädchen Natalka, die Tochter der armen Witwe Terpelini. Sie vermisst ihren geliebten Peter, der im fremden Land auf der Suche nach dem Glück für Natalka und sich selbst ist. Eines Tages kommt ins Haus Terpelini ein Heiratsvermittler, der die Ehe für den lokalen wohlhabenden Meister Wosnyj mit einem Mädchen organisieren soll. Der ältere Herr widert Natalka an. Peter scheint zu spüren, dass etwas nicht stimmt, und eilt in die Heimat zurück.

Händchen halten, sich küssen und dabei die feinsten Pralinen naschen, das war bis dahin in meinem Leben nicht vorgesehen, nicht mal im Traum. Und nie wieder danach erlebte ich so etwas. Ich legte plötzlich alle meine Ängste und Zweifel ab und entschied, zu glauben, dass ich es wie Natalka verdiente, so geliebt zu werden, dass jemand um mich kämpfen würde und mich zur Frau nimmt. Und ich wünschte mir, dieser Abend würde nie zu Ende gehen.

Auf dem Nachhauseweg war Oskar besonders fürsorglich, immer wieder küsste er mich und wickelte meine Knie mit dickem Fell ein, damit ich nicht friere. Das erste Mal seit Mamas Tod spürte ich das längst verschwundene Gefühl, innig geliebt zu werden. Welch ein Glück. Ich wünschte mir, bis an mein Lebensende mit diesem Mann zusammenbleiben zu dürfen. Er war der beste und der liebste aller Menschen, die ich jemals kannte.

***

Und dann kam der Wonnemonat Mai. Die Vogelkirsche vor unserer Tür blühte in einer intensiven Farbe. Eine leichte Brise wiegte die weißen Locken auf ihrer Krone. Der Abend, der mein Leben für immer verändern sollte, war stickig und schwül, kurz nach Mitternacht entlud sich die Hitze in einem heftigen Gewitter.

Als Kind habe ich Blitz und Donner bestaunt und gefürchtet. Unsere Stiefmutter nahm unsere Ängste nicht ernst und anstatt uns in solcher Zeit tröstend abzulenken, erzählte sie grauenvolle Geschichten über Katastrophen, die irgendwann passiert waren. Mal von einem Hochwasser, das eine Mutter mit zwei Kindern mitriss, mal von einem Schäfer und seinen Schützlingen, die ein Blitz aus heiterem Himmel traf. Einmal erzählte sie uns von einem Kugelblitz, der den Schornstein herunterfiel, in der Wohnstube landete und eine ganze Familie bei lebendigem Leibe verbrannte. Wir schrien vor Angst, versteckten uns unter Decken oder unterm Bett.

Wenn sie genug von ihren Spielchen hatte, schickte sie uns zum Vater, er solle uns aufklären, wie ein Gewitter entsteht und wie wir uns verhalten müssen, wenn es uns unterwegs erwischt.

Der erzählte keine Gruselgeschichten, sondern belehrte uns, unter welchen Bäumen wir keinen Schutz suchen sollten. „Eichen musst du weichen, Buchen sollst du suchen", predigte er uns. „Und beten nicht vergessen. Alles liegt in Gottes Händen".

Dann erklärte er uns: „Erst ist ein Blitzlicht zu sehen, dann hört man Knistern und Raunen und den Donnerschlag. Blitz und Donner verkünden starken Regen, der die Straßen und Höfe überschwemmen kann. Heute passiert es weniger, aber als ich klein war und die Straßen noch nicht so befestigt waren wie heute, erlebte wir das häufig. Man kann zwischen Blitz und Donner zählen, um abzuschätzen wie weit das Gewitter noch entfernt ist. Wenn es schon bei drei kracht, dann weiß man, dass der Blitz in der Nähe eingeschlagen hat."

Aber diese Aufklärung fand die Stiefmutter zu lasch. Sie machte uns lieber weiter Angst. Sie drohte: „Blitze sind Zorn der Götter, und die geben so lange keine Ruhe, bis die Sünder ihre gerechte Strafe bekommen haben."

Wie ich mich vor dieser Auslegung der Sünde fürchtete! Niemals, schwor ich mir, niemals würde ich bewusst eine Sünde begehen, um nicht den Zorn der Götter auf mich zu lenken! Naiv und unschuldig glaubte ich, dass ich das, was ich mir vornehme, auch schaffen kann. Lebenslang.

An diesem warmen Maiabend 1936, als die Nacht bereits begonnen hatte und ich meinen zwölf Kühen mit warmem Wasser die Zitzen gereinigt und sie gemolken hatte, hatte ich nicht die leiseste Ahnung, wie dramatisch dieser Abend enden sollte. Ich musste noch den Stallboden reinigen und nach zwei Kälbchen schauen; sie wurden von mir liebevoll gestreichelt und getätschelt. Ein Blick auf die Uhr, es war schon elf. Zum Umziehen nach Hause zu laufen, blieb mir keine Zeit, ich war mit Oskar verabredet. Wenn ich abends noch zum Tanzen wollte, nahm ich mir ohnedies immer Ersatzwäsche mit. Meine Kolleginnen waren alle ausgeflogen, auch mit ihrem Liebsten unterwegs. Wir waren jung und hatten Schmetterlinge im Bauch.

Mit einem in Milch getränkten Lappen wusch ich mir das Gesicht, Arme und Hals. Ich schmunzelte, als ich mich an Oskars Flüstern erinnerte, ich würde nach Kind duften.

Bisher durfte er meinen Hals küssen, seine Lippen und Hände tief in mein Dekolleté stecken, aber nicht weiter. Wir küssten uns, bis uns die Lippen wehtaten und Oskars Hose zum Bersten anschwoll. Seine Liebkosungen machten mich fast ohnmächtig, aber ich wehrte mich gegen seine Lust und den Kitzel seiner Zärtlichkeiten. Der Reiz, sich den Gelüsten hinzugeben und sie voll auszukosten, raubte mir jedes Mal fast den Verstand. Doch dann sah ich vor mir das Gesicht meines Vaters, dem mein schlechter Ruf Schande bereiten würde. Das wollte ich ihm und mir selbst ersparen, sprang auf und lief weg. Bevor ich danach einschlafen konnte, grübelte ich jedes Mal, warum Oskar über unsere Vermählung schwieg. In solchen Stunden nahm ich mir vor, ihn am nächsten Tag darauf anzusprechen. Aber immer wieder traute ich mich nicht, ihn zu fragen, wie er sich unsere Zukunft vorstellt.

In dieser Nacht im Mai jedoch war alles anders. Mein Verstand, meine Frömmigkeit und Ehrfurcht vor dem Allmächtigen und meine Rücksicht auf die Gebote meiner Eltern schwanden dahin. Ich schmiegte mich an Oskar und war trunken vom Geruch des Jasmin, von seinen Augen, Lippen, Händen ...

Ich konnte der Verlockung nicht weiter widerstehen.

Zärtlich streichelte er mein Gesicht, umfasste meinen Nacken und grub seine Finger in mein Haar. Mit der anderen Hand knöpfte er mein Kleid auf, entblößte meine schlanken Beine und küsste meinen Bauch. Nie zuvor hatte ich etwas Ähnliches erlebt. Mir wurde heiß, ich zitterte. Ich verspürte unbändige Lust, mich mit Oskar zu verschmelzen und drückte meine Lippen und meinen Körper an seinen. Ich vergaß alles um mich herum, meinen strengen Vater, die böse Stiefmutter, die ganze Welt. Es gab nur uns zwei. Wir lagen im Gras, das sich so schön kühl und weich anfühlte.

Als ich spät in der Nacht wach und trunken vor Glück in meinem Bett lag, hörte ich einen Donnerschlag. Baumkronen in der Nähe unseres Hauses schüttelte der Wind so stark, dass manche Stämme abbrachen. Durch mein Fenster konnte ich grelle Blitze sehen, die die schwarzen Wolken spalteten. Das Donnergrollen wiederholte sich immer häufiger, wurde immer lauter, dann kam endlich Regen. Die erlösenden Tropfen trommelten auf das Dach und an die Fensterscheiben. Jetzt hätte ich wieder einschlafen können, aber in diesem Moment begann die Katastrophe.

In die vordere Tür des Stalles, in dem die Kühe und Pferde der Gemeinde untergebracht waren, schlug ein Blitz ein, rollte pfeilschnell über den Boden vom Eingang zum Ausgang und entflammte das gelagerte Heu und die Strohballen. 50 Kühe und 40 Pferde starben in den Flammen. Das gesamte Gebäude brannte komplett nieder.

Das Unglück kam aus heiterem Himmel. Nur ich wusste: Der Zorn der Götter hat sich auf die unschuldigen Tiere entladen. Dabei galt der Zorn doch mir, weil ich in dieser Nacht sittlich gefallen war; meine Unschuld verloren hatte, ohne verheiratet zu sein.

Ich stand barfuß vor der rauchenden Brandstelle, zitterte am ganzen Leib und biss mir in die Finger meiner gefalteten Hände. Es war nur drei Stunden hier, dass ich mich als die glücklichste Frau der Welt gefühlt hatte, und plötzlich war nichts mehr davon übrig. Warum nur hatte ich die Orientierung verloren?

Ich hätte dich nicht lieben sollen, Oskar. Wir waren nicht füreinander bestimmt.

***

Es war naiv zu glauben, das Unglück durch den Kugelblitz und den dadurch ausgelösten Brand der Scheune würde von den Behörden nicht angezweifelt. Gleich am frühen Morgen, es war ein Sonntag, kamen die Tschekisten ins Dorf, um sich den Brandort anzusehen und zu untersuchen.

„Sie werden natürlich herausfinden, dass der Grund für das Unglück nicht ein Kugelblitz gewesen sein kann, sondern eine Brandstiftung war", sagte Papa beim Abendessen. „Und das Feuer gelegt zu haben, werden sie sicher wieder den Deutschen in die Schuhe schieben. Sie glauben doch, dass wir Russland schaden möchten. Dass wir ihnen den Aufstieg des Kommunismus nicht gönnen." Das letzte sagte er zwar ganz leise, aber ich konnte es hören.

Ich hatte nachts kein Auge zugetan und saß beim Frühstück wie auf heißen Kohlen. Bekam keinen Bissen von den Pfannekuchen hinunter, die Gretchen in der Frühe gebacken hatte. Sie konnte inzwischen gut kochen und backen. Aber der Anblick von Essen verursachte mir Übelkeit.

„Warum isst du nicht? Bist du krank? Hast du Fieber?" Mein Vater tastete nach meiner Stirn.

„Du glühst ja, Alma! Irene, füll mal den Holzzuber mit Kräutern und heißem Wasser. Deine Schwester braucht ein Kräuterbad."

Irene schaute schräg in meine Richtung, stand aber auf und tat, was Vater ihr befohlen hatte. Ich zitterte auch dann noch, als ich in dem fast unerträglich heißen

Wasser saß und so erschöpft war, dass ich mir nur mein Bett herbeiwünschte. In ein Leinentuch gewickelt flüchtete ich in mein Zimmer und mein Bett, das ich normalerweise mit Gretchen teilte. Heute würde ich es für mich allein haben. Papa brachte mir einen Kräutertee und fühlte noch einmal meine Stirn. Ich schloss die Augen und fiel in ein schwarzes Loch. Es war alles zu viel für mich. Der Gedanke an die wehrlos verbrannten Tiere war unerträglich, trieb mir Tränen in die Augen und ließ mein Herz schwer werden. Schuldgefühle plagten mich, obwohl keiner ahnen konnte, dass *ich* es war, der bestraft werden sollte.

Erst zwei Tagen später wurde ich wach.

„Hey, Dornröschen, bist du endlich da!" Gretchen lächelte mich an. Papa steckte mir das Fieberthermometer unter den Arm. Ich war tatsächlich krank geworden, nur dass niemand wusste, was mir fehlte. Auch der Arzt, der aus der Stadt kam, nicht. Diesmal war auch Papa mit seiner Heilmethode gescheitert. Sie hatte bei mir nicht gewirkt.

Eine Woche lang hütete ich das Bett und wurde dadurch verschont, ins Gemeindehaus gerufen zu werden, um von den Tschekisten befragt zu werden.

Als ich an einem Abend erstmals aufstand und auf wackligen Beinen in die Küche kam, erfuhr ich, dass die Stimmung gegen die Deutschen im Dorf zu kippen drohte. Wir, die Deutschen, die seit dem neunzehnten Jahrhundert in Wolhynien lebten und einen Großteil der Gesamtbevölkerung stellten, wurden immer stärker als politisch unerwünscht und unwillkommen angesehen. Wir waren gute Landwirte, wir hatten mehrere Nutztiere, gepflegte Häuser und mit Blumen bepflanzte Vorgärten. Die Einheimischen waren keine fleißigen

Bauern. Sie erledigten in ihrem Haushalt nur das Nötigste, die restliche Zeit wurde gesoffen und gezankt. Ihre Frauen, schwanger oder mit Kind im Arm, saßen die meiste Zeit draußen vor der Tür und knacken Sonnenblumen- und Kürbiskerne. Schon immer hatten einige von ihnen die Deutschen beneidetet, ihre weiß gestrichenen Häuser, ihr Schuhwerk und ihre Kleidung. Natürlich, auch die Deutschen trugen Holzpantinen, aber an Sonn- und Feiertagen durften wir richtige Schuhe tragen, die in kinderreichen Familien von Kind zu Kind weitergereicht wurden. Auch die Kleider wurden selbst genäht, das sollten wir, als Mädchen, früh lernen. Eine Nähmaschine zeugte von Wohlstand in der Familie.

Nur wenige einheimische Frauen versuchten, uns nachzuahmen. Manche kamen zu meiner Mutter, als sie noch lebte, und baten sie, ihnen das Nähen beizubringen. Mama freute sich darüber. Sie bat immer wieder ein oder auch mal zwei Mädchen in ihr Nähstübchen und ließ sie zusehen, wenn sie Kleider schneiderte. Wenn die Mädchen dann sicher im Umgang mit Schere und Nadel waren, durften sie auch mal an unser Goldstück, eine Nähmaschine von Singer mit Fußantrieb, bei der ich auch ab und zu auf das Pedal drücken durfte, wenn ich besonders brav und Mama gut gelaunt war. Auch schreiben und lesen hatte manches Mädchen von Mama gelernt. Aber das war lange her, Mama war nun schon 12 Jahre tot, ich war erwachsen und die Zeiten hatten sich geändert.

Aber manche Dinge ändern sich nicht. Die Hoffnung, die Einheimischen würden sich über solch bereicherndes Zusammenleben mit uns freuen, erwies sich als Irrtum. Der Großteil der Einwohner war neidisch auf den

Wohlstand der Deutschen. In ihrer Vorstellung war uns dieser Wohlstand geschenkt worden. Und ganz unrecht hatten sie nicht. Den Deutschen waren im Zarenreich anfangs ja durchaus viele Privilegien gewährt worden, als sie als umworbene Bauern nach Russland kamen. Aber das war lange her. Viele, darunter auch mein Vater, hatten ihren Wohlstand mit Schweiß und Fleiß erarbeitet. Doch die Missgunst und der Neid wuchsen und verbreiteten sich wie Feuer. Papa meinte, dass auch wir selbst daran schuld seien, weil wir den Kontakt mit diesen Menschen mieden, sie hinter ihrem Rücken *Halbwilde* nannten. Mama sei da wirklich eine Ausnahme gewesen. Die Ansässigen würden unsere Abneigung gegen ihre mangelnde Sauberkeit spüren und uns verachten.

***

Das Jahr 1933, als in der Ukraine der Holodomor herrschte, war das schlimmste Jahr für die Menschen in der Ukraine. Die Versorgungslage hatte sich stetig verschlechtert. Die so genannten „Kulaken", wohlhabende Großbauern, die schon seit der Oktoberrevolution nur noch abschätzig so genannt wurden, waren schon lange ohne Achtung der Menschenrechte als „sozial gefährliche Elemente" verhaftet, erschossen oder nach Sibirien abtransportiert worden. In den frühen 30er-Jahren erwartete auch viele Bauern, die sich durch Fleiß einen gewissen Wohlstand erarbeitet hatten, das gleiche Schicksal. Die Höfe und Häuser und sogar die Speicher der kollektiven Genossenschaften wurden bis in die letzten Ecken von Tschekisten abgesucht und geplündert. Es war also nur eine Frage der Zeit, wann wir, die Deutschen, an der Reihe waren. Und obwohl wir wussten, dass dieser Tag kommen würde, traf es uns hart.

***

Es war Ende Juli 1936, die Weizenernte war in vollem Gange. Wir banden Garben, brachten sie mit dem Leiterwagen zum Dreschen in die Scheune, säuberten die Körner vom Staub und transportierten das Getreide zum Elevator. Im August sollte die Gerste- und Haferernte folgen.

Dieser Sommer war sehr heiß, die Sonne brannte so stark, dass die Kinder ganze Tage im Bach verbrachten, um sich abzukühlen. Die Frauen standen vor Tagesanbruch auf, um in der Morgenfrische zu ernten. Überall roch es nach Dillgurken, Äpfeln, Pflaumen und Pilzen.

Aber von einem Tag auf den anderen durften wir nicht mehr aufs Feld. Am Abend zuvor hatte es laut und durchdringend an unserer Tür geklopft, und von dieser Minute an stand unsere Welt Kopf. Innerhalb einer Viertelstunde wurde über unser Schicksal entschieden.

Unsere Pässe wurden verlangt und sofort eingezogen. Wir saßen stumm und ratlos am Küchentisch, und einer der Rotarmisten las uns den Befehl der Regierung vor, in dem wir Deutschstämmigen zu Feinden des russischen Volkes erklärt wurden.

„Alle Deutschen, Kolonisten, Nichtorthodoxen des Kreises Nowograd-Wolynsk, die nicht in geschlossenen Ortschaften leben, unterliegen der Aussiedlung. An ihren Wohnorten können verbleiben: Frauen der Kolonisten, die sich in unserem aktiven Heer befinden, ihre Kinder, Mütter und Familienoberhäupter. Auszusiedelnde dürfen ihre Besitztümer mit sich nehmen. In den deutschen Siedlungen werden vorübergehend Flüchtlinge aus Galizien einquartiert, denen entsprechende Gebäude zur Verfügung gestellt werden. Sie werden auch mit der Einbringung der Ernte sowie der Aufsicht über den Besitz der Auszusiedelnden beauftragt, der aus irgendwelchen Gründen am Orte zurückgelassen werden muss. Für Gewaltakte, die die Kolonisten an den Flüchtlingen verüben, wird der Schuldige dem Kriegsgericht überstellt. [...] Die gesamte Bevölkerung des Kreises wird gewarnt, dass diejenigen, die sich durch eine ungesetzliche Benutzung eines von den auszusiedelnden Kolonisten vorübergehend zurückgelassenen Gegenstandes schuldig machen, in Übereinstimmung mit den Kriegsgesetzen den strengsten Strafen unterzogen werden"

Als mein Vater endlich sprechen konnte, fragte er, was mit unseren Tieren passieren solle. Die dürften wir auch mitnehmen, lautete die Antwort. Das sollte uns den Verlust der Heimat erleichtern. Wir mussten innerhalb einer Woche unser Haus und unser Dorf verlassen. Sie empfanden es als großzügig, dass sie uns so viel Zeit ließen, um alles zum Abtransport vorzubereiten.

Vater musste die Aushändigung des Befehls unterschreiben, dann gingen sie endlich raus und wir blieben allein. Erschlagen, hoffnungslos und unendlich traurig.

Mein erster Gedanke galt Oskar. *Musste er auch ...? Könnten wir zusammen fortziehen?* Ich lief zu seinem Haus und sah erleichtert Licht in seinem Fenster. Ich drückte mich nah an die Scheibe. Er saß am Tisch und prüfte Schülerhefte. Ich klopfte.

Dann erfuhr ich, dass es ein Abschied sein würde. Ich würde ohne ihn in eine unbekannte Welt ziehen müssen. Oskar durfte bleiben, er hatte keinen Aussiedlungsbefehl erhalten. Als Lehrer und Parteimitglied galt er nicht als ein Feind des russischen Volkes. Er genoss das Vertrauen. Auch alte Witwen, Kranke, die nicht mehr arbeiten konnten, durften bleiben. Aber wen sollte er unterrichten, wenn alle Kinder in die Verbannung mussten? Dieser Gedanke schoss mir durch den Kopf, als ich sein plötzlich gealtertes Gesicht betrachtete. Meine Nachricht hatte ihn unvorbereitet getroffen.

Die Nacht wurde lang und traurig. Wir saßen draußen unterm Birnbaum vor seiner Haustür und schwiegen die meiste Zeit. Ein Blatt Papier, das auf unserem Küchentisch lag, hatte einen Abgrund zwischen uns aufgetan, der mich daran hinderte, Oskars Hand zu ergreifen oder ihn zu umarmen.

***

Eine Woche später, an einem frühen Morgen Anfang August 1936, zogen große und kleine Menschengruppen mit Karren und Kastenwagen durch unsere Dorfstraßen. Überzogen von Planen und von zwei oder drei Pferden gezogen. Die zurückgelassenen Haustiere, Katzen und Hunde irrten orientierungslos umher und jaulten. Männer schauten mit leerem Blick weg, Kinder und Frauen weinten. Die Straße erinnerte an einen großen Bahnhof: Lärm, das Rumpeln der Räder, das Knallen der Peitschen über den Pferderücken. An die Karren gebundene Kühe muhten laut, weil sie aufgeregt waren. Unsere Kuh Frida auch. Sie war von mir von klein an aufgezogen, immer mit der Hand gestreichelt und gemolken worden und zeigte deutlich, wie sehr sie an mir hing. Heute war sie von meiner Schwester Greta mit einer Rute aus ihrer gewohnten Umgebung gerissen worden. Es war die Aufgabe der Frauen und Kinder, die Kühe zu lenken.

Es gab nicht genug Platz in den vollgeladenen Karren. Die Alten, Kranken und kleinen Kinder wurden darauf untergebracht. So zogen wir zum zehn Kilometer entfernten Bahnhof. Dort sammelten sich die Wagen, und der Platz davor füllte sich immer mehr: Menschen, die in die Verbannung mussten und auch andere, die aus Neugier kamen, um zu sehen, ob wir tatsächlich wegfahren. Die Feindseligkeit dieser Menschen erschreckte mich.

Oskar begleitete mich an diesem Tag zum Bahnhof. Ob seine Mutter sich freute, dass ich ihr nicht mehr im Weg stehen würde? Das habe ich nie erfahren können. Oskar war traurig. Er hatte die letzten Nächte kaum geschlafen, das sah man seinen roten Augen an. Wir hatten sie bis in den frühen Morgen hinein zum Abschied draußen verbracht. In seinen Armen konnte ich mich aus meiner Starre lösen und ausweinen. Er versuchte, mich zu trösten: „Nur ein paar Monate, dann kommst du wieder. Ich habe einen Antrag gestellt, du bist offiziell meine Verlobte. Sie müssen dich zurückkommen lassen." Ich glaubte ihm.

Am Bahnhof drückte Oskar mir ein Paket in die Hand: „Das ist für dich. Da sind Hefte und Stifte. Schreib mir bitte, so oft du kannst." Ich nickte.

Unserer Familie wurde eine Ecke in einem offenen Wagon zugeteilt, Menschen und Tiere gingen zusammen auf eine Reise ins Ungewisse. Oskar umarmte mich und ging. Er wollte mir seine Tränen nicht zeigen.

Ich hatte keine Tränen mehr. Die hatte ich in den letzten Tagen und Nächten ausgeheult. Als wir uns letzte Nacht verabschiedeten, hatte ich versucht, den versäumten Schlaf der vergangenen Nächte vor der Abreise nachzuholen. Es war mir nur für kurze Zeit vergönnt. Bald hörte ich wieder das Bellen der Hunde, das Gurren der Tauben und einen Kuckuck in weiter Ferne. Dann lag ich wieder schlaflos auf meinem Lager und wartete auf den Morgen.

Ich schaute vom Wagen aus noch lange in die Richtung, in die Oskar verschwunden war, dann kauerte ich mich in eine Ecke auf weiches Heu und beobachte durch die offene Tür, wie unsere Heimat zurückblieb: Wälder bis zum Horizont, breite Flüsse, fruchtbare Erde, liebgewonnene Heimat, eine Heimat, von der wir glaubten, sie sei für immer die unsere.

Wir fuhren nach Kasachstan ins Land der endlosen Steppen. Für immer? „Für immer!", hatten sie uns gesagt. „Versucht nicht zurückzukommen, ihr werdet erschossen!" hatten sie gesagt.

Wo liegt Kasachstan? Würden wir dort Hunger leiden? Oskar sagte, dort liegt Schnee. Viel Schnee. Er wusste es. Er war Lehrer, ein Gebildeter. Mein Mann. Nein, mein Ehemann war er nicht, sonst hätte ich bei ihm bleiben können. Aber er wollte mich heiraten. Ein paar Tage, bevor der Befehl für unseren Abtransport kam, hatte er mir einen Heiratsantrag gemacht.

Zu spät.

Unsere Reise dauerte mehrere Wochen. Und während wir uns immer weiter von unserer Heimat entfernten, wuchs in mir neues Leben. Aber noch war ich ahnungslos.

***

Es war schon Abend, als wir am Ziel unserer Reise ankamen. Trostlose Landschaft soweit der Blick reicht, und das war in dieser flachen Steppe bis zum Horizont sehr weit. Niemals und zu keiner Zeit ist Auswanderung in die Fremde leicht gefallen. Aber hier in Kasachstan war der „Empfang" schlimmer, als wir es uns vorstellen konnten. Kein Haus, kein Strauch und kein Baum waren zu sehen. Steppe, überall Steppe. Staubwolken, verdorrte Erde. Das trockene Steppengras war leicht entzündlich, und wenn wir nicht aufpassten, wurde der Wind zum Brandbeschleuniger. Das lernten wir schnell am Lagerfeuer.

Bevor wir uns häuslich einrichteten, dauerte es. Ich weiß nicht mehr wie lange. Bis dahin schliefen wir unter freiem Himmel. In der ersten Nacht legten wir alle Decken und Kissen direkt auf die Erde, provisorische „Wände" errichteten wir aus unserem gesamten Hab und Gut.

Ich lag zwischen Gretchen und Irene. Gretchen schlief unruhig, durch ihre gespitzten Lippen blies sie geräuschvoll die Luft aus, ihre Augenlider zitterten. Irene kuschelte ihren Kopf dicht in die Decke, sie schlief wie ein Murmeltier, tief und fest. Nur ich konnte kaum schlafen, meine Gedanken waren bei Oskar. Direkt über mir am Sternenhimmel trollte sich der Mond gemächlich auf seiner Umlaufbahn. Er war so riesig, scheinbar zum Greifen nah.

Schon in dieser ersten Nacht wurden wir vom Winter kalt erwischt. Wir wachten morgens zugeschneit auf. Oskars Warnung hatte ich nicht recht ernst nehmen können, aber wir waren aus dem Spätsommer direkt in den Winter hineinkatapultiert worden. Zum Glück kam bald die wärmende Sonne durch die Wolkendecke und der Schnee war schnell geschmolzen.

Aber wir lernten aus dieser Lektion und wussten nun, was uns in den folgenden Nächten erwarten konnte. Noch am selben Tag wurde mit dem Bau eines Hauses begonnen. Maurer unter unseren Leuten zeigten uns, wie wir aus Lehm und Steppengras Blöcke fertigen und zu Wänden verarbeiten konnten. Schon bald fehlte bei uns nur noch das Dach.

Die Nächte in der Steppe waren sehr still, doch das trog. Mitten in der Nacht wurden wir manchmal wach, wenn Wölfe zu unserem Lager kamen. Sie heulten und knurrten, ihre Augen leuchteten gespenstisch im Dunkel. In einer dieser Nächte, als alle erschöpft tief und fest schliefen, witterten die Wölfe ihre Beute. Zum Glück standen Menschen nicht auf ihrem Speiseplan, doch ein paar Schafe und Hunde wurden von den Wölfen weggeschleppt und gefressen. Noch eine Lektion, die wir zur Kenntnis nehmen mussten.

Die Erde war braun, leicht und locker. Es würde gute Ernten geben, freuten sich erfahrene Landwirte. Aber für den Hausbau brauchten wir Lehm. Also gingen die Frauen mit Eimern und Karren in die Steppe und suchten nach Lehmboden. Wenn sie fündig wurden, schleppten sie Ladung um Ladung zu unserer neuen Siedlung.

Weil wir so lange unterwegs gewesen waren, hatte es kaum Gelegenheit für gründliche Körperpflege gegeben. Aus Angst vor Krankheiten und Ungeziefer wurde von der Gesundheitsbehörde sehr schnell eine Badeanstalt errichtet. Alle Angereisten wurden verpflichtet, sich dorthin zu begeben. Ihre Kleider wurden in einer Dampfkammer gründlich gereinigt.

Ich war der Badeanstalt als Helferin zugeteilt worden und blieb drei Tage lang dort. Denn seither tobte ein Sturm in unserer Region. Die Wege waren zugeschneit und nicht passierbar.

Mein Vater hatte sich Sorgen um mich gemacht. So erschien er am dritten Abend in der Badeanstalt. Im langen Pelzmantel mit Fellmütze, sein Gesicht, den Hals und die Schultern in einen Daunenschal gewickelt, machte er eine seltsame Figur. Wenn ich nicht so viel

Respekt vor meinem Vater gehabt hätte, hätte ich laut gelacht. Aber so was kam mir damals nicht in den Sinn. Außerdem rührte er mich mit seiner väterlichen Fürsorge so sehr, dass mich die Tränen überwältigten. Ich musste mich umdrehen, damit er sie nicht sehen konnte.

Hier im fremden Land wurde Papa wieder weicher, herzlicher, liebevoller. Wenn es Zeiten gab, in denen wir uns besonders nahestanden, dann war es in solchen Momenten. Aber Vaters Sorgen waren unnötig, denn auch das lernten wir schnell: In dieser Gegend blieb man bei einem Sturm zu Hause. Stürme konnten bis zu einer Woche dauern und den Schnee mehrere Meter hoch verwehen.

Jedes Jahr fordern die Schneemassen in der Region mehrere Tote. Ich erinnere mich an manchen Winter, in dem unsere niedrigen Häuser im Schnee versanken und die Tür nicht mehr zu öffnen war. Dann dauerte es eine Weile, bis Nachbarn uns wieder aus der Schneehaft befreiten.

Kurz nach unserer Ankunft in der neuen zugewiesenen Heimat blieb meine Periode aus. Erst schob ich es auf die Aufregungen der letzten Monate, aber dem war nicht so. Einige Liebesnächte in einer alten Scheune auf weichem, duftenden Heu am Rande des Dorfes, erste scheue Liebkosungen, unbeholfen und unerfahren, hatten ihre Spur hinterlassen. Ein schöner Sommer voller Liebe und Hoffnung lag hinter mir, in dem ich nicht die leiseste Ahnung hatte, welche entscheidende Wendung mein Leben nehmen würde.

Oskar hatte mir in diesen Nächten nicht versprochen, mich zu heiraten. Wie sollte ich es anders verstehen, als dass er um meine Zukunft besorgt war?

Er wollte mir zu einem Schulabschluss verhelfen, ich sollte nicht für immer Melkerin oder Magd bleiben. Ein besseres Leben wünschte er für mich, für uns. Wie vielversprechend das klang! Mein Traum mit ihm sollte wahr werden. Erst an dem Tag am Bahnhof, als unsere Wege sich trennten, wurde mir klar, ein Leben an Oskars Seite war in weite Ferne gerückt.

War es ein Wunder, dass ich in ein tiefes Loch fiel, als sich herausstellte, dass ich schwanger war? Wie sollte ich meinem Vater meine Schwangerschaft beichten? Ich stellte mir seine Bestürzung, seine Vorwürfe vor. Und die Stiefmutter würde kreischen: „Ich habe es doch gewusst! Deine feine Tochter! Einen Bastard im Schoß! Was werden die Nachbarn sagen?"

Ich war ja selbst der Überzeugung, dass ich mich nicht richtig verhalten, sondern unanständig gehandelt hatte. Ich hätte es mit Oskar nicht so weit kommen lassen dürfen, hatte Schuld auf mich geladen.

Stundenlang lief ich durch Nieselregen und Schnee, krank vor Sehnsucht nach Oskar, mit Angst vor der Zukunft und dem schlechten Ruf, dem ich ausgesetzt sein würde. Die Augen brannten von nicht ausgeweinten Tränen, mein Hals war trocken und meine Brust schmerzte.

Ich merkte nicht, wie sich der Himmel verdunkelte und der Wind zunahm. Erst als Schneeflocken nadelscharf auf mein Gesicht trafen, lief ich nach Hause. Aber auch dort fand ich keine Ruhe.

Wie sollte ich weiterleben mit dieser Schande? Ein schwarzes Schaf der Familie. Wenn Oskar doch bei mir gewesen wäre! Wenn er mir hätte beistehen könnte, mein Schicksal mit mir teilen könnte. Wie sollte ich es allein durchstehen?

Fast jede Nacht suchte mich derselbe Traum heim: Ich gehe unsere Dorfstraße entlang. Hinter Zäunen stehen Frauen und glotzen mich höhnisch an, sticheln mit ihren bissigen Bemerkungen. Mein Bauch wölbt sich unter meinem Kleid. Mein Kind in mir merkt noch nichts von seiner peinlichen Lage, der Schande, ein Bastard zu sein.

Ich versuche, meinen angeschwollenen Bauch unter einem Tuch zu verstecken, aber es gelingt mir nicht. Ich fühle mich vor den Blicken gehässiger Weiber nackt. Mein Vater kommt mir entgegen. Ich sehe seinen strengen Blick. Er ist schwer auszuhalten und ich wende meinen Blick ab. Er wird mir das niemals verzeihen.

Wenn ich aufwachte, war ich verschwitzt und mein Herz raste. Papa erlöste mich von meinem Leid, er sprach mich als Erster an, als ich von den gemeinsamen Mahlzeiten öfter fernblieb: „Oskar ist ein ehrenhafter Mann, er wird dich nicht im Stich lassen. Das weiß ich. Du musst nur Geduld aufbringen." Ich schmiegte mich an seine Brust und weinte mir die Seele aus dem Leib. Er schwieg und streichelte meinen Rücken.

Von diesem Tag an ging es mir besser, ich hatte in Papa einen Schutzengel gewonnen. Er würde mich beschützen, solange Oskar nicht bei mir sein konnte. Die Stiefmutter war mir natürlich nicht so gut gesonnen wie mein Vater. Sie traute sich aber nicht, mich zu beschimpfen, wenn Vater dabei war. Sie wusste, er würde sie zurechtweisen.

Als durch die Schwangerschaft die Übelkeit stärker wurde, verbrachte ich lange Nachmittage in meinem kleinen Kämmerchen, presste meinen Bauch und betete. Das Beten wurde mir von meiner Stiefmutter auch wärmstens empfohlen, damit das ungeborene „Unglück" aus mir herauskäme: „Was willst du allein mit dem Kind?" Ich hasste sie in solchen Momenten noch mehr. Wie konnte sie nur so grausam sein?

Meine Tochter kam im Februar auf die Welt. Ich nannte sie Linda. Als ich ihre Geburt im Rathaus registrieren lassen wollte, kam es zu peinlichen Fragen: „Wer ist der Vater, wo ist die Heiratsurkunde und wie soll das Kind mit Nachnamen heißen?" Die Fragen trieben mich zur Verzweiflung. Einer der Angestellten fragte mich, ob ich Kontakt zu dem Vater hätte und als ich das bestätigte, wollte er seine Briefe sehen. Ich brachte ihm die drei letzten Schreiben Oskars. Daraufhin veranlasste der Beamte einen Brief an Oskar, in dem die Zustimmungspflicht seiner Vaterschaft angefragt wurde.

Was für ein Glück war es, dass Oskar am Leben war und zu mir stand! Noch heute trägt sie seinen Namen: *Linda Fuhrmann*. Dazu auch ihren Vaternamen *Oskarowna*, wie es in Russland üblich ist.

Drei Monate später konnte ich die Geburtsurkunde meiner Tochter abholen und flog gleichsam glücklich nach Hause, wo ein Festessen vorbereitet war. Ja, ich wollte feiern, wollte der ganzen Welt unsere Tochter und die Urkunde zeigen, auf der schwarz auf weiß nachzulesen ist, dass Linda kein Bastard ist. Sie hat einen Vater! Und mich sollte dieses Dokument vor Erniedrigungen und Beschimpfungen schützen, hoffte ich. Denn noch machten viele Menschen faule Witze über meine Situation, stellten peinliche Fragen. Aber jetzt war Schluss damit!

Zu meinem Bedauern verfolgte das hässliche Wort „Bastard" meine Tochter noch lange, und ich konnte es nicht verhindern. „Es gibt eben viele böse Menschen auf dieser Welt. Du solltest dich auf das Wesentliche konzentrieren," tröstete mich mein Vater.

Er hielt zu mir, er liebte die Kleine, wiegte sie in seinen schwach gewordenen Händen. Sie war seine letzte Liebe, die er sehr genoss. Jetzt hatte er Zeit. Als wir klein waren, musste er so viel arbeiten, fürs Schmusen blieb ihm wenig Zeit. Mit Linda war das anders. Oft beobachtete ich ihn von der Seite. Alt war er geworden und krank. Auch ohne Ärztin zu sein, konnte ich sein Dahinsiechen ahnen. Was ging ihm durch den Kopf? Bereitete er sich auf den Tod vor? Litt seine Seele?

„Es ist spät, sehr spät", murmelte er einmal. Mag sein, er sortierte seine Erinnerungen. In welcher Reihenfolge? Dachte er an etwas, worauf er stolz sein kann? Ja, ich glaube, er dachte in diesen Tagen an seine guten und schlechten Taten, an das, was er anderen war: seiner Frau, seinen Kindern, unserer Gemeinde. Ist er ein guter Vater gewesen? Hat er unserer Mutter, die so früh im Kindbett gestorben ist, zu viel zugemutet?

Unbeobachtet von ihm bemerkte ich tiefe Seufzer. Er wusste darum, nun nichts mehr daran ändern zu können. Und vielleicht ängstigte ihn, dass er wohl bald vor dem Allmächtigen stehen und Rechenschaft ablegen musste.

Mir schossen plötzlich Tränen in die Augen. Ich dachte an den schneidigen Gardeoffizier in der russischen Armee, den brillanten Musiker und liebevollen Bräutigam auf dem alten Foto an unserer Wand. Gerade mal dreißig Jahre alt ist er darauf, glücklich verliebt und voller Pläne.

Das Foto wurde am Tag seiner Verlobung mit meiner Mutter aufgenommen. Er hatte damals gerade seinen Dienst quittiert, sich von seinen Freunden und seinem

Orchester verabschiedet, mit dem er so oft bei Festen, Paraden, im kaiserlichen Theater und in Adelspalästen auf unzähligen Bällen gespielt hatte, bis die Lichter erloschen. In damaliger Zeit bot St. Petersburg viele Vergnügungen. Gardeoffiziere verbrachten Nächte mit Spiel und Tanz, viel Wodka und Champagner, flirteten mit Lebedamen und Offiziersfrauen, die in kostbare Pelzmäntel gehüllt in prachtvollen Schlitten vorbeifuhren. Und Papa war mittendrin.

„Weinst du?" riss mich mein Vater aus den Gedanken.

„Aber nein. Es ist nur ... ich bin heute etwas empfindlich." – „Kein Wunder, in deiner Lage." Und wieder musste ich gerührt weinen, weil er so lieb zu mir war.

***

Der Frühling kam früh in diesem Jahr. Kaum war das Eis auf dem kleinen Bach geschmolzen, öffneten die Feldblumen schon schüchtern ihre bunten Blüten. Sie waren kleinwüchsiger und nicht so prachtvoll wie in der Heimat, aber ich freute mich, sie zu sehen.

Auch meine Tochter bereitete mir viel Freude. Ich konnte stundenlang zuschauen, wie sie im Schlaf ihre Händchen zu kleinen Fäustchen ballte, wenn ihre Augenlider im Traum unregelmäßig zuckten. *Linda, mein Sonnenschein. Ich beschütze dich, schlaf schön.*

Immer öfter schickte mich Vater nach draußen, frische Luft zu schnappen. Ich war ihm so dankbar für diese Momente. Dann lief ich barfuß nach draußen, atmete den Duft des frischen Grases, beobachte den Sonnenuntergang. Papa setzte sich mit Linda auf dem Schoß auf die Bank vor dem Haus. Nur wenn es ihm zu kühl war, nahm er lieber nahe beim Ofen Platz. Er fror schnell.

An einen Tag im August erinnere ich mich besonders gut. Die Sonne hatte sich hinter dicken Wolken versteckt, doch es war herrlich warm, und in der Luft duftete es nach Sommer und drohendem Niederschlag. Ich ging ins Feld, um noch schnell einen kleinen Blumenstrauß zu pflücken. Dann setzte ich mich auf einen Stein und träumte. Ich genoss den Duft vieler bunter Blumen und Kräuter, als die ersten Tropfen mir direkt auf meine Nase fielen. Schnell eilte ich zum Haus.

Aus der Küche lockte der Duft des frischgebackenen Brotes. Dem konnte ich nicht widerstehen. Ich schnitt mir einen noch warmen Kanten ab, bestrich ihn dick mit Schmalz und streute eine Prise Salz drauf. Genüsslich biss ich ins Brot. Köstlich! Für einen Moment vergaß ich alles um mich herum und spürte so etwas wie Glück und Frieden für mich und meine Tochter. Vergangenes wurde unwichtig über der Hoffnung auf eine bessere Zukunft. Es würde alles gut werden, ganz bestimmt. *Oskar hat versprochen, er holt mich hier raus.*

Ich biss erneut in mein Schmalzbrot und rief: „Papa! Möchtest du auch ein Butterbrot?"

Er hörte mich nicht. Ich schaute um die Ecke, Papa saß immer noch im alten Sessel, Linda auf seinem Schoß.

„Papa!?"

Meine schlimme Vorahnung, mit der ich zu dem Sessel stürzte, sollte sich erfüllen. An diesem trüben Tag, als sich die Sonne nicht zeigen wollte, nahm Papa seinen Abschied von uns, mit seiner Enkeltochter auf dem Schoß. Der Glückliche, er starb zu Hause und im Vergleich zu dem, was danach kommen sollte, einen würdigen Tod. Aber ich fühlte mich alleingelassen. *Ach Pa-*

pa, wie konntest du mich so plötzlich verlassen. Jetzt, wo ich dich so sehr brauche.

Zur Beerdigung kamen alle meine Geschwister und Verwandten, die in der Nähe wohnten. Danach verließ ich das Elternhaus und zog mit Linda zu Bruder Edmund. Er war verheiratet und hatte zwei Kinder. Aber wir arrangierten uns. Ich half, wo ich nur konnte, kochte und passte auf meine Neffen auf. Uns ging es gut, wir waren satt und irgendwann glaubten wir, angekommen zu sein. Nur Papa fehlte mir – und Oskar natürlich.

Ansonsten war es die Zeit, in der wir Deutschen eine starke Gemeinschaft bildeten, die uns Schutz und Zugehörigkeitsgefühl vermittelte. Unsere Sehnsucht nach der verlorenen Heimat war zwar noch nicht überwunden, doch wir versuchten, nicht daran zu zerbrechen. Wir wussten, es würde keine Rückkehr geben. Dieses Mal nicht. Wir wollten aufhören, daran zu denken. Hier, in dieser Steppe, hier war jetzt unsere Heimat. Auch meine.

Und dort, in unserem ukrainischen Dorf, war ein Teil von mir geblieben, dort lebte meine erste große Liebe. Ob sich unsere Wege nochmal kreuzen würden? In jedem Brief schrieb Oskar, dass es bald vorbei sei, dann würden wir wieder zusammenkommen. Seine Briefe und das Geld, das er uns jeden Monat schickte, waren mir eine große Hilfe.

Kinderlose Frauen beneideten mich um meine Tochter. Ich beneidete sie um ihre Ehemänner. Aber es lag nicht in meiner Kraft, die Situation zu ändern. So lernte ich, ohne Oskar zu leben und mich im Zaum zu halten. Seit dieser Sommerliebe im Jahr 1936, die so kurz und fatal war, verschob ich die Erinnerungen an körperliche Liebe als etwas Peinliches und Verbotenes in meinen tiefsten Seelengrund.

Nach Papas Tod bewarb sich meine Schwester Irene um eine Stelle für den Bau eines Elektrokraftwerks in Sibirien. Reinhard suchte sich eine Wohnung und heiratete endlich seine Olga. Die Stiefmutter blieb mit ihren zwei Töchtern allein. Bevor Papa starb, hatte er uns beschworen: „Maria war nicht immer gut zu euch, aber verstoßt sie nicht." Ihm zuliebe versuchten wir, den Kontakt nicht ganz abbrechen zu lassen, aber herzlich war er nie.

Dass ich auf die Gnade meines Bruders angewiesen war, machte mich traurig. Ich wollte keinem zur Last fallen. Aber es gab einfach keine andere Arbeit als auf dem Feld.

Doch dann, wie ein Wunder, gab es einen Lichtschein und ein bisschen Glück für mich in dieser unglücklichen Zeit. In deutschen Dörfern wurden in dieser Zeit viele Kinder zu Waisen. Viele Männer und immer öfter auch Frauen wurden abgeholt, des Staatsverrats beschuldigt und erschossen oder für Jahre in die Gefängnisse oder Lager gesteckt.

Für die zurückgebliebenen Kinder wurden Heime errichtet, und ich hatte das unglaubliche Glück, in einem solchen Kinderheim eine Stelle mit Schlafplatz für mich zu bekommen. Meine kleine Tochter konnte ich dorthin mitnehmen, und so waren wir beide gut versorgt.

Meine Aufgabe bestand hauptsächlich darin, für die Kinder zu kochen. Gleich am ersten Tag traf ich Dutzende aufgeregter und gereizter Kinder, die miteinander stritten und sich sogar schlugen. Manche waren niedergeschlagen, andere sogar depressiv. Einige von ihnen waren sehr dünn, blass und hatten blaue Schatten unter den Augen, andere hingegen dick infolge einer zu mehligen, vitaminlosen Ernährung. Allgemein waren sie alle schwierig. Nicht nur dem Alter geschuldet, sondern den unmenschlichen Erlebnissen, die sie in ihrem kurzen Leben durchgemacht hatten. Ich war gerührt über ihre Tapferkeit und behandelte sie mit großer Achtsamkeit.

Die 13- bis 15-jährigen Mädchen waren fürs Aufräumen zuständig und auch gehalten, auf die kleineren Kinder aufzupassen. Nein, das waren keine Kinder mehr, sondern eher zu früh erwachsen Gewordene. Das machte mich traurig. Für diese Jugendlichen brachte ich viel Geduld auf.

Es war eine gute Stelle für mich und meine Tochter. Wir bekamen dort Essen und zusätzlich Lebensmittel als Lohnersatz. Da konnte ich meinem Bruder und seiner Familie etwas zurückgeben, und das machte mich stolz.

Nachts sucht mich die Sehnsucht nach Oskar und seiner Liebe heim. Ich wurde oft wach, konnte nicht wieder einschlafen und grübelte über meine Zukunft. Meine Geschwister rieten mir, in meinem Zustand sei es angezeigt zu heiraten. Allein zu bleiben, hieße für mich immer wieder, wachsam zu sein und nicht aufzufallen, damit die Nachbarn keinen Grund fänden, schlecht über mich zu reden. Aber ich konnte mir nicht vorstellen, noch einmal mit einem Mann zusammen zu sein, bevor ich nicht wusste, was mit Oskar passiert war. Seit zwei Jahren hatte er sich nicht mehr gemeldet.

Ab und zu wurde ich von Männern angesprochen, manchmal auch von Verheirateten. Das kränkte mich sehr. Es ging mir mit meinem Töchterchen gut, ich brauchte keinen Mann, ich verdiente mein Brot selbst. Schön wäre es, jemanden zu haben, dem ich mein Herz ausschütten könnte. Doch mir blieb nur, immer wieder Briefe an Oskar zu schreiben.

„Lieber Oskar!
Heute Nacht wurde ich plötzlich wach, oder hatte ich gar nicht geschlafen? Es war stockdunkler, Linda lag neben mir zur Wand. Wie immer kreisten meine Gedanken um dich. Ich sehe uns wieder zu Hause, unsere Treffen im Obstgarten am Rande des Dorfes. Mir wird heiß, genau wie damals, als du mich mit deinen leuchtenden Augen angeschaut hast. Ich spüre deine weichen Lippen auf meinem Gesicht. Wie hätte ich meinem Glück widerstehen können, wenn ich in deiner Nähe willenlos wurde?

Wo bist du? – Ich sehne mich so sehr nach dir. – Geht es dir gut? – Bist du gesund? – Ist dir etwas zugestoßen? – Warum bekomme ich seit Monaten keine Briefe mehr?

In diesem Gedankenwirrwarr hörte ich deutlich, dass die Tür leise geöffnet wurde. Ich schaute vorsichtig zur Tür und da standst du. Ich glaubte, dein Gesicht zu sehen. Es war müde. Du stütztest dich mit einer Hand am Türrahmen und schautest in meine Richtung.

Das war zu viel. Ich zog mir schnell die Decke über den Kopf und hörte auf zu atmen. Dann hörte ich deine Schritte. Du bliebst am Bett stehen. Mein Herz schlug so schnell und laut, dass ich fürchtete, du könntest es hören. Du legtest deine Hand an meinen Kopf und ließest sie über meinen Körper hinuntergleiten. Ich spürte deine warme Hand und fragte mich, ob sie immer noch nach Kräutern duftet. Wie gerne hätte ich noch ein einziges Mal deinen Mund an meinen Lippen gespürt. Aber ich war wie gelahmt.

Du hast dich rüber zu Linda gebückt. Ich konnte es spüren, wie du mit der Hand ihren Körper gestreichelt hast. Dann wieder Schritte, die sich entfernten. Und die Tür schloss sich wieder. Es war hell, als ich mich traute, mich in meinem Zimmer umzusehen. Drinnen warst du nicht. Ich öffnete vorsichtig die Tür. Nichts.

Als ich das meiner Schwägerin Alwine morgens erzählte, schenkte sie mir nur ein ungläubiges, mitleidiges Lächeln und rüttelte mich heftig. „Hör endlich auf zu träumen, sonst verlierst du noch deinen Verstand. Denk an deine Tochter!" Aber ich konnte an nichts anderes denken.

Wolltest du mir ein Zeichnen geben, dass alles in Ordnung ist? Dass du kommst und uns zu dir holst und wir endlich zusammen sein können? Ich befand mich in einer unbeschreiblichen Erregung. Es musste etwas passiert sein, da war mir sicher. Ich brauchte alle meine Kräfte, um diese Tage zu überstehen. Meine Familie hat mich wie eine Kranke behandelt. Und ich wartete auf irgendetwas. Einen Brief, ein Zeichen. Aber nichts passierte, nichts.

Lieber Oskar, schreib mir bitte. Schreib mir, dass alles gut wird. Schreib mir, dass du mir verzeihst. Ich habe so viel falsch gemacht, und ich wünschte, ich könnte es ungeschehen machen.

Deine Almine"

10

Ich lege Mamas Aufzeichnungen beiseite. Der Brief berührt mich zutiefst. Wie verloren, wie verzweifelt muss sie sich gefühlt haben, um so einen Brief zu schreiben. Das zu lesen tut weh. Und ich frage mich, ob ich in diese intimen Gefühle und Gedanken einfach so eindringen darf. Sie hat mir nie davon erzählt. Ihre erste Liebe war für mich bisher völlig konturlos. Als der Vater von Linda – mehr nicht.

Ich starre auf den Stapel Hefte. Er wirkt wie ein Magnet auf mich und gleichzeitig komme ich mir vor wie ein heimlicher Beobachter. Ich bin unsicher. Diese Geschichte ist über 70 Jahre alt. Alle, die darin vorkommen bis auf meine Schwester Linda, sind tot. Ich überlege kurz, alles in einen Karton zu packen und erst einmal so lange auf dem Dachboden zu deponieren, bis ich mir darüber klar bin, was ich damit tun darf oder soll. – Ja, tun soll! Vielleicht ist es ja Mamas Vermächtnis an die nachfolgenden Generationen, solch schlimme Zeiten nie wieder zuzulassen? Der Gedanke lässt mich nicht mehr los. Sie hat so viel über ihr Leben erzählt, aber ihre Erziehung und Gottesfurcht hat sie ihr Leben lang daran gehindert, mir Näheres über ihren vermeintlichen Sündenfall zu erzählen. Über eine Zeit, in der Frauen mit einem unehelichen Kind als ehrlose Sünderinnen gebrandmarkt wurden. Aber sie hinterließ mir die Dokumente in der Holzkiste.

Ach Mama, ich kann dich so gut verstehen. Du hast mit mir nicht darüber reden können – aber dafür sorgen wollen, dass ich nach deinem Tod darüber lesen kann.

Ich schlage das Heft wieder auf.

Alma

Wie es Oskar damals geschafft hatte, mir die Ausreisegenehmigung zu schicken, blieb mir immer ein Rätsel. Und im Nachhinein ist der Gedanke schwer zu ertragen, dass ich so dumm war, mein Glück zu verspielen.

Wenige Tage nach der Ausstellung der Geburtsurkunde von Linda rief mich der Direktor unserer Gemeinde in sein Büro, legte mir unerwartet eine Ausreisegenehmigung vor und forderte für die Aushändigung eine Unterschrift von mir. Ich war so aufgeregt, dass ich nicht auf die Idee kam, durchzulesen, was ich da unterschreiben sollte. Wie oft musste ich später diesen Fehler bereuen! *Dummes, dummes Frauenzimmer!* Das Blatt Papier, das ich unterschrieb, war mein Verzicht auf Ausreise. Aber mit so viel Hinterhältigkeit hatte ich einfach nicht gerechnet! In einer Minute und eigenhändig verzichtete ich auf meinen geliebten Oskar und auf die Rückkehr in die Heimat! Später erfuhr ich, dass diese Verfahrensweise System hatte. Ich war nicht die einzige, die einfach alles unterschrieb, und viele Frauen wurden auch unter Druck gesetzt, den Verzicht auf Ausreise zu unterschreiben.

Natürlich wartete ich vergeblich auf den Tag der Abreise. Erst als ich von Oskar seinen letzten Brief bekam, ahnte ich, dass irgendetwas schiefgelaufen sein musste. Er schrieb, dass er sich nichts sehnlicher gewünscht habe, als mit mir eine gemeinsame Zukunft aufzubauen und mich vor Gott zu seiner Ehefrau zu nehmen. Dass ich das nicht mehr wolle, hätte er lieber von mir selbst und nicht als eine offizielle Mitteilung des Arbeitgebers erfahren.

Ich verstand die Welt nicht mehr. Dann wurde mir bewusst, welchen Fehler ich begangen hatte. Mein erster Impuls war, zum Direktor zu laufen und ihn zu beschimpfen, ihm eine Ohrfeige zu geben und sein Zimmer zu verwüsten. Aber was konnte eine Deutsche, ohne Pass und ohne jegliches Recht, sich zu widersetzen, schon unternehmen, ohne sich strafbar zu machen? Mir blieben lange tränenreiche Nächte, und es war kein Trost für mich zu erfahren, dass es auch anderen so ergangenen ist.

***

Die Tage schleppten sich träge dahin, dann Wochen, und es vergingen zwei Jahre, in denen ich Oskar viele Briefe schrieb, aber es kam keine Antwort mehr. Ich musste akzeptieren, eine alleinstehende Frau mit einem unehelichen Kind zu sein. Oskar zu verurteilen, hatte ich kein Recht. Es war nicht seine Absicht, mich zu verführen und mit dem Kind allein lassen. Wir waren einfach unserer Liebe gefolgt und hatten beide nicht geglaubt, dass es so enden würde. Wenn auch auf meine Kosten.

Und so sehr ich Oskar liebte, nach Jahren der Entbehrungen verblasste dieses Gefühl langsam, wandelte sich im Laufe der Zeit zu einem anderen, wenn ich unsere Tochter an meine Brust drückte. Ihr galt nun meine ganze Liebe. Sie war hübsch und sah ihm wie aus dem Gesicht geschnitten ähnlich. Ich war bereit, ihr alles zu geben, was mir schmerzlich fehlte: Schutz und Geborgenheit.

Ich schlief in dieser Zeit oft unruhig und mit wirren Träumen. Von Personen, die ich kannte und auch von Fremden. Einer dieser Träume setzte mir besonders zu. Ich küsste jemanden, der nicht Oskar war. Schweißgebadet und verwirrt wachte ich auf. Ich hatte verschlafen! Linda war schon wach. Sie spielte mit ihrer alten

Puppe, flüsterte ihr etwas ins Ohr und deutete mit ihrem Finger in meine Richtung. Das liebe Kind ermahnte ihre Puppe, still zu sein, um mich nicht zu wecken. Ungeachtet der späten Zeit tat ich ihr den Gefallen, noch einige Sekunden mit geschlossenen Augen liegen zu bleiben. Da kam mir der Traum wieder in den Sinn, und ich fragte mich, ob er eine Bedeutung haben könnte.

Dieser Mai war heiß und trocken. Wenige Stunden später stand ich in unserer Küche und kochte Mittagessen für die Heimkinder, als die Tür aufging und ein großer schlanker Mann in die Küche trat. Meine Augen waren voller Tränen vom Saft der Zwiebeln, die ich gerade schnitt. Durch den Tränenschleier glaubte ich Oskar in der Tür zu sehen. Endlich! Unbändige Freude erfasste mich. Für einen kurzen Moment war ich keine Strohwitwe mehr und mein Kind war kein Bastard! Ich rieb mir die Augen mit einem Küchentuch trocken, das über meiner Schulter lag. Erst dann sah ich, dass es nicht Oskar war.

Ein mir fremder Offizier in Militäruniform, Oskar gar nicht ähnlich. Seine Haare waren dunkelblond und die Augen blau. Er grinste mich an. Plötzlich wurde mir bewusst, warum er das tat. Ich war barfuß und trug wegen der drückenden Hitze nur ein dünnes, verwaschenes, ärmelloses Sommerkleid. Das war so verschwitzt, dass es an meiner Brust und den Oberschenkeln klebte. Als ich an mir herunterschaute, fühlte ich mich nackt.

Wir bekamen nur selten Besuch im Kinderheim, deswegen erlaubten wir uns manche Freiheiten mit der Kleidung. Normalerweise hätte ich ein langärmliges Baumwollkleid mit einer Schürze tragen müssen. Auch eine Kopfbedeckung war Pflicht.

„Wer sind sie?", piepste ich schüchtern, weil mir die Stimme versagte. Dabei versuchte ich, meine Brust mit dem Handtuch zu verdecken und machte Anstalten, zur hinteren Tür zu flüchten.

„Entschuldigung! Entschuldigung! Hat ihnen keiner gesagt, dass ich komme? Ich bin der neue Kommandant eurer Gemeinde. Jan Kowalski."

Er machte einen Schritt auf mich zu und reicht mir seine Hand. Ich gab ihm meine und merkte, wie ich zitterte. „Und Sie? Wie heißen Sie?" – „Alma." – „Sind sie die Heimleiterin?"

Ich schüttelte den Kopf. „Aber nein, ich bin nur Erzieherin. Nun ja, Kochen gehört auch zu meinen Aufgaben, wie sie sehen."

„Das ist das, was mich zu ihnen führt. Ich sterbe nämlich vor Hunger. Es gibt keine Kantine im Dorf und ich habe seit gestern nichts mehr gegessen. Was duftet so herrlich, was kochen sie denn da?"

Er kam noch näher und hob begeistert den Deckel von dem großen Topf: „Gemüsesuppe! Ist sie schon fertig?" Ich musste mir Mühe geben, nicht zu lachen, als er versuchte, mit dem großen Löffel die Suppe zu probieren. Da schien offenbar wirklich jemand vor Hunger zu sterben.

Vorsichtig schob ich ihn zur Seite, füllte eine große Schüssel randvoll mit Suppe, gab noch einen Löffel Schmand dazu und wünschte ihm einen guten Appetit. Er setzte sich gleich an unseren Küchentisch, an dem ich gewöhnlich Gemüse putzte und schnippelte.

Ich winkte in Richtung Speisesaal. „Wir haben dort einen großen Tisch." Aber er löffelte schon eilig in der Suppe und nahm einen Kanten frisches Brot aus der Brotschale. Fast hätte ich ihm gesagt, er solle nicht zu schnell essen. Aber es ziemte sich nicht, einen Vorgesetzten so zur Ordnung zu rufen, wie wir es bei unseren Heimkindern taten, wenn sie zu hastig ihr Essen verschlangen.

Als er die zweite Portion vertilgt hatte, schaute er mich mit Augen voller Dankbarkeit an. „Lange nicht so lecker gegessen. Letztes Mal bei meiner Mutter vor zwei Jahren."

Ich servierte ihm noch ein Glas Kompott, das ich aus Trockenobst gekocht und reichlich gesüßt hatte. Er blieb danach noch eine Weile sitzen, schaute sich in der Küche um und fragte, wer für das Holzhacken zuständig sei.

„Das machen wir selbst."

„Ich werde euch einen Mann schicken, er wird euch Holz und Wasser in die Küche bringen. Das ist Schwerstarbeit, sowas sollten Sie nicht machen. Frauen sollen Kinder kriegen und sie erziehen. Männer sollen die schwere Arbeit erledigen."

So einer bist du, dachte ich mir. *Wo hast du das nur aufgeschnappt?* Bei uns in der Familie hatten Männer nie so gesprochen. Nur Oskar machte, wenn er über unsere gemeinsame Zukunft sprach, solche Bemerkungen. Sicher hat das etwas mit Intelligenz und Bildung zu tun.

Jan Kowalski ging und ich stand noch lange an der Tür und schaute ihm nach. Mein Herz klopfte wie wild, seit einer Ewigkeit hatte ich keine solch aufregende Begegnung erlebt. Das erste Mal, seit ich von Oskar getrennt war, löste ein Mann in mir so etwas wie Sehnsucht nach Liebe in mir aus. Mir fiel mein Traum in der letzten Nacht ein. Ob er mich auch küssen würde?

Du solltest Dich schämen, ermahnte ich mich selbst.

Gut, dass keiner meine Gedanken lesen konnte. Ich hätte nie im Leben zugegeben, mich in den Kommandanten verliebt zu haben. Es war lediglich eine körperliche Anziehung, redete ich mir ein, denn mein Herz gehörte doch nach wie vor Oskar. Und dennoch erwartete ich den Kommandanten jeden Tag zur Mittagszeit – dieses Mal sicher frisiert und in gebügeltem, gestärktem, weißem Arbeitskittel.

Er ließ auf sich warten, ganze zwei Wochen. Und als ich schon die Hoffnung aufgegeben hatte, klopfte er spätabends an die Tür, die schon verriegelt war. Mein Herz begann, wild zu klopfen. Wer, außer ihm, hätte uns so spät in der Nacht noch besuchen wollen? Ich legte ein Wolltuch auf meine Schultern, strich mein Nachthemd glatt und öffnete. Er sah müde aus.

„Verzeih mir, aber ich bin gerade von einer Dienstreise zurückgekommen und sterbe vor Hunger. Hast du vielleicht etwas für mich?"

Er hatte sich wohl lange nicht rasiert, seine Uniform und die Stiefel waren voller Staub. Ich ging einen Schritt zurück und ließ ihn eintreten.

„Heute haben wir Krautwickel gemacht. Eine Schüssel voll habe ich in die Kühlkammer gestellt. Warten Sie, ich hole sie und mache sie warm."

Jan Kowalski ging an mir vorbei und setzte sich an denselben Platz an den Tisch, an dem er schon vor zwei Wochen gesessen hatte. Er angelte aus der Brotschale eine dicke Roggen-Kruste und biss hinein. Ich verfeinerte die Krautwickel mit Schmand und stellte eine große Portion vor ihn. Als der Teller leer war, tischte er den restlichen Saft mit Brot auf und wischte seinen Mund mit einem Stofftaschentuch ab. Das Taschentuch war grau, hätte eine Wäsche vertragen können. *Wer wäscht seine Kleidung,* huschte mir durch den Kopf. *Wo wohnt er, wie sieht seine Wohnung aus?* Ich hätte es gerne gewusst. Dieser fremde Mensch war mir auf eine Weise nah gekommen, dass ich viel zu viel an ihn dachte. Da gab es zwar eine kritische innere Stimme, dass es nicht gut sei. Gar nicht gut. *Du weißt doch gar nichts über ihn. Ist er verheiratet? Hat er Kinder? Bist du von allen guten Geistern verlassen, dich in einen russischen Offizier zu verlieben?*

Ja, ich musste mir wenigstens selbst eingestehen: Ich hatte mich bis über beide Ohren in diesen Mann verliebt. Nur so konnte ich die Dinge richtig sehen und die Konsequenzen daraus ziehen. Dass er mich nicht wirklich lieben würde, war mir sonnenklar. Aber ich war nicht blind, ich hatte seine verstohlenen Blicke registriert, sein Interesse an mir, seine Fragen. Ich bin dreiundzwanzig, Mutter eines Kindes, eine Strohwitwe, eine Verlassene, und so voll Leben, voller unverbrauchter Gefühle.

Ich ermahnte mich, Jan nicht zu zeigen, wie es in mir rumorte. Ich wandte meinen Blick von ihm ab, wenn er seinen Kopf beim Essen hob. Aber wenn er meine Hand wie zufällig berührte, während er mir den Teller abnahm, ging es wie ein elektrischer Schlag durch meinen Körper. Wenn ich mich umdrehte, starrte er mich an, ich konnte es spüren.

Er saß noch eine Weile in der Küche, trank eine Tasse Tee, die ich für ihn aufgegossen hatte und schien keine Lust zu haben, nach Hause zu gehen. Als ich verstohlen an die Wanduhr schaute, leerte er in einem Zug die Tasse und stand auf.

„Entschuldigung, du hast einen langen arbeitsreichen Tag gehabt und musst früh aufstehen. Ich verstehe."

Dabei berührte er meine Wange, beugte sich zu mir und gab mir einen Kuss. Nein, nicht auf die Lippen. Das nicht. Aber es war für mich ein Liebesbeweis. Oder fand er nur einfach ein junges weibliches Wesen anziehend und hat nicht widerstehen können?

Nachdem er weg war, lag ich schlaflos in meinem Bett und grübelte: Wohin sollten mich meine Gefühle noch leiten? Ich war schon einmal im Leben enttäuscht worden. Seit zwei Jahren hatte sich Oskar nicht mehr gemeldet und langsam glaube ich meiner Schwägerin. Er hatte mich vergessen. Wir waren jetzt seit vier Jahren getrennt. Was sollte aus mir und Linda werden? Aber auch: Was sollte mit meinen Gefühlen zu Jan werden?

Meine innere Stimme sagte erbarmungslos: „Vergessen!" Aber die Last der Gefühle drohte mich zu verschlingen. Ich stürzte mich in meine Arbeit, um mich nicht weiter damit beschäftigen zu müssen, mit all dem, was gewesen war und mit dem, was mir noch bevorstehen würde.

Nach drei Tagen kam Jan wieder – zur Mittagszeit. Ich fragte mich, was er inzwischen wo gegessen hatte? Zwar hatte ich mir vorgenommen, mir keine Gedanken mehr über ihn zu machen, aber sie ließen sich nicht vertreiben. Ich wünschte mir, er sei meinetwegen gekommen und nicht nur, weil er Hunger hatte. Wieso sollte mir verwehrt sein, endlich eine Familie zu haben wie all die anderen?

Meine Tochter saß zu dieser Zeit meistens in der Küche und malte. Er hatte sie bisher noch nicht gesehen. Vielleicht wusste er gar nicht, dass ich eine Tochter hatte. Ich wollte sie in unser Zimmer bringen, aber er hielt mich zurück. „Lass sie doch hier sitzen. Wir können ein bisschen plaudern, kleine Dame, oder?"

Linda plauderte gerne. Sie zeigte ihm ihre Bilder, fast nur Blumen und Tiere. Auf einem Bild hatte sie mich und sich selbst gemalt.

„Und wo ist dein Papa?", fragte der Kommandant.

Ich wurde rot. Er hatte mich nicht einmal gefragt, ob ich verheiratet sei, und ich dachte, als Kommandant wisse er über alle und alles Bescheid. Seine Frage versetzte mir einen Hieb. In diesem Moment sagt meine Tochter plötzlich:

„Ich dachte, du bist mein Papa! Ich male uns jetzt alle zusammen."

Mir fiel der Topfdeckel aus der Hand, den ich gerade spülte. Linda nahm ein neues Blatt und malte, ich vertiefte mich in meine Arbeit, und der Kommandant aß schweigend seine Suppe.

Seit diesem Tag änderte sich etwas zwischen uns. Ich wurde still und verschlossener in seiner Nähe. Er kam aber oft und fragte immer nach meiner Tochter, brachte ihr kleine aus Holz geschnitzelten Tiere und einige Mal sogar Bonbons mit. Ab dem Tag malte sie immer Bilder mit uns dreien. Sie in der Mitte zwischen dem Kommandanten und mir.

Diese Bilder versteckte ich unter meiner Matratze. Ich wollte nicht, dass sie jemand sieht, zumal sie ihn in Uniform malte. Wie leicht hätte jemand auf den dummen Gedanken kommen können, ich hätte was mit dem Kommandanten. Ich hatte genug Aufpasser, die sich um meine Moral sorgten und mochte keine weiteren Schwierigkeiten haben.

***

Der Herbst kam und mit ihm schwappte eine Krankheitswelle ins Kinderheim. Sie erwischte auch meine Tochter. Es sei keine Grippe, sondern Skrofulose, eine ansteckende Kinderkrankheit, erklärte mir die Krankenschwester, die für unser Heim zuständig war. Ich wurde krankgeschrieben. Drei Wochen lang sollte ich zu Hause bleiben, aber nicht im Heim, sondern in dem kleinen Haus am Rande des Dorfes, das mir die Gemeinde vor einem Jahr zugewiesen hatte. Die Hütte war baufällig, hatte lange leer gestanden, denn die alte Frau, die dort gewohnt hatte, war im Winter gestorben, und keiner wollte die Hütte haben. Die Alte sei eine Hexe gewesen, erzählte mir die Nachbarin, sie habe Menschen verflucht, wenn sie ihr etwas verweigerten. Und sie hätte Krankheiten mit Kräutern heilen können.

Solch eine Kräuter-Hexe, die meine Tochter heilen könnte, hätte ich in diesem Moment gerne gehabt. Ich erkundigte mich bei der Nachbarin, ob sie noch mehr solcher Hexen kenne. Sie schaute mich so böse an, dass ich einen Schritt zurücktrat. Sie sagte nichts, spuckte mir nur vor die Füße.

Als ich die Hütte beziehen konnte, war ich glücklich. Endlich eigene vier Wände! Ich beseitigte den Dreck und wischte alles gründlich ab, strich die Wände und schrubbte den Fußboden. Es gab Küchenschränke, eine Kühlkammer und einen russischen Ofen, der noch brauchbar war und eine wohlige Wärme erzeugte. Im Winter schliefen wir oben auf dem Ofen, aber im Sommer war es dort zu warm.

Auf meine Bitte hin zimmerte mein Bruder ein Bett, Daunendecken und Kissen hatte ich noch aus der Heimat mitgebracht. Nur die Bettwäsche war knapp. Ich trieb bei den Dorffrauen Frottee- und Leinenstoff auf und borgte mir von Alwine die Nähmaschine. Aus Stoffresten fertigte ich die Nachtwäsche für mich und Linda.

So verliefen zwei Wochen. Linda überstand ihre

Krankheit, nur die Haare waren ihr ausgegangen. Ich hatte solche Angst, sie kämen nicht wieder, tastete immer wieder ihr kahles Köpfchen ab. Doch bald spross ihr dunkelbraunes lockiges Haar wieder. Ein Erbe ihres Vaters. Es wäre schade um diese Pracht gewesen.

Eines Abends klopfte meine Schwägerin Alvine an meine Tür, und kaum hatte sie ihren Mantel ausgezogen, kam sie schon zur Sache.

„Also, hör mal, Alma, da gibt es einen Mann im Nachbardorf, einen guten Mann, geschäftstüchtig und seriös. Wie lange willst du deinem Oskar noch nachtrauern? Vielleicht ist er schon verheiratet und hat dich längst vergessen. Und Friedl, der ist Witwer, hat keine Kinder, aber ein Häuschen."

Ich wusste nicht, sollte ich lachen oder weinen, und begleitete die Kupplerin schnell zur Tür. Dort blieb sie stehen und drohte mir: „Überleg nur nicht zu lange, es gibt noch andere Anwärterinnen in der Gemeinde."

„Nun geh schon!" zischte ich und machte die Tür zu.

In der Sorge um meine Tochter hatten die Gedanken an Jan nachgelassen. Nur abends, wenn ich im Bett lag, kamen sie wieder. Und in meinen Träumen konnte ich zwischen Jan und Oskar nicht mehr unterscheiden.

Und dann kam Jan eines Abends zu uns. Es klopfte an die Tür, und ich wusste sofort: Er ist es. Ich stand auf, wickelte meine Schultern in ein altes Wolltuch und öffnete die Tür. Er stützte sich mit einer Hand an den Türrahmen und lächelte freundlich. Eine schmerzlich bekannte Geste, so stand auch Oskar in Türrahmen, wenn er zu uns kam.

„Ist was im Heim passiert?", fragte ich besorgt. Warum sollte er sonst am späten Abend zu mir kommen.

„Nein, nein. Ich wollte mich erkundigen, wie es euch

geht. Brauchst du vielleicht etwas? Ist Holz genug da? Reicht es für den Winter?"

„Warum für den Winter? Ich gehe in einer Woche wieder an meinen Arbeitsplatz."

Er schaute mich besorgt an. „Aha, na dann..." Verlegen trat er von einem Fuß auf den anderen.

„Wollen Sie nicht ein wenig ...?" Ich siezte ihn, obwohl er mich duzte. Er hatte mir aber auch nicht angeboten, ihn Jan zu nennen. Er war als Kommandant ein wichtiger Mensch in der Gemeinde, wichtiger als der Kolchosdirektor. Es ziemte sich nicht, ihn zu duzen.

„Nein, nein. Ich möchte deine Tochter nicht wecken. Komm du lieber nach draußen. Es ist ein warmer Abend. Wir gehen ein paar Schritte."

Ich zog meine lange Strickjacke an, und wir gingen die Dorfstraße entlang. Häuser gab es hier nicht, nur Kartoffel- und Rübenfelder, die teilweise schon abgeerntet waren.

„Erzähl mir von dir.", bat mich Jan.

„Was interessiert dich?"

„Wie alt du bist, aus welcher Region du kommst, und was du dort gearbeitet hast."

Ich erzählte ihm von unserer Vertreibung vor vier Jahren, bis er mich plötzlich unterbrach: „Wer ist Lindas Vater? Wo ist er? Warum ist er nicht mitgekommen?"

Ich stockte. Vor dieser Frage hatte ich mich immer gefürchtet. „Oskar ist Lehrer, er durfte dortbleiben. Er wurde nicht zwangsumgesiedelt."

„Warum bliebst du nicht bei ihm?"

Ich musste ihm haarklein erklären, dass wir nicht verheiratet waren, es aber wollten und das nicht rechtzeitig geschafft hatten. Auch dass er mich hier herausholen wollte und mir einen Ausreiseantrag verschafft hatte. Was mit dem Antrag passiert war, erzählte ich Jan auch.

„Wer war das, der Kolchosdirektor?"

Ich nickte nur. Ich war zu erschlagen von diesem „Verhör" und wollte nicht mehr darüber sprechen. Das verstand er. „Wir sollten zurückkehren, dir ist kalt, du zitterst."

Ich zitterte aber nicht vor Kälte. Das Erzählen über das, was mit mir geschehen war, überforderte mich. Ich musste alles noch einmal erleben, mein komplettes vorheriges Leben, und es schmerzte.

An der Tür flüsterte ich leise: „Gute Nacht!", und drückte auf die Türklinke.

Jan legte mir seine starke Hand an die Schulter. Ich drehte mich zu ihm und landete mit meinem Gesicht direkt an seinen Lippen. Seine Küsse waren so leidenschaftlich, dass es mir vorkam, er sei ausgehungert nach Nähe und Zärtlichkeit. Ich bekam weiche Knie, und in meinem Kopf tickte die Frage, ob aus dem Kuss noch mehr werden würde und wie ich damit umgehen sollte. Viel Zeit zu grübeln, blieb mir nicht.

Als ich nach einer Woche im Heim erschien, fand ich eine junge Frau an meinem Platz. Meine Kollegin schlich wortlos aus der Küche, und ich begriff plötzlich, warum Jan etwas stockend nach meinen Verhältnissen gefragt hatte. Er hatte schon gewusst, dass meine Stelle anderweitig vergeben worden war, und zwar an eine Verwandte des Herrn Direktors. Aufgeregt rannte ich zur Ärztin, die mir die Krankheit meines Kindes bescheinigt hatte, aber sie konnte mir nicht helfen. Gegen den Direktor waren alle machtlos. Ich war zu Tode betrübt. Diese Stelle war meine Existenz, meine und die meiner Tochter. Es muss doch jemanden geben, der mir helfen konnte, meinen Arbeitsplatz wieder zu bekommen! Zu Jan wollte ich nicht gehen. Seit dieser Nacht an meiner Tür hatten wir uns nicht mehr gesehen.

Aber jetzt ging es um alles. Ich eilte zum Direktor ins Gemeindehaus, klopfte an seine Bürotür. Er war nicht da. Ich wäre auch zu ihm nach Hause gelaufen, aber ich traute mich nicht, danach zu fragen, wo er wohnt.

Wieder drohte eine Ungerechtigkeit mein Leben zu zerstören. Bei der Sekretärin im Vorraum brach ich in Tränen aus. Sie hörte mir zu, bot mir sogar eine Tasse Tee an und versprach, dem Kommandanten von mir und meinem Pech zu berichten. Ich heulte mir die Seele aus dem Leib, danach ging es mir etwas besser. Zu Hause angekommen, überlegte ich mir, was im Notfall zu tun wäre. Ich könnte wieder als Melkerin arbeiten, nur aufs Feld wollte ich auf keinen Fall, denn dann müsste meine Linda den ganzen Tag allein bleiben. Es würde sich schon was ergeben, tröstete ich mich und machte mich an meine Hausarbeit.

Spät abends hämmerte ein Bote bei mir: Der Kommandant will dich im Büro sprechen!"

Als ich an seine Tür klopfte erklang sofort ein lautes „Herein!" So streng hatte ich seine Stimme noch nicht erlebt. Schüchtern trat ich ein und er stand schnell auf.

„Meine Sekretärin hat mir alles berichtet. Kommen Sie mit.'

Jetzt war er nicht mehr Jan, der bei mir in der Küche meine Suppe löffelte und nicht der, der mich an meiner Haustür küsste. Er war im Dienst und sein Dienst war, Kommandant zu sein, ein Befehlsgeber und Aufseher, der unsere deutsche Loyalität streng bewachte.

Wir gingen ins Büro des Kolchosdirektors. Als der uns sah, stand er schnell auf und sammelte hektisch die Papiere auf dem Tisch zusammen. Ohne Begrüßung fragte der Kommandant, wer die Kündigung veranlasst habe.

Der Direktor versuchte eine Erklärung, seine Hände zitterten. Der Kommandant ließ ihn aber nicht lange zu Wort kommen: „Wen beleidigst du? Diese arme Waise? Schämst du dich gar nicht? Nimm sofort die Kündigung zurück!"

Von diesem Moment an konnte ich Jan zu meinen Schutzengeln zählen, einen Engel aus Fleisch und Blut. Noch ging es mir einigermaßen gut. Nur die Gerüchte über einen „baldigen Krieg" zwischen der Sowjetunion und Deutschland machten mir Sorge.

11

Darüber, wie die Menschen in Russland den drohenden Krieg mit Deutschland empfinden mussten, kann man in Geschichtsbüchern nachlesen. Seit 1938 brachten die sowjetischen Medien verstärkt Berichte über Kriegsvorbereitungen der Nazis, nachdem das Hitlerreich nach dem Anschluss Österreichs weitere Gebietsansprüche gegenüber der Tschechoslowakei (Böhmen und Mähren) stellte und im September im Münchener Abkommen die Abtretung des Sudetenlandes an Deutschland durchsetzen konnte.

Umso mehr musste der sogenannte Hitler-Stalin-Pakt die Bevölkerung irritieren, der Nichtangriffspakt, den das Deutsche Reich und die Sowjetunion Ende August 1939 schlossen. In die Freude der Russlanddeutschen mischte sich die Ungewissheit, ob es in diesem Vertrag um eine echte Friedenssicherung zwischen beiden Staaten ging oder lediglich darum, die Interessensphären beider Länder in Europa abzustecken. Als zwei Wochen nach dem deutschen Überfall auf Polen am 1. September 1939 Russland den östlichen Teil Polens besetzte, gab es bereits eine gemeinsame Grenze. Sie hielt nur knapp 22 Monate, denn nach den militärischen Erfolgen im Westen marschierte die deutsche Wehrmacht am 22. Juni 1941 mit dem "Unternehmen Barbarossa" in die Sowjetunion ein.

Die russlanddeutschen Männer zwischen Siebzehn und Fünfzig wurden gleich zu Kriegsanfang zur Zwangsarbeit eingezogen. Aus Sicherheitsgründen kamen sie nicht als Soldaten an der Front zum Einsatz, sie wurden rückwärtig unter Aufsicht gebraucht, um die Ausrüstung der Ro-

ten Armee zu sichern. Sie mussten in den Arbeitskolonnen der Öl- und Kohleindustrie arbeiten, in Munitionsfabriken oder in Baukolonnen. Die Verhältnisse, unter denen die Zwangsarbeiter schuften mussten, glichen einem Gefangenenlager mit strenger Bewachung, Schwerstarbeit und dem psychischen Druck, ein Feind zu sein. Die Arbeitsnorm war unerträglich hoch, und nicht alle konnten sie erfüllen. Nur wer die Norm leistete, bekam 600 bis 800 Gramm Brot, alle anderen nur die Hälfte. Tausende der internierten Deutschen starben an Hunger und Erfrierungen.

Alma

Meine beiden Brüder waren bereits in den ersten Kriegstagen eingezogen worden. Keine zwei Jahre später war mein Bruder Reinhard so abgemagert und ausgedörrt, dass er nicht mehr arbeiten konnte. Er wurde entlassen. Solche menschlichen Wracks schickte man nach Hause, schon aus dem Grund, sie nicht beerdigen zu müssen.

Aber Reinhard konnte nicht nach Hause. Es war ihm nicht einmal möglich, aufrecht zu stehen. Er lag im Krankenhaus und hatte tagelang Durchfall. Wie es bei solchen Erkrankungen üblich war, wurde ihm Quarantäne verordnet. Die Ärzte gaben ihn auf, er selbst sich wohl auch. Nur sein Freund und Schwager Arthur wollte sich nicht mit seinem Gesundheitszustand abfinden. Unter seinem Krankenzimmerfenster wartete er, bis Reinhard aufstehen konnte, und fragte ihn dann, was er denn am liebsten essen würde und versprach ihm, dass er es irgendwie beschaffen würde.

Als Reinhard ihm antwortete, dass ihm nach Salzhering sei, machte Arthur sich auf den Weg. In allen Gaststätten und Restaurants der Gegend fragte er so lange nach Hering, bis er schließlich fündig wurde. Mitten im Krieg, als Lebensmittel sehr knapp und nur auf Lebensmittelkarten zu haben waren. Fast auf den Knien bettelte er den Restaurantbetreiber an, ihm Heringe zu verkaufen. Der lachte ihn aus, als er das wertlose Bündel Geld sah. Aber Arthur blieb hartnäckig. Schließlich wickelte der Wirt zwei Heringe ein, drückte sie Arthur in die Hand und drängte ihn zum Ausgang. Arthur lief so schnell wie möglich zum Krankenhaus und betete, dass er nicht zu spät kommen möge. Mit einem Steinwurf an die Scheibe weckte er Reinhard. Der schleppte sich mühsam zum Fenster, kaum noch Kraft in sich spürend. Arthur wickelte den Teil einer Schnur zu einem Knäuel und warf es ins Zimmer hinein. Am anderen Ende befestigte er den Beutel mit den Heringen. Wie gut, dass keiner gesehen hatte, wie die Freundschaftsgabe in Reinhards Fenster verschwand. Beide wären sonst bestraft worden.

Zurück im Bett, mit der Decke über dem Kopf, machte sich Reinhard über den Hering her. Es blieb nichts übrig, keine Gräten, keine Haut, keine Innereien. Müde und satt schlief er ein. Und wachte nach mehreren Stunden hungrig auf. Zum zweiten Mal hatten Heringe sein Leben gerettet.

Solange mein Bruder lebte, zog er den Salzhering allen anderen Delikatessen vor. Es blieb sein Lieblingsessen. Als Begründung für seine wundersame Gesundung kann die Tatsache dienen, dass Durchfall dem Körper viel Flüssigkeit entzieht, damit Mineralien und vor allem Salze. Dann droht die Austrocknung. Salziger Hering kann dann vielleicht hilfreich sein. Aber für unsere Familie blieb es dennoch ein kleines Wunder.

***

Bald wurden auch die Frauen, deren Kinder älter als fünf Jahre waren, zur Zwangsarbeit eingezogen. Linda war erst vier, ich brauchte mich nicht zu fürchten. Wir alle dachten damals, dass der Krieg in einem Jahr längst vorbei sei. Meine Tochter entwickelte sich prächtig, die roten Bäckchen und ihre Augen leuchteten. Wenn uns nicht die schlimmen Nachrichten über den Krieg belastet hätten, hätte ich mich glücklich fühlen können.

Wir bekamen unter anderem auch die Tragödie von Leningrad mit, nur dass es etwas mit uns zu tun haben könnte, ahnten wir damals nicht. Anfang September erfuhren wir aus den Nachrichten, dass die deutsche Wehrmacht Leningrad fast vollständig eingekesselt hatte. 2,5 Millionen Menschen blieben 900 Tage belagert. Die höheren Kreise, Funktionäre und Offiziere, bemühten sich, ihre Familien, Frauen und Kinder aus der Gefahrenzone zu evakuieren.

Einige von ihnen kamen in unser Dorf, unter ihnen viele junge, hübsche und sehr gepflegte Frauen. Wir wussten von ihrem Unglück und waren fest entschlossen, diesen Menschen, die Ihre Heimat, Hab und Gut verloren hatten, mit allen Mitteln zu unterstützen. Hatten sie doch das gleiche Schicksal wie wir, dachten wir.

Unsere Hilfsbereitschaft erlosch allerdings sehr schnell, als diese hübschen, verwöhnten und äußerst selbstbewussten Frauen uns zeigten, dass sie unser Mitleid gar nicht wollten. Sie nahmen sich selbst, was sie brauchten. Und sie wollten schlicht und einfach unsere Arbeitsstellen, die ihnen ein sicheres Einkommen versprach. Sie waren die Ehefrauen der russischen Offiziere, der Helden, die ihr Leben an der Front für ihr Vaterland riskierten, für ihren Genossen Stalin und leider auch für uns, die miesen Deutschen, die an allem schuld waren.

Eine solch offene Schuldzuweisung kannten wir bis dahin nicht. Da mussten erst diese Frauen kommen, um uns das zu erklären. Wir waren keine mehr oder minder gleichberechtigte russische Bürger mehr, sondern nur noch die deutschstämmigen und lästigen Schmarotzer.

Das Kinderheim wurde in einen Kindergarten umgewandelt. Der Kolchosdirektor entließ kurzerhand das altbewährte Personal, mit zwei weiteren deutschen Frauen wurde ich nach Hause geschickt. Die Offiziersfrauen besetzten unsere Stellen.

Wieder wurde mir der Boden unter den Füßen weggerissen und ich war auf die Gnade meiner Verwandten angewiesen. Ich musste bei der Erntesaison aushelfen, und meine Tochter war fast den ganzen Tag allein zu Hause. Aber ich war nicht die einzige, alle deutschstämmigen Frauen machten das gleiche wie ich durch. Wir waren trotzdem glücklich, zu Hause und nicht von unseren Kindern getrennt zu sein, um in diesem schrecklichen Krieg in den Arbeitslagern schuften zu müssen.

Abends, wenn wir nach Hause kamen, wuschen wir uns erst einmal. Ich musste meinen Schweiß und Staub loswerden, Linda ihren Straßendreck. Nach dem Abendbrot kuschelten wir uns ins Bett, um uns für den nächsten Tag zu erholen.

Aber dann: Wieder ein bisschen Hoffnung, wieder ein großes Glück! Unsere feinen Damen aus Leningrad konnten kein Deutsch, aber die Kinder im Heim waren hauptsächlich deutschstämmig und sprachen kein Russisch. Um sich mit den Kindern zu verständigen, brauchten sie uns wieder. Da schlug meine Stunde. Ich durfte wieder an meine Stelle zurückkommen. Natürlich war ich überglücklich. Trotz Krieg und Not hatten wir genug zu essen, allerdings wohnen mussten wir jetzt die ganze Woche über in unserem kleinen Häuschen am Rande des Dorfes. Dank Jan bekam ich genug Brennholz, und wir froren nicht.

Im Heim wehte allerdings ein ganz anderer Wind als vorher. Die Lebensmittel wurden knapp und die Mahlzeiten magerer. Zuerst dachte ich, dass die Rationen verkürzt würden, aber dann fiel mir auf, dass unsere Köchin Barbara abends mit vollgepackten Taschen nach Hause ging. Was in den Taschen war, konnte sich jeder denken. Sie direkt anzusprechen, traute ich mich nicht, aber es quälte mich die ganze Zeit.

Eines Tages hatte ich einer meiner Kolleginnen gegenüber beiläufig erwähnt, dass es bei uns früher strikt verboten war, Lebensmittel mit nach Hause zu nehmen. Diese Vertraulichkeit fügte mir schweren Schaden zu. Die Kollegin, die ich angesprochen hatte, kam wie die Köchin aus Leningrad, und hatte nichts Eiligeres zu tun, als der guten Freundin darüber Bericht zu erstatten. Was dann passierte, konnte ich vorher nicht ahnen.

Wie eine Furie kam Barbara aus der Küche herausgestürzt, die Hände in den Hüften, Speichelfluss aus dem Mund und Blitze aus den Augen versprühend. Sie hatte immer schon ein lautes Mundwerk, und dieses Mal nahm sie sich wohl meine Vernichtung vor.

„Du kleine, miese, dreckige Schlampe, weißt du, was du bist? Ein faschistisches Überbleibsel bist du! Und ausgerechnet du machst dein Maul auf? Aber warte nur, bald werden wir unser Land von euch freimachen!"

Sie gab mir einen heftigen Schlag. Erstarrt, mit zugeschnürter Kehle, stand ich eine Weile dort. Dann spürte ich, dass mir die Tränen übers Gesicht liefen. Ich zitterte am ganzen Körper. Barbara stand immer noch da, triumphierende Blicke mit ihren Freundinnen wechselnd. Keine signalisierte ihr, dass sie übertriebe, keine versuchte die Sache zu beenden oder aufzuhalten. Einige musterten mich neugierig, die anderen mieden meine Blicke, denn Barbara hatte ihnen ab und zu auch Lebensmittel zukommen lassen, mal ein Stück Fleisch, auch Gemüse oder Brot. Fast alle Frauen hatten zu Hause auch ältere Kinder, die unseren Kindergarten nicht besuchen durften. Angst, die Almosen zu verlieren, oder selbst voller Hass gegen uns Deutsche, blieben sie still.

Ich begriff, hier gab es keine Unterstützung für mich. Ohne ein Wort zu meiner Verteidigung eilte ich davon. Wieder ging es um mein Überleben, meine und Lindas Existenz.

Jan! Wie konnte ich das vergessen! Jan würde mir helfen! Da war ich mir sicher. Hals über Kopf rannte ich zum Rathaus. Als ich schon die Türklinke von seinem Büro in der Hand hatte, wies seine Sekretärin mich zurück: „Hast du den Verstand verloren? Der Kommandant hat Besprechung!"

In diesem Moment ging die Tür auf. Ein Besucher kam heraus. Mit rot verweinten Augen stürzte ich dem Kommandanten entgegen. Laut schluchzend und völlig durcheinander versuchte ich, über den Vorfall zu berichten. Es gelang mir nicht. Er unterbrach mich.

„Moment, bitte! Ich habe kein Wort verstanden. Setzen Sie sich und beruhigen Sie sich."

Wieder siezte er mich, als sei zwischen uns nichts gewesen. Aber das war mir im Moment egal. Ich erzählte alles, und als ich mit meinem Bericht zu Ende war, schickte er mich wieder an meinen Arbeitsplatz.

„Es wird Sie keiner mehr ungerecht behandeln, fürchten Sie sich nicht und machen Sie ihre Arbeit weiter."

Ich war irgendwie enttäuscht. Mir war nicht klar, was ich erwartet hatte, aber es ging mir gegen den Strich, wieder ins Heim zu gehen und Barbara zu begegnen. Ihr Angriff brannte immer noch heftig in mir, aber ich wusste keinen Ausweg. Also vertiefte ich mich in meine Arbeit und nur am Rande erfuhr ich, dass Barbara zum Kommandanten gerufen wurde.

Als ich sie eine Stunde später zurückkommen sah, bekam ich Herzklopfen. Auf weitere Beschimpfungen von ihr eingestellt hielt ich die Luft an. Aber, oh Wunder! Sie zog ihren Kopf tief zwischen ihre Schultern, wendete ihren Blick von mir weg und marschierte direkt in die Küche. Ich atmete wieder ein. Ein kleiner Sieg, aber bestimmt von großer Bedeutung. Nie wieder versuchte Barbara, mich zu beschimpfen.

Es waren harte Zeiten. Wenn ich später an diese Zeit zurückdachte, wurde mir bewusst, wie Krieg, Tod, Hunger und Ungewissheit die Menschen verändern. Wie eine große Mühle hatte diese fürchterliche Zeit Gefühle, Respekt, Liebe und Freundschaft in ihre Gewalt genommen und alles zermalmt. Die Menschen mussten sich den Zeiten anpassen. Einige zerbrachen daran, andere legten sich eine dicke Haut zu, heuchelten, denunzierten, stahlen und verdrängten ihr schlechtes Gewissen.

Als Kinder bekamen wir vom Vater Tadel, wenn wir gelogen hatten. Und in diesen schweren Zeiten hielt ich an mich an seinen Prinzipien fest. Außer dem Kommandanten hatte ich niemanden, mit dem ich über meine Probleme und meine Ängste reden konnte. Selbst unter uns trauten wir uns nicht mehr, über Wichtiges zu sprechen, und die Russen hassten uns. „Faschisten" waren wir für sie, ihre politischen Feinde, und das machte uns zu Außenseitern. „Nazi Hure" und „Deutsche Spionin" riefen mir Kinder und freche alte Frauen hinterher.

Trost suchte ich bei Gott, er ist gütig und liebevoll, er schenkte mir die Kraft, weiterzuleben. Darüber sprechen konnte ich mit niemandem, mit Jan schon gar nicht. Ich wusste, er würde meinen Glauben verspotten, so wie damals der Agitator meinen Vater bloßstellen wollte. Aber auch viele Frauen, deren Familien verhungert oder in Lagern umgekommen waren, wendeten sich von Gott ab, von dessen Existenz sie einmal überzeugt waren. Nun klagten sie ihn an, sie nicht beschützt zu haben und das Unheil nicht aufzuhalten.

Jeden Abend betete ich eifrig: „Lieber Gott, bitte gib mir weiter deinen Trost. Gib mir Kraft, um das alles hier zu überstehen." Danach fühlte ich mich stärker.

Oft betrachtete ich mich im Spiegel. Sah ich anders aus als die russischen Frauen? Was an meinem Äußeren verriet, dass ich eine Deutsche bin? Ich wusste es nicht. Aber mein Deutschsein belastete mich.

Ein paar Tage nach dem Vorfall mit Barbara traf ich die fürs Rathaus zuständige Putzfrau. Sie erzählte mir, der Kommandant habe Barbara so laut angeschrien, dass die Angestellten des Rathauses es in allen Zimmern hätten hören können. Wer ihr das Recht gegeben habe, diese Menschen zu beschimpfen und zu erniedrigen? Es wären gleichberechtigte Mitglieder unseres Staates. Sie solle sich an ihrem Arbeitsplatz in Zukunft allen Kolleginnen gegenüber peinlich korrekt verhalten, sonst würde sie auf der Stelle entlassen.

Mit hängenden Schultern sei Barbara aus Jans Zimmer gekommen und habe das Rathaus verlassen, ohne jemanden eines Blickes zu würdigen. Vielleicht hat die Putzfrau ein wenig übertrieben, sie war auch eine Deutsche wie ich und jubelte natürlich mit.

Doch ich hatte nicht lange Grund, über diesen kleinen Erfolg zu jubeln. Bald sollte mir etwas Schreckliches passieren, wogegen diese Barbara und ihre Beschimpfungen nur eine kleine Episode auf meinem beschwerlichen Weg in die Hölle bleiben sollten: Im Frühling 1942, als meine Tochter ihren 5. Geburtstag feiern konnte, ändert sich mein ganzes Leben. Denn immer noch wurden deutsche Frauen, deren Kinder älter als 5 Jahre waren, zur Arbeitsarmee einberufen.

12

Die Arbeitsarmee wurde in Russland als Reaktion auf den aufgezwungenen Zweiten Weltkrieg gegründet und erst 1946 aufgelöst. Viele Russlanddeutsche, darunter auch Frauen, wurden als „Trudarmisten" in die Arbeitsarmee gezwungen.

Dort herrschten militärische Regeln. Streng bewacht durften die Internierten den Ort nicht verlassen. Sie hatten keine Bürgerrechte, durften über ihre Arbeit und ihr Leben nicht selbst bestimmen. Selbst Kontakte zu den Familien waren eingeschränkt, Briefe wurden von Geheimdienstmitarbeitern kontrolliert. Draußen sollte keiner etwas über die Zustände in der Arbeitsarmee wissen, die Waffen zur Verteidigung produzierte.

Aber ganz vermeiden konnte man es doch nicht. Und so gelangte mancher Zwangsarbeiter-Brief an die Familie, in dem die Wahrheit verschlüsselt in lustigen Schilderungen zwischen den Zeilen versteckt war. Solche Briefe gingen dann in Umlauf. Auch ich bekam das zu lesen.

„... Fleischmann habe ich seit meiner Ankunft hier noch nie getroffen. Wo er arbeitet, ist mir nicht bekannt. Grützemann ist versetzt worden. Kartoffelmann treffe ich sehr selten, er hat nie Zeit für mich. Manchmal kommt mir Krautmann entgegen, doch schon lange vermisse ich Mehlmann und Nudelmann. Milchmann und Schmandmann wurden noch bei der Verladung in den Zug von uns getrennt. Wassermann und Arbeitsmann sind die Einzigen, denen ich jeden Tag begegne. Ja, fast habe ich Brotmann vergessen. Er ist

krank geworden, sieht schwarz und schwerfällig aus. Du kannst allen sagen, dass meine einzigen Freunde hier Hungermann, Läusemann, Wanzenmann und Arbeitsmann sind."

Von solchen Gesellen wusste meine Mutter noch nichts, als sie im Frühling 1942 von ihrer Tochter getrennt wurde und in einen Zug einsteigen musste, der sie zur Zwangsarbeit brachte. Der Einsatz der Trudarmisten erfolgte außerhalb der Öffentlichkeit weitab von der Front in Sibirien und in Kasachstan beim Bau von Eisenbahnen oder als Arbeit in Militärfabriken.

Ein wichtiger Produzent von Rüstungsgütern für die Rote Armee war die Militärfabrik in Tscheljabinsk, sie wurde Mamas Arbeits- und Aufenthaltsort für die nächsten Jahre. Wie viele Jahre es werden, wusste sie vorher nicht.

Alma

Als ich in den Zug zu meinem Einsatzort einstieg musste ich meine Tochter zurücklassen. Der Befehl traf mich völlig unerwartet. Am Abend zuvor klopfte ein Bote an meine Tür und drückte mir ein Blatt Papier in die Hand. Ich ging nah ans Licht und las, dass ich mich am nächsten Morgen um sieben Uhr mit persönlichen Sachen beim Rathaus zu melden habe. Ich sei zur Zwangsarbeit eingezogen und würde nach Sibirien zu einer Militärfabrik gebracht.

Ich wankte, hielt mich an die Tischkante fest und starrte den Boten an. Er war eilig, er musste weiter und fragte mich ungeduldig, ob ich alles verstanden hätte. Ich konnte nur nicken, meine Kehle war wie zugeschnürt. Er ging raus und ich blieb am Boden sitzen. Irgendwann schaute ich die Wanduhr an: halb zehn.

Verzweifelt suchte ich nach einer Lösung für meine Tochter. Wo sollte sie hin? Ich hatte Verwandte im Nachbardorf, aber es war viel zu weit bis dahin. Außerdem durfte ich das Dorf nicht verlassen. Panik erfasste mich. Ich lief heraus, versuchte den Boten noch zu erwischen und tatsächlich stand er noch an der Nachbartür. Marta musste den Befehl wohl auch erhalten haben. Sie weinte. Aber ihren drei Kindern blieb wenigstens die alte Oma erhalten, die sich um sie kümmern konnte. Als ich den Boten fragte, was mit Linda passieren solle, sie sei viel zu klein, um allein zurückzubleiben, kratzt er sich lediglich am Kopf.

„Hast du wirklich niemanden hier im Dorf?", fragte er mich, obwohl er die Antwort bereits kennen musste. Als ich den Kopf schüttelte, brummte er bereitwillig: „Schreib mir die Adresse deiner Verwandten auf. Ich werde mich persönlich um deine Tochter kümmern."

Es beruhigte mich kaum, aber ich hatte keine andere Wahl. Ich backte Brot für mich und Linda, packte es zur warmen Kleidung ein. Todunglücklich war ich und stumpf vor Schmerz. Über meinen weiteren Lebensabschnitt, vor dem ich stand, dachte ich nicht nach. Mir machte der Abschied von meiner kleinen Tochter zu schaffen. Meine Gedanken gerieten durcheinander.

In meine Verzweiflung schien es mir als einzig richtig, einen Brief an Oskar zu schreiben.

„Geliebter Oskar!
Es ist spät in der Nacht, aber ich kann nicht schlafen. Gestern Abend hatte ich Besuch, der mein Leben auf den Kopf stellen wird. Ein Bote brachte mir einen Umschlag mit einem Einberufungsbefehl darin: Ich bin zum Einsatz in eine Arbeitskolonne für die gesamte Dauer des Krieges einberufen worden und

werde nach Sibirien zu einer Militärfabrik gebracht. Kannst du dir vorstellen, wie fassungslos ich bin: Was wird mit unserer Tochter passieren? Wo soll sie hin? Wenn ich nur etwas mehr Zeit hätte, würde ich sie zu meiner Schwester Grete bringen oder notfalls zu meiner Stiefmutter, die Auswahl ist begrenzt. Aber diese kostbare Zeit fehlt mir: Ich muss mich morgen um 7 Uhr mit persönlichen Sachen im Rathaus melden.

Ich habe lange mit Linda gesprochen, versuchte ihr zu erklären, was uns erwartet. Aber wie kann man einem fünfjährigen Mädchen erklären, dass ihre Mama sie verlassen muss? Wie soll man die richtigen Worte finden? Woher soll man die Kraft nehmen, um dem Kind alles zu erklären, ohne sich die Seele aus dem Leib zu weinen?

Nachdem ich Linda ins Bett gebracht habe, bin ich lange bei ihr sitzen geblieben und habe beobachtet, wie die Schatten im Licht einer Kerze über ihr verweintes Gesicht huschten, wie ihre Lider und Lippen zitterten. Mein süßes, armes Mädchen, das morgen schon zur Vollwaise wird. Wie sonst soll ich es denn nennen, diese gewaltsame Trennung?

Ich weiß nicht, was mich erwartet. Ob ich dieses Drama, diesen Krieg überlebe, diesen Krieg, der schon so viele Leben gekostet hat und von dem keiner weiß, wann er endlich zu Ende ist? Ob ich unsere Tochter jemals wiedersehen werde?

Schon morgen werden wir weit voneinander getrennt sein, und du, ihr Vater, bist auch nicht da. Es ist jetzt vier Jahre her, dass ich deinen letzten Brief bekommen habe. Aber ich schreibe dir immer wieder, an wen denn sonst? Du bist mein Leben, ein Leben, das mit dem Tag begann, als ich dich kennenlernte. Davor war mein Leben ein trostloses Dasein, voller Verluste und Entbehrungen.

Geliebter, ich würde gerne noch mehr von meiner Liebe zu dir erzählen, aber der Befehl liegt bedrohlich vor mir auf dem Tisch, und die Zeiger der Uhr verdrängen gnadenlos die letzten Minuten bis zu meinem Abschied von Linda. Ich flehe dich an: Komm und hol deine Tochter ab! Sie hat niemanden mehr auf dieser Welt, nur dich!

Es ist fünf Uhr in der Früh. Ich habe keine Minute geschlafen, mein Kopf ist dumpf, mein Rücken tut mir weh, aber ich muss noch meinen und Lindas Koffer packen, getrennt, denn wir werden nicht zusammen verreisen.

Gleich wecke ich sie. Es zerreißt mir das Herz.

Deine Almine"

In der Frühe weckte ich Linda. Ihre Wange war noch rosa und warm vom Schlaf. Es waren unsere letzten gemeinsamen Minuten – für wer weiß, wie lange. So klein sie war, sie verstand die ernste Lage. Als wir zum Rathaus gingen, hielt Linda meine Hand fest in ihrem kleinen Händchen und beschwor mich: „Mamotscka, vergiss mich nicht."

Ich konnte nicht weinen, ich hatte keine Tränen mehr. Ich ging vor ihr auf die Knie und drückte sie fest an mich. Dann schaute ich lange in ihr Gesichtchen. Sie kämpfte mit sich, ihre zitternden Wimpern verrieten mir, dass sie sich zwingen musste, nicht zu weinen. Aber sie schaffte es nicht lange. Bald rannten ihr die Tränen und ihre Lippen verzogen sich schmerzlich.

13

Auch ich kann an dieser Stelle des Berichts die Tränen nicht halten. Ich erinnere ich mich an ein Gespräch mit meiner Schwester Linda. Sie erzählte mir Jahre später, woran sie sich dunkel über die Trennung von unserer Mutter zu erinnern glaubte. So kann ich sie an dieser Stelle als weitere Nebenerzählerin zu Wort kommen lassen.

Linda

Erst langsam, dann mit beschleunigter Geschwindigkeit verschwand der LKW aus meiner Sicht. Ich rannte noch lange hinterher, winkte, fiel hin und weinte. Den ganzen Morgen schon hatte ich immer mal weinen müssen, nachdem Mama mir gesagt hatte, dass sie wegmüsse und ich eine Weile bei Oma Marichen wohnen solle.

Mama hatte mich mehrfach ermahnt, sofort nach der Abfahrt des Wagens nach Hause zu gehen und zu warten. Ich würde abgeholt. Aber ich stand noch lange auf dem Rathausplatz und schaute die Straße entlang, auf der meine Mama wegfuhr. Als ich dann stolpernd über die tiefen Furchen der Straße nach Hause lief, steif vor Kälte und Trauer, weinte ich immer noch.

Zu Hause war es noch warm und roch nach Mama. Auf dem Tisch lagen ein Laib Brot, halb angeschnitten, Speck, vier gekochte Eier und Zwiebeln. Auf dem Ofen stand kein Suppentopf wie sonst, wenn Mama zu Hause war. Diesmal hatte sie nichts gekocht: Ich sollte ja abgeholt und zu Oma Marichen gebracht werden.

Hunger hatte ich nicht. Ich trank meinen Tee vom Morgen, der noch in meiner Tasse auf dem Tisch stand. Mamas Tasse fehlte. Es fehlte alles, Mamas Mantel und ihr Wolltuch, ihre warmen Stiefel und Sommersandalen. Kissen und Decke hatte Mama auch mitgenommen. Mein Bettzeug lag noch auf dem Bett. Ich zog die Stiefel aus und sank auf meine Matratze; so wie ich war, im Mantel und mit dem Tuch auf dem Kopf.

Als ich wach wurde, war es schon dunkel im Zimmer. Ich wusste nicht, ob es spät abends oder schon Nacht war. Meine Armbanduhr mit dem ledernen Armband hatte Mama auch mitgenommen.

Ich blieb liegen, bis die Sonne aufging. Niemand war gekommen, mich abzuholen. Aber heute würde ich bestimmt abgeholt. Ich ging zum Tisch, nahm eine Scheibe Brot und bestrich sie mit Schmalz. Heute schmeckte es besser als sonst, fand ich. Vielleicht lag es daran, dass ich gestern kaum etwas gegessen hatte.

Auch am zweiten Tag kam keiner. Ich war vergessen worden. Im Haus wurde es kalt, der Ofen war nun voller Asche. Neben dem Ofen stand ein alter Korb mit Holz drin. Auch kleine Holzscheite lagen zum Anmachen bereit. Aber ich hatte noch nie ein Feuer im Ofen angezündet. Wie sollte ich das fertigbringen?

Von meinem Bett aus schaute ich immer wieder zum Ofen hinüber, aber von allein ging das Feuer nicht an. Es wurde immer kälter im Haus. Ich stand auf und fing entschlossen an, die Asche aus dem Ofen heraus in einen Eimer zu kratzen. Danach legte ich trockenes Gras in den Ofen und türmte die kleinen Holzscheite darüber. Doch mein Bemühen scheiterte letztendlich an fehlenden Streichhölzern. Ich konnte keine finden. Die Nachbarin hätte vielleicht helfen können, aber ich traute mich nicht, bei ihr nachzufragen.

Ich wickelte mich in meine Daunendecke ein, setzte mich ans Fenster und hielt nach Mama Ausschau. Der mit kleinen Blumen bestückte Überzug aus blauem Frottee war warm und roch nach Mama. Vielleicht würde sie ja bald zurückkommen.

Am dritten Tag wurde ich vom Klopfen an der Tür wach. Ich meldete mich nicht und blieb liegen. Die Tür war ohnehin nicht abgeschlossen. Es war die Nachbarin. Bevor sie mich ins Rathaus brachte, wusch sie mir das Gesicht, das voller Asche war, und bürstete meine Kleider aus.

Alma

Das Bild des Abschieds von meiner Tochter habe ich bis heute noch vor Augen. Wie sie hinter dem Wagen steht und mich beschwört, sie nicht zu vergessen. Auch die anderen Details an diesem Morgen haben sich mir fest eingebrannt.

Bevor ich den Brief an Oskar auf dem Weg zum Rathaus in einen Postkasten einwarf, drückte ich meine Lippen auf den Umschlag. Ein Hoffnungsschimmer, dass er Oskar erreichen möge, mehr blieb mir nicht.

Vom Rathausplatz bis zum nächsten Bahnhof waren es etwa 50 Kilometer. Wir hievten unsere Koffer auf die unbedeckte Ladefläche des LKW, der uns dorthin bringen sollte. Der raue Wind dieses traurigen Tages raubte mir die letzte Wärme, drang über den Kragen und die Ärmel ein und ließ keinen Winkel meines Körpers aus. Teilnahmslos betrachtete ich die zurückbleibende Landschaft, verlassene Felder, schneebedeckte einsame Holzstapel. Grauer Rauch stieg über den Hütten auf. Ein paar Hunde liefen hinter dem Wagen her und bellten.

Um mich vor dem verstörenden Gefühl der Entwurzelung zu schützen, schlang ich die Arme um mich und schloss die Augen. Die Gedanken wirbelten in meinem Kopf. Dort vermischte sich Vergangenes mit der Gegenwart. Ich sah das Gesicht meiner Tochter vor mir, und mir schien, ich sähe mich selbst.

Endlich waren wir am Bahnhof. Dort mussten wir durchgefroren auf unseren Zug warten. Wie lange, das wusste keiner. Ich war immer noch benommen und unendlich traurig, stand einsam mit gesenktem Kopf, verloren in meinen Gedanken, als ein paar blankgeputzte Stiefel vor mir stehenblieben. Ich wartete, dass sie weitergingen. Aber die Stiefel blieben stehen. Ich hob meine Augen und Jan stand vor mir. Unsere kurze Affäre war zwei Jahre her, und eigentlich sollte ich es überwunden haben, aber als ich ihn so plötzlich sah, kam alles wieder hoch. Damals war seine Frau ins Dorf gekommen, für mich völlig unerwartet.

Ich hatte nicht einmal gewusst, dass er eine Frau hatte, und hätte mich selbst ohrfeigen können, als ich es erfuhr. Was war damals in mich gefahren? Was hatte ich mir nur dabei gedacht? Nichts. Gar nichts. Ich hatte nur genießen wollen, sehnte mich nach Jans Liebe.

Heute weiß ich, es war die Sehnsucht nach Oskar. Deswegen tat auch die Enttäuschung so weh. Inzwischen war ich darüber hinweg. Aber an diesem Tag, an dem ich entkräftet und hoffnungslos an diesem Bahnsteig stand, hatte ich einfach das Gefühl, mein Schutzengel sei wieder da. Er würde mir helfen!

Jan fragte mich stockend: „Alma? Auch hier? Warum? Sie haben doch eine kleine Tochter!"

Jetzt siezte er mich wieder. Aber nur eine Sekunde später sagte er leise: „Tut mir so leid für dich. Dieses

Mal kann ich nichts für dich tun. Ich fahre an die Front. In einer Viertelstunde geht mein Zug."

Sein vertrautes Du versöhnte mich.

Ich konnte nicht sprechen, die Kehle war wie zugeschnürt. Am liebsten hätte ich mich an seine Brust geschmiegt und sie vollgeweint.

Er reichte mir seine Hand, drückte sie kräftig, als wolle er mich wachrütteln. Erst jetzt blickte ich ihm direkt ins Gesicht und sah seine eingefallenen Wangen und Falten um die Augen. Er versuchte zu lächeln, doch es wurde nur ein gequältes Lächeln, in dem so viel Mitleid lag.

Es wäre jetzt gut gewesen, ihm etwas Schönes zum Abschied zu sagen und mich bei ihm für alles zu bedanken. Aber ich stand wie betäubt, und mein Herzschlag schien aufgehört zu haben. Das Lächeln wich von seinem Gesicht und sogar seine Haltung wurde straff, sein scharfer, entschlossene Blick verriet mir, dass er mit seinen Gedanken schon an der Front war, um sein Land und seine Heimat bis zum letzten Atemzug zu verteidigen.

Ich sah, wie es ist, wenn der Krieg die Menschlichkeit auffrisst. Es war 1942 und Stalingrad von der deutschen Armee eingekesselt. Hass und Verachtung auf die deutschen „Barbaren", auf ihre damals schon bekannten Gräueltaten. Man durfte keine Zeit mehr verlieren. Das sagte er nicht, aber ich konnte es in seinen Augen lesen. Und es wurde mir klar, von nun an war ich allein auf der Welt, war noch einmal Waise geworden.

Ein letztes Mal drückte er meine kalte leblose Hand, wünschte mir, tapfer und mutig zu bleiben, und drehte sich um. Aufrecht und selbstbewusst ging er seiner Pflicht entgegen. Ich schaute ihm hinterher und mein

Herz zog sich zusammen. Ich ahnte, wir würden uns nie wiedersehen. *Adieu, mein Schutzengel, ich werde dich nie vergessen.*

14

Je weiter ich in Mamas Notizen lese, desto mehr bewundere ich sie. Sie hat Krieg, Trennung von ihrer Tochter und alle nachfolgenden Katastrophen überlebt und ist doch so alt geworden.

Als meine Mutter unterwegs zum Arbeitslager im Zug sitzt, ist sie gerade mal 25 Jahre alt. Ich wühle in unserem Familienalbum und finde ein kleines Bild von meiner Mutter und Linda auf ihrem Schoß. Das Foto habe ich schon früher mal gesehen, aber heute betrachte ich es bewusst. Auf dem Foto ist Mama 20 Jahre und Linda gerade mal acht Monate alt. Wollte sie das Bild an Oskar schicken? Hat sie ihm eine Kopie geschickt? Aus keinem ihrer Briefe kann ich es herausfinden. Und wo hatte sie in diesem gottverlassenen Dorf einen Fotografen gefunden?

Alma

Als unser Zug ins Arbeitslager im Bahnhof einlief, war ich gänzlich durchgefroren. Drinnen war es warm, und ich konnte endlich zur Toilette. Dann ging es los ins Ungewisse. Wir würden lange unterwegs sein, Sibirien ist groß. Ich hatte in meinem Koffer Brot und Speck, hart gekochte Eier und Zwiebeln. Auch die anderen Frauen hatten Proviant von zu Hause mitgenommen. Der musste so lange reichen, bis wir unsere Lebensmittelkarten bekommen würden.

Am zweiten Tag, als der Zug an einer Station anhielt, machte ich vor unserem Waggon einen kleinen Spaziergang. Mir kam ein alter Mann entgegen, schmutzig und abgemagert. Er blieb einen Moment stehen, schaute mich an und fragte: „Erkennst du mich nicht wieder?"

Ich wusste nicht, wer er war.

„Emil! Emil Klösterlich!" Er sah mich flehend an.

Mein Gott! Ich hatte meinen Nachbarn nicht erkannt. Er sah aus wie ein Todgeweihter. Es war unglaublich, dass er in weniger als einem Jahr so abgebaut hatte. Sein Bein war verbunden, und er humpelte. Seine Augen lagen unter schwarze Schatten und die Falten auf den Wangen machten ihn zu einem alten Mann. Dabei war er kaum älter als ich!

Mir wurde klar, dass er vor Hunger sterben würde.

Ich bat ihn zu warten, lief schnell in mein Abteil, schnitt ein großes Stück Brot und eine Scheibe Speck ab, wickelte beides in einen sauberen Stofffetzen und eilte wieder nach draußen.

Er stand noch da, aber seine Knie zitterten, seine dreckige Mütze presste er mit beiden Händen an die Brust und schaute verstohlen nach hinten. Ich drückte ihm das Päckchen in die Hände. Hastig riss er den Stoff mit den Zähnen ab und biss in den Brotkanten. Ich hatte den Eindruck, er war so hungrig, dass er keine Minute länger warten konnte.

Da dröhnte es hinter mir: „Verschwinde! Du dreckige Sau, verschwinde!" Ich drehte mich erschrocken um. Der Aufseher unseres Eisenbahnwagons lief auf uns zu und spuckte die letzten Beschimpfungen und Drohungen geradezu heraus. Ich verstand nichts. Emil lief schon weg, während er noch einen Moment dankbar zurückschaute. Ich drückte mich fest an die Wagenwand und versuchte zu verstehen, was passiert war. Hatte ich etwas falsch gemacht? Würde ich jetzt bestraft werden?

Bevor ich mir eine Erklärung zurechtlegen konnte, hörte ich eine laute Stimme hinter mir. „Schämen Sie sich nicht? Was hat er getan, warum jagen Sie ihn weg wie einen räudigen Hund? Wer ist schuld daran, dass er in diesen Zustand geraten ist?"

Eine junge Frau mit rotem, zornigem Gesicht stand im offenen Fenster des Waggons. „Ihr seid schuld! Ihr habt ihn so lange ausgenutzt, dass er nicht mehr arbeiten kann! Und jetzt jagen Sie ihn weg! Warten Sie, es kommt die Zeit, da werdet ihr diese Leute vermissen."

Der Aufseher drehte sich um und schaute voll Empörung die Frau an. Doch nach einer kurzen Überlegung zog er seinen Kopf tief zwischen die Schultern, drehte sich um und entfernte sich. Langsam begriff ich, was sich gerade vor meinen Augen abgespielt hatte. Ich bewunderte die junge Frau für ihre Zivilcourage. Niemals hätte ich mich getraut. Viel später erinnerte ich mich an ihre Worte. Ja, Russland und die Ukraine vermissten die fleißigen und zuverlässigen Deutschen überall. Mit den Kommunen ging es bergab. Ehemals privat gepflegte und mit Liebe geführte Bauernhöfe und ganze Straßenzüge verkamen.

Wir würden lange unterwegs sein. Der Zug tuckerte gleichmäßig durch die schneebedeckte Landschaft, je weiter nach Osten, desto mehr Schnee. Ich war krank vor Sorge um meine Tochter und vor dem, was mich erwartete. Jahre später kann ich mit Sicherheit sagen: Die Zeit in der sogenannten Arbeitsarmee war die schlimmste in meinem Leben.

***

Die Fabrik empfing mich gleich am ersten Tag mit unerträglichem Lärm, wie ich ihn noch nie erlebt hatte. Auch die Arbeitsbedingungen waren kaum auszuhalten.

Man teilte mich einer Fräsmaschine zu, die auf die Produktion von Hülsen programmiert war. Die sind 30 cm lang und rund. Wir arbeiteten in zwei Schichten, 12 Stunden von 8 bis 20 Uhr und von 20 Uhr bis 8 Uhr morgens.

Ab und zu kam der Fabrikdirektor in unsere Abteilung. Man hatte mir zugeflüsterte, dass er auch ein Deutscher sei. Ich fragte mich, ob er auch zwangsverpflichtet worden war wie wir. Ein sehr attraktiver Mann. Und wenn er kam, konnte ich mit geschlossenen Augen wahrnehmen, dass er da war. Der Duft seines Parfums eilte ihm voraus. Frisch, exotisch, würzig.

Ein wenig erinnert mich dieser Duft an Oskar. Mir wurde schwer ums Herz. Auch nach fünf Jahren war die Wunde nicht verheilt. Am liebsten hätte ich geheult, so weh tat es noch. Aber ich musste sehr vorsichtig sein, die Fräsmaschine hatte schon etliche Frauenfinger abgeschnitten, während ihre Besitzerinnen bei der Arbeit träumten.

Wir alle hatten nur zwei Ziele. Wir wollten nicht verhungern und zu unseren Familien zurück. Wenn kurz vor Feierabend die Sirene erschallte und der Vorarbeiter unseren Passierschein direkt an den Arbeitsplatz brachte, rannten wir zur Kantine, um unser Essen zu bekommen. Das bestand aus einer Schüssel Suppe, 300 Gramm Brot und Haferbrei.

Wer im Akkord arbeitete, bekam das Doppelte. Ich war auch dabei. Ich schaffte die doppelte Anzahl Hülsen und war stolz auf mich. Aus der doppelten Brotration schlug ich sogar Profit. Ich verkaufte es und schickte Päckchen mit Keksen, Speck, Wollsocken und Handschuhen an meine Tochter. Auch wenn ich nicht sicher sein konnte, dass sie es bekam, aber es beruhigte mich ein wenig.

Ich lebte in meiner eigenen Welt und verstand nicht, dass mein Akkord die Norm ruinierte. Aber die anderen Frauen waren sauer auf mich. Irgendjemand erklärte es mir mit hasserfülltem Gesicht, und ich war erschüttert. Ich wusste nicht, was ich machen sollte, war ich doch gewohnt, bei der Arbeit kräftig anzupacken. Das hatte ich schon als kleines Mädchen zu Hause gelernt.

Neben schwerster Hausarbeit konnte ich schon mit acht Jahren unsere Pferde vor dem Handpflug führen. Später als Melkerin oder auf dem Feld gewöhnte ich mich daran, mir alles abzuverlangen. Auch jetzt im Krieg war ich fleißig und bemühte mich eifrig.

Doch die Botschaft meiner Kolleginnen war mehr als deutlich. Ich musste meinen Eifer bändigen, sonst würde ich in Ungnade fallen bei diesen Frauen, die die Norm nicht schafften, weil sie müde waren. Und hungrig, weil sie die Hälfte ihrer Lebensmittelportionen gegen Brot tauschten, was sie ihren Kindern nach Hause schickten. Ich musste Acht geben, um dem Hass zu entgehen und lernte, dass es in der Militärfabrik ganz andere Regeln gab, die ich unbedingt befolgen musste.

***

Nicht weit von unserer Baracke lagen Gemüsefelder. Den ganzen Sommer über gingen die Frauen nachts heimlich etwas stehlen: Kartoffeln, Weißkohl, Rettich. Sie waren hungrig, denn die Lebensmittelration war für viele zu klein. Ich war nicht dabei, weil ich für meinen Akkord genug Essen bekam, außerdem hatte ich Angst, erwischt zu werden.

Im Herbst wurden die Felder abgeerntet und es blieben nur da und dort ein paar Weißkohlköpfe oder Kartoffelknollen liegen. Da gingen wir am helllichten Tage auf das Feld, offen und ohne schlechtes Gewissen. Wir fanden einzelne Weißkohlköpfe, ein paar Kartoffeln und Mohrrüben. Abends würden wir Borschtsch kochen, freuten wir uns.

Als plötzlich Wächter auftauchten und uns laut anschrien, erschreckten wir uns. Wir sollten das Gemüse ablegen und die Hände hochheben. Mit ihren Gewehren zielten sie auf uns wie auf Schwerverbrecher. Wir wurden festgenommen und eingesperrt, weil wir unter Verdacht standen, den ganzen Sommer über gestohlen zu haben. Es hatte keinen Zweck zu beteuern, dass wir zum ersten Mal auf den Feldern waren, und das in der Überzeugung, nach der Ernte unserem Staat nicht zu schaden. Aber in dieser Zeit galt es als ein großes Verbrechen.

Schon im August 1932 hatte Stalin ein Gesetz unterzeichnet, das den Beginn der schlimmsten Jahre in der Geschichte Russlands einläutete. Das „Gesetz der fünf Ähren" kostete Millionen das Leben. Mit ihm wurden unerreichbar hohe Getreideabgabequoten eingeführt und die Bauern dazu gezwungen, sämtliche Ernteerträge abzugeben.

Allein im Sommer 1933 wurden laut diesem Gesetz 150.000 Menschen verhaftet, die dagegen verstoßen hatten, um zu überleben. Darunter auch Kinder. Aufgehoben wurde dieses Gesetz erst 1947, zwei Jahre nach Kriegsende.

Also mussten wir uns vor Gericht verantworten, weil wir auf dem Feld mit dem Gemüse erwischt worden waren. Das bedeutete nichts Gutes, im schlimmsten Fall ein Todesurteil. Doch ein Wunder geschah, und ich wurde nur zu einem Jahr Lager verurteilt. Schon am nächsten Tag nach der Gerichtsverhandlung waren wir unterwegs zu unserem neuen Lager. Beim Transport dorthin, zusammen mit anderen Kriminellen, wurden wir bewacht wie Schwerverbrecher. Dieser Transport war nicht anders als ein Lager auf Schienen mit Konvoi, eine Küche und Arrestzellen.

Ich war zu Tode betrübt. Gut, dass Papa tot war Seine Tochter war eine Kriminelle! Welch eine Schande! Er hätte mir das nie verzeihen können.

Im Nachhinein dachte ich oft, dass es vielleicht auch ganz gut war, von der Fabrik wegzukommen. Dieser Lärm, die Tag- und Nachtschichten und die durch das Schneidöl verursachte schlechte Luft hätten meine Gesundheit sicher auf Dauer ruiniert. Ich war ein Landmensch. In der Fabrik hatte bereits nach kurzer Zeit ein hartnäckiger Husten eingesetzt und wollte nicht weichen. Also betrachtete ich die Lagerhaft als Wink des Schicksals.

***

Wieder saß ich in einem Zug, der mich immer weiter nach Osten bringen sollte. In Krasnojarsk war schließlich Endstation, dort wurden wir in Baracken untergebracht. Vorher sollten wir untersucht werden. In einem großen Raum voller nackter und halbnackter Frauen befahlen uns Aufseherinnen, uns auszuziehen. Die waren gut genährt, in schwarze Wolljacken gekleidet, grob und unfreundlich. Aber ich hätte ihren Job nicht machen wollen. Sie wühlten in unseren Haaren, fordern uns auf, den Mund zu öffnen, dann die Beine. Sie schoben die Finger rein. Mich überkam Scham und Ekel. Später erfuhr ich, dass das eine Untersuchung auf Schwangerschaft war. Danach bekamen wir eine Spritze. Wofür, wurde uns nicht gesagt. Diese Spritze wurde alle sechs Monate wiederholt. Den Grund für diese Maßnahme erfuhr ich erst viel später. Ich wunderte mich nur, dass meine Periode wegblieb.

Noch unterwegs träumten viele Frauen von der Anstellung in der Küche. In Kriegszeiten hatten wir lernen müssen, dass Lebensmittel das Wichtigste waren, wenn man überleben wollte. Und das wollten wir um jeden Preis. Wir waren jung und viele von uns hatten zu Hause Kinder. Ich träumte natürlich auch von der Wärme einer Küche.

Aber zu meinem Entsetzen wählte mich eine Ärztin als Aushilfe für ihre Praxis. Sie bemerkte meine Enttäuschung, schmunzelte und führt mich zu Ihrem Häuschen. Dort gab sie mir saubere Sachen zum Anziehen und ging mit mir erst mal in die Sauna. Keine Sauna, wie wir sie heute kennen, sondern ein Waschraum mit heißem Wasser. Es war einfach herrlich, sich einzuseifen und reichlich mit Wasser zu übergießen. Dass ich mich richtig waschen konnte, war eine Ewigkeit her. Danach schlief ich wohlig müde einfach auf der Holzbank ein. Die Ärztin weckte mich mit einem Schuss kaltem Wasser ins Gesicht. Sie lachte und ich lachte auch. Wann hatte ich das letzte Mal gelacht?

Vera, so hieß die Ärztin, drückte mir zwei Schüsseln in die Hand und schickte mich in die Küche: „Sag, es ist für die Ärztin".

Sauber gewaschen und frisch gekleidet marschierte ich zur Küche. Dort saßen meine Leidensgenossinnen aus dem Zug, vertieft in ihre Arbeit, schnippelten Gemüse, spülten große Töpfe und schrubbten Herd und Boden. Ich reichte der Köchin die mitgebrachten Schüsseln und richtete ihr aus: „Für die Ärztin."

Als ich zurücklief, war ich nicht mehr neidisch auf die

Küchenarbeit. Aus den Schüsseln duftete es appetitlich und es war so viel! Mehr als ich mir erträumt hatte.

Wieder ein Glücksfall! Leider nicht von langer Dauer. Bald wurde die Ärztin abkommandiert, ihre Zeit dort war um. Sie wurde an der Front gebraucht. Beim herzlichen Abschied von mir schenkte sie mir Seidenstrümpfe und zwei Paar Socken sowie Unterwäsche. Ich weinte nicht nur wegen der Trennung von einem liebgewonnenen Menschen, der mir das Arbeitsleben erträglich machte, denn von da an musste ich im Wald arbeiten und wohnte in einer Baracke mit etwa 30 Frauen zusammen.

Als ich das erste Mal in die Baracke kam, wehte mir übelriechende verbrauchte Luft entgegen. Es war ein Gemisch aus menschlichen Körperausscheidungen, sauren Essensresten und feuchtem Brennholz. Die Baracke war ca. 30 Meter lang, etwa 6 Meter breit und hatte einen Lehmboden. Rechts und links standen zweistöckige Holzpritschen, es gab einen großen Ofen und zwei kleinere. Auf den schmalen Gängen zwischen den Pritschen konnte man sich nur seitwärts bewegen.

Ich suchte nach einer freien Koje. Es gab nur eine, oben in zweiter Reihe, weit weg vom Ofen. Aber mir war es ganz lieb so, dort gab es weniger Gedränge.

Um in die obere Koje zu kommen, musste ich mich sehr anstrengen. Dazu braucht man die richtige Technik. Eine Frau zeigte mir, wie sie es machte. Sie zog sich erst mit den Händen nach oben und hievte dann Po und den restlichen Körper auf das Bett. Oben konnte man entweder im Schneidersitz sitzen oder liegen.

Doch auch die untere Koje bot wenig Bequemlichkeit. Man konnte nicht einfach so sitzen mit den Füßen am Boden, denn der Gang war so eng, dass die Knie fast das

Nachbarbett berührten. Es kam schnell zum Streit. Wir waren dort mit Kriminellen zusammen, und die waren frech und böse. Aber ich lernte schnell. Lernte, mich zu beherrschen, um unschöne Szenen zu vermeiden.

In der Nähe des großen Ofens steckten Dutzende großer Nägel in der Wand, auf die wir unsere nasse Kleidung zum Trocknen hängen konnten, vor allem im Herbst und Frühling, wenn es oft regnete. Doch die dicken wattierten Jacken und die Stiefel wurden auch über Nacht nicht richtig trocken.

Im Winter ist es sehr kalt in Sibirien, aber wir hatten Filzstiefel, die im trockenen Schnee wenigstens nicht nass wurden. Der Ofen blieb im Winter Tag und Nacht geheizt, dafür gab es eine Diensthabende, die tagsüber in der Baracke bleiben durfte. Zu ihren Aufgaben gehörte auch das Putzen, Wasserholen und Teekochen. Die Diensthabende wurde jeden Tag neu bestimmt. Bei so vielen Bewohnerinnen kamen wir gerade einmal im Monat in den Genuss eines solchen Tages.

Der Ofen war ein gefräßiges Ungeheuer. Das Feuer ging schnell aus, und wenn nicht rechtzeitig Holz nachgelegt wurde, war es nach wenigen Minuten kalt im Raum. Der Frost überzog die Holzwände und zwei kleinen Fenster schnell mit Eis. Unsere Baumwohldecken wurden feucht und hielten dann noch weniger warm.

Mein Platz in der Baracke erwies sich den Umständen gemäß als eine gute Wahl. Oben war es wärmer, und ich war dort weiter von unliebsamen Frauen entfernt. Sobald wir Feierabend hatten, lag ich dort und schaute an die vom Rauch geschwärzte Decke. Dort oben konnte ich lautlos weinen, ohne dass es jemand mitbekam. Ich weinte über meine verlorene große Liebe und um meine Tochter Linda, die ich irgendwo da draußen hatte allein zurücklassen müssen. Stellte mir vor, ich käme nach Hause und könnte meine groß gewordene Tochter umarmen, könnte in den Stall gehen und meine Kuh Frida streicheln, die mit ihrer feuchten Zunge mein Gesicht ableckt.

    Ich weinte und weinte und konnte nicht aufhören.

15

Mir ist auch nach Weinen zumute. Ich weiß auch aus anderen Berichten über das Schicksal deutscher Frauen in russischen Arbeitslagern und um das schreckliche Ausmaß ihrer Leiden. Sie durften den zugewiesenen Arbeitsplatz nicht verlassen und erst recht nicht in die Heimat zurückkehren. Nur robuste, widerstandsfähige Frauen hatten überhaupt eine Chance, in den Arbeitslagern zu überleben. Die, die ihre Norm erfüllten oder noch mehr leisteten, bekamen mehr zu essen. Aber diese Rationen wurden bei den Schwachen eingespart. Wo denn sonst? Auch die Lagerleitung stand unter dem Druck der Sollerfüllung, Mehrkosten waren nicht vorgesehen.

In einem der Heimathefte, die Mama per Abo abonniert hatte, fand ich die Notiz einer Überlebenden:

> *„Betroffene sterben leise und fast unbemerkt. Dann kommen die Leute von der Beerdigungsbrigade und schleppen die kalten starren Leichen lieblos von ihren Pritschen herunter auf den Boden und nach draußen. Sie werden entkleidet, ihre Kleider brauchen sie nicht mehr. Hosen, Jacken und Schuhe werden zwischen den Lebenden aufgeteilt. Nackte Gerippe, mehr sind die Toten nicht mehr. Sie werden gefühllos, ohne jede menschliche Regung grob auf die großen Schlitten geworfen. Die Beerdigungsbrigade zieht die Schlitten zum Lagertor. Dort werden sie aus der Lagerliste und aus dem Leben für immer ausradiert und ausgelöscht. Sie haben so oft davon geträumt, das Lager als Lebende zu verlassen. Nun passieren sie das Lagertor als Leichen."*

Alma

Es war 1944 – ab und zu drangen auch zu uns Gerüchte durch, der Krieg gehe zu Ende. Die deutsche Wehrmacht sei geschwächt und zum Rückzug ihrer Truppen aus der Ukraine gezwungen, wo sie seit 1941 stationiert waren. Solche Nachrichten wurden vor uns geheim gehalten, aber ganz verhindern konnten sie das Gemunkel darüber nicht. Die Möglichkeit eines baldigen Kriegsendes spendete uns Hoffnung.

Dadurch, dass wir im Lager inzwischen international vertreten waren, ging es uns Deutschen keineswegs besser. Wir galten als Faschisten, Russlands Feinde – wir, die hier seit Jahrhunderten lebten, waren nicht besser als die Deutschen, die von Westen in unser Land eingedrungen waren, unsere Heimat überfallen, unsere Häuser niedergebrannt, Frauen und Kinder vergewaltigt und Hunderttausende nach Deutschland verschleppt hatten. Für diese einfachen Menschen gab es keinen Unterschied.

Uns war klar, dass diese Stimmung von der Verwaltung geschürt wurde. Wir waren nur als billige Arbeitskräfte zu gebrauchen, als Bürger der Sowjetunion waren wir unerwünscht. Unser Überleben war nicht vorgesehen. Und bewahre uns Gott, wenn eine von uns länger als drei Tage krank war und nicht arbeiten konnte. Man galt als erledigt und wurde seinem Schicksal überlassen, lag auf einer Pritsche und wartete auf den Tod. Keine von uns traute sich, eine Kranke zu umsorgen oder ihr etwas von der Lebensmittelration abzugeben. Ihr war kaum damit zu helfen, aber weniger zu essen, das bedeutete für Helfende, selbst krank zu werden.

Der Beerdigungsdienst war freiwillig, aber nicht unbedingt leichter als die übliche Arbeit. Im Frühjahr meldete ich mich manchmal dafür, um als Abwechslung zum zermürbenden monotonen Alltag im Wald arbeiten zu können.

Diese Arbeit war schwerer, als ich sie mir vorgestellt hatte, denn ich war hungrig und schwach und die Schlitten mit Leichen nur schwer zu bewegen. Nur die friedliche Landschaft, durch die wir die Schlitten im hohen Schnee schoben, erfreute mein Herz. Ganz zart wuchs in mir die Hoffnung, dass ich dieses Tor eines Tages lebend passieren würde, ja, ich wollte das Lager überleben.

In einer kleinen Senke, „Tal des Todes" genannt und nicht sehr weit vom Lager entfernt, luden wir die Leichen aus. Sie sollten bis zum Sommer dort warten. Bis die Erde auftaut und sie beerdigt werden können – zumindest der Rest, den bis dahin die Tiere nicht gefressen haben. Da gibt es viel zu tun für die noch Lebenden, denn selbst im Sommer taut die Erde nur 40 cm tief auf, darunter liegt ewiger Frost.

Einmal, ich war damals nicht dabei, erzählte mir jemand, dass beim Ausladen der Leichen ein lautes Stöhnen zu hören war. Aus einem Haufen toter Menschen versuchte ein nackter, hagerer Mann sich aus den fast gefrorenen Körpern zu befreien. Er quetschte sich panisch und winselnd aus dem Jenseits zurück in unsere Hölle. Als man ihn auf den Schlitten warf, war er wohl nur bewusstlos gewesen. Von der Rüttelei auf dem Schlitten musste er wieder zu sich gekommen sein. Es wurde erzählt, dass er überlebte und ins Lazarett kam. Dieses Mal waren die Todesengel zu Schutzengeln geworden.

Zurück im Lager bekamen wir eine extra Portion Brot

für diesen Dienst. Vielleicht aus der Ration der Verstorbenen. In solchen Momenten wird Unglück und Glück neu definiert. Auch ich war inzwischen abgestumpft, ich verdrängte viele Gedanken, die mich belasteten und manche Nächte nicht hatten schlafen lassen. Wenn ich eine extra Portion Brot eines Verstorbenen bekam, tröstete ich mich damit, dass es ein willkommenes Geschenk von ihm an mich sei. Ich dankte ihm in meinem Gebet, schloss meine Augen und biss in die Brotkante.

Einmal schrie meine Bettnachbarin Erna laut, sie fluchte und fuchtelte mit dem Kopfkissen herum. Ihr war das Brot gestohlen worden, das sie unter ihrem Kopfkissen versteckt hatte. Aus Angst, sie könnte denken, dass ich es genommen hätte, hob ich mein Kopfkissen hoch, die dünne Decke und sogar den Strohsack. Es gab keine anderen Verstecke in einem Raum wie diesem. Den Rest unserer Habe trugen wir am Körper.

Unsere Vorarbeiterin war eine ältere Frau, Mitte vierzig, unfreundlich und gierig. Sie profitierte von den Frauen, die ihre Norm erfüllten, schickte sie an leichtere Arbeitsstellen und kassierte dafür manchen Brocken Brot oder Lebensmittel, welche die Frauen von zu Hause bekommen hatten. Brot, wenn es überhaupt so genannt werden konnte, wurde nach der Arbeitsleistung bemessen, und es gab in der Regel 500 bis 700 Gramm pro Tag. Es schmeckte nach Kartoffelschalen, Sägemehl und noch etwas Undefinierbarem, grau und glitschig, wie ein Stück Seife. Außerdem fehlten meistens zwanzig bis dreißig Gramm. Bei denjenigen, die nicht zur Arbeit gehen konnten, reduzierte sich die Portion auf 200 Gramm Brot, und das nicht einmal für jeden Tag. Nicht wenige Frauen verdankten ihr Überleben den wenigen Päckchen aus der Verwandtschaft, die sie im Lager erreichten.

Ich bekam keine Päckchen. Meine zwei Brüder waren auch in Arbeitslagern, meine Schwester Irene irgendwo in Sibirien, und die Schwägerinnen mit ihren kleinen Kindern hatten selbst kaum zu essen. Manchmal fragte ich mich, ob Irene es als Freiwillige im Elektrokraftwerk besser ginge. Später erzählte sie mir, dass es sie ebenso schlecht getroffen hatte wie uns Zwangsarbeiter. Schwere Arbeitsbedingungen, schlechte Kleidung, karges Essen – alles das hatte auch bei ihr zu Krankheiten und Erschöpfung geführt.

***

Im Frühling wurden die Tage endlich länger und die Sonnenkraft nahm zu. Wir genossen die Sonnenstrahlen im Gesicht und das Vogelgezwitscher. Selbst die wenigen Frühlingsblumen auf dem Lagergelände zumindest solange, bis jemand sie abriss, um sie in den Mund zu stopfen. Mit der Wärme kam eine andere Plage: Unzählige Mücken fielen über uns her. Zur Abwechslung gab es dann den noch schlimmeren Regen, der manchmal tagelang andauerte. Wir stumpften völlig ab, jeder kämpfte für sich ums Überleben.

Trotz all des Leids musste das Leben weitergehen. Aber auch ich bekam unter der Arbeitslast bei schlechter Verpflegung zu spüren, dass ein solches Leben auf Dauer nicht durchhaltbar ist.

Seit fast drei Jahren war ich nun schon im Arbeitslager, seine grauenhaften Bedingungen zehrten an meinen Kräften. Kurz vor Weihnachten 1944 war ich so ausgelaugt, dass ich nur mühsam morgens aufstehen konnte. An einem Morgen ging es mir so schlecht, dass ich beschloss, einfach im Bett liegen zu bleiben. Sollten sie mich doch bestrafen, mir war plötzlich alles egal.

Meine Bettnachbarin versuchte, mich zu wecken; sie glaubte, ich schliefe noch. Als ich meine Augen öffnete und gleich wieder schloss, beugte sie sich zu mir und flüsterte mir ins Ohr: „Halte durch! Diese Woche kommt ein Ärzteteam ins Lager, vielleicht bekommst du eine Kur."

„Woher weißt du das?", fragte ich sie, immer noch mit geschlossenen Augen. Selbst wenn es stimmte, ich glaubte, keine Woche mehr durchhalten zu können. Das würde ich nie schaffen! Erna half mir auf die Beine, schob mir einen kleinen Brocken Zwieback in den Mund und drängte mich zum Ausgang.

Dann waren sie tatsächlich da. Fünf Ärzte, darunter eine Frau, in weißen Kitteln, wichtig und streng aussehend, mit Stethoskop um den Hals. Sie saßen an einem Tisch und starrten mich schweigend an. Minutenlang. Warum schwiegen sie so lange? Was sahen sie an mir? Das machte mich verlegen, ich versuchte meine Brüste mit den Händen zu bedecken. Sie wechselten Blicke untereinander, einige begannen, in ihre Unterlagen zu schauen.

Dann kam die Ärztin näher, schaute in meinen Mund, drückte mit einem Löffel auf meine Zunge und hörte meine Lungen ab. „Wie alt sind sie?"

„Siebenundzwanzig", meine Stimme klang dünn und zittrig. Mir war kalt. Völlig nackt – nicht mal Unterhosen hatte ich anbehalten dürfen – war ich froh, als die Ärztin erst an den Tisch zurückging, dann etwas umständlich meine Kleidung vom Haken nahm und sie mir brachte. Ohne ein weiteres Wort war ich entlassen.

Beim Anziehen erklärte ich mir das betretene Schweigen der Ärzte so: Ich war so abgemagert, dass ich wie ein Skelett aussah: dürre Knochen und hutzelige Haut darauf. 42 Kilo, die Zahl hatte ich an der Personenwaage ablesen können. Ich wusste nicht, wie viel ich früher wog, aber jetzt hatte ich gar keine Brüste mehr. Da hing nur faltige Haut mit zwei Brustwarzen an mir. Brüste, die einmal so prall waren und meine kleine Tochter sehr lange hatten stillen können.

Die Erkenntnis meines Zustandes erschütterte mich, aber Zeit zum Trauern hatte ich nicht. Ich hatte mich schnell wieder anzuziehen und zur Arbeit zu gehen. Meine Trauer würde ich nachts ins Kopfkissen ausweinen müssen, wenn auch nicht zu lange. Es galt auszuschlafen, morgens um fünf Uhr war Appell und nach kargem Frühstück erwarteten mich zwölf Stunden harter Arbeit.

Als ich schon draußen war, noch etwas benommen vor Aufregung und Scham, nahm ich etwas in meiner Rocktasche wahr. Die Ärztin hatte mir beim Abschied unauffällig etwas hineingelegt. Es war eine kleine Tafel Schokolade mit drei Bären auf der hellblauen Verpackung. Die teuerste Leckerei in Russland, die wir uns vor dem Krieg nur zu den Feiertagen leisten konnten. Halbtot vor Hunger erschien es mir als unbeschreiblicher Luxus, dieses kleine Täfelchen.

Ich schloss die Augen und atmete den Schokoladenduft tief ein. Er versetzte mich in eine glückliche Vergangenheit zurück. Oskar hatte mich in das Theaterstück Natalka Poltawka eingeladen und mich mit Pralinen mit eben diesen drei Bären auf blauem Grund verwöhnt. Ich war so glücklich an diesem Abend und wünschte mir damals, dass er nie enden sollte.

Acht Jahre später stand ich im Windschutz einer Staflagerbaracke und stopfte mir den Mund mit Schokolade voll, aufzuteilen schaffte ich nicht, weil es so herrlich schmeckte. Abends im Bett brach, kaum hatte ich meine Augen geschlossen, die Vergangenheit wieder über mich herein.

16

Ich glaubte bisher, dass Mama keine Schokolade mochte. Sie hatte uns immer wieder verboten, ihr Schokolade zu schenken. Und wenn eine Tafel versehentlich bei ihr landete, ging sie an die Enkelkinder. Nun weiß ich, dass etwas ganz anderes dahinter steckte als Abneigung.

Alma

Ein paar Tage nach der Untersuchung wurde ich zur Verwaltung gerufen. Die Büroangestellte reichte mir ein Stück Papier und fragte, ob ich lesen könne.

Auch wenn ich nur vier Klassen die deutsche Schule besuchen durfte, hatte ich Russisch noch in Kasachstan gelernt. In unserem Kinderheim dort war Russisch als Amtssprache üblich.

Im Brief stand, dass ich drei Monate in der Krankenstation verbringen sollte. Das war es, dieses Zauber-Wort „Kur", das mir meine Bettnachbarin vor einigen Tagen ins Ohr geflüstert hatte. Als ich ihr den Brief zeigte, freute sie sich für mich und umarmte mich sogar. Ich wollte ihr etwas schenken, aber außer einem mit Blumen besticktem Taschentuch hatte ich nichts. Ich drückte es ihr in die Hand. Sie strahlte: „Jetzt bin ich eine vornehme Dame", wedelte mit dem Taschentuch um sich und lachte.

Die Krankenstation war etwa 50 Kilometer von unserem Lager entfernt, und ich wurde mit einem Lastwagen dorthin gebracht. In eine Decke gewickelt saß ich auf der Ladefläche, denn es war Dezember mit Temperaturen unter 35 Grad. Ich freute mich trotzdem und genoss die Landschaft um mich herum. Einzelne zugeschneite kleine Häuser, aus Schornsteinen stieg weißer Rauch, die Hunde bellten und nichts erinnerte hier an den Krieg. Ich hatte meine Habseligkeiten in eine Stofftasche verstaut, all das, was ich noch von zu Hause besaß. Auch die Geburtsurkunde von Linda sowie die Fotos von ihr und Oscar. Und ich beschloss, die freundliche Ärztin, der ich mein Glück zu verdanken hatte, von nun an in mein Gebet einzuschließen.

Die Räume der Krankenstation waren weiß gestrichen und die Fenster mit Mullgardinen ausgestattet, gemütlich und sehr warm. Die Frauen dort waren sauber angezogen, hatten richtige Strümpfe und Schuhe. Alle waren freundlich und hilfsbereit. Ich bekam nagelneue Unterwäsche, ein Wollkleid und Schnürschuhe. Was für ein Reichtum! Das Mittagsessen war üppig, mit Fleisch und Kartoffeln, süßen Brötchen und sogar einem Glas Kakao. Und so reichlich!

Abends saßen wir vor unserem kleinen Ofen und schauten dem Spiel der Flammen zu. Auch das Holz war hier trocken und brannte ohne Qualm. Die Frauen erzählten von sich, ihren Kindern, ihren Männern. Sie fragten auch mich nach meiner Familie. Was sollte ich ihnen erzählen? Wie mir meine fünfjährige Tochter entrissen worden ist?

Die Frauen hier hatten ein gleiches Schicksal. Ich hätte ihnen erzählen können, dass ich seit sechs Jahren keinen Brief von meinem Liebsten bekommen hatte, dass ich nicht wisse, ob er überhaupt noch lebt.

In seinem letzten Brief hatte eine getrocknete Blume gelegen. *Ich habe sie heute Morgen unterwegs zur Schule gefunden. Ich hoffe, sie duftet noch, wenn sie dich erreicht.* Das war im Herbst 1938 in Kasachstan. Ach,

Oskar! Du wusstest, dass es dort im rauen Steppenklima nur selten Blumen gibt. Als wir dorthin deportiert worden sind, wussten wir noch nicht einmal, wo Kasachstan liegt. In Sibirien? Oder noch weiter? Oder mittendrin? Heulende Wölfe, unerträgliche Kälte und irgendwelche wilden Urbewohner als nächste Nachbarn?

So schlimm war es dann doch nicht, die Kasachen sind ein Nomadenvolk, friedlich und freundlich. Aber so schön wie in der Ukraine, unserer Heimat, werden wir es nirgendwo haben. Dennoch, der Mensch gewöhnt sich an alles, und nach fünf Jahren hatten wir Kasachstan lieb gewonnen. Dieses Land auch unsere Heimat zu benennen, wurde uns nicht vergönnt. Wir, die Deutschen, für ewig verdammt, wurden in die Hölle der Arbeitslager geschickt – um zu arbeiten und zu verrecken.

Wie gerne wollte ich hier in Sibirien meinem Deutschsein entkommen, wo alles Deutsche inzwischen Feind, Ungeheuer und Faschist bedeutete. Wie gut verstand ich jetzt meine Mutter, die dieses Land bis zu ihrem letzten Atemzug verlassen wollte.

Ich erzählte den Frauen nichts. Noch konnte ich nicht reden. Noch schmerzten die Erinnerungen. Hier in der Krankenstation hatten wir genug Zeit, um über unser Unglück nachzudenken. So wurden die Monate, die zur Erholung gedacht waren, auch zur Trauerzeit. Trauer um alles, was uns je gegeben und genommen wurde.

Fast jede Nacht schreckte eine der Frauen aus dem Schlaf hoch, schrie und weinte dann lange. An solche Ausbrüche hatten wir uns bald gewöhnt. Auch ich wurde oft von Albträumen heimgesucht. Beim Wachwerden breitete sich ein stumpfer Schmerz in meinem Magen aus und nahm mir die Luft ...

Ich betete, dass es irgendwann besser werden würde.

Unsere Arbeit war leicht, forderte uns aber emotional sehr. Wir säuberten und flickten Soldatenuniformen. Die Kleider, Hemden, Hosen und Mäntel waren mit Schusslöchern versehen. Mit geübtem Blick errieten wir, wer von denen, die es getragen hatten, Glück im Unglück oder Pech gehabt hatte. In linker Brusthöhe oder im Magenbereich getroffen, gab es für die Soldaten keine Chance zu überleben.

Diejenigen, die ins Bein oder in den Arm getroffen waren, hatten vielleicht überlebt und befanden sich im Hospital oder nach Gesundung im Urlaub. Als Nichtgefallene erwartete sie eine Auszeichnung. Wir stellten uns vor, wie sie als russische Helden nach Hause kommen und ihre Frauen und Kinder umarmen. Jede von uns dachte in diesen Moment an die eigenen Kinder oder Eltern. Wir Deutschen in Russland hatten dieses Privileg, an der Front die Heimat zu verteidigen, nicht. Und schon gar nicht, einen Heimaturlaub zu erhalten. Tag für Tag flickten wir die Uniformen und zählten die Tage.

Bei der Arbeit sangen die Frauen leise: *... und nur im Frühjahr singt die Nachtigall an meinem Grab.* Trostlos, hoffnungslos und unendlich schön. Und ich hoffte, in den drei Monaten wieder gesund und kräftig zu werden.

***

Die Nachricht vom Kriegsende erreichte mich noch in der Krankenstation. Dieser 9. Mai 1945 wurde zum glücklichsten Tag seit langer Zeit für mich. Wir tanzten ausgelassen durch die Baracke, sangen, es war mehr Schreien als Singen, und lachten. Welch eine Freude! Nach so vielen Entwürdigungen und Entbehrungen, nach der Zwangsarbeit unter Kommandanturen würden wir endlich frei sein! Wir fingen gleich an, unsere Sachen zu packen, wir waren bereit, sofort die Heimreise anzutreten. Ich ließ mich anstecken und sammelte meine wenigen Sachen in einem noch relativ heilen Kopftuch. Meine wichtigsten Besitztümer darin waren Fotos von Oskar und Linda und die Seidenstrümpfe, die mir die Ärztin zum Abschied geschenkt hatte und für die ich bis jetzt keine Verwendung hatte.

Und eine richtige Puppe aus Porzellan mit einem rosa Gesichtchen, blauen Augen und echtem Haar. Ein Geschenk des Arztes im Sanatorium für meine Tochter, als ich ihm auf seine Frage, ob ich Kinder hätte, von Linda erzählte. Ich wickelte es in ein kleines Handtuch ein. Ich hatte der Puppe aus Gaze ein neues Kleid und Unterwäsche genäht und die leicht abgeplatzte Nase mit weißer Farbe etwas abgetönt. Da strahlte sie wieder. Sah wie eine Prinzessin aus, und so nannte ich sie auch: Prinzessin.

Wo um Himmelswillen hatte der Arzt diese wunderbare Puppe her? Auf meine Frage, ob er sie nicht lieber seinen Kindern schenken möchte, erwiderte er mir, dass seine Frau und die beiden Kinder schon 1943 bei einem Bombenangriff umgekommen seien.

Eine kalte Hand hatte mir bei dieser Antwort den Hals zugedrückt. Die Deutschen hatten seine Heimatstadt bombardiert und seine Familie getötet, und er schenkt einer deutschen Frau für ihre Tochter eine kostbare Puppe, die er für seine Tochter gekauft hatte und immer noch aufbewahrte!

Ich presste diesen Schatz an meiner Brust, schloss die Augen und sah Linda mir mit ihren strahlenden Augen vor. Sie war noch ein Kind, gerade mal acht Jahre alt, sie hatte bestimmt keine Puppe. Woher auch? Den Vater hatte sie nie kennenlernen können, und ihre Mutter war weit weg. Wo lebte sie überhaupt? Seit drei Jahren war ich von ihr getrennt und seit langer Zeit hatte ich keine Briefe mehr aus der Heimat bekommen.

17

Ich, selbst Mutter, kann nur ahnen, wie sehr sich Mama nach ihrer Tochter sehnte und unter der Ungewissheit litt, nicht zu wissen, wann oder ob es überhaupt ein Wiedersehen geben würde. Wie schwer muss es sein, nicht miterleben zu dürfen, wie aus der eigenen, heiß geliebten fünfjährigen Tochter eine junge Frau wird. Eine junge Frau, die sie erst ein Jahrzehnt später treffen durfte, ohne jegliche Nachricht über das, was ich Linda nun als Rückschau erzählen lassen möchte.

Linda

Oma Marichen war sicher nicht besonders begeistert, einen zusätzlichen Esser versorgen zu müssen. Sie hatte ihre zwei kleinen Töchter, die sechs und vier Jahre älter ich waren, und einen einjährigen Jungen, einen Sohn, den sie in zweiter Ehe bekommen hatte. Dieses Kind ersparte ihr die Zwangsarbeit. Aber ich hatte keine anderen näheren Verwandten, die sich um mich kümmern konnten.

Ich glaube, Oma Marichen mochte mich nicht. Ich war ihr wohl zu eigenwillig – sie nannte es bockig – und zu mundfaul. Ich vermisste meine Mutter, die sich um mich allein kümmerte und mit der ich alles bereden konnte. Aber Oma Marichen lebte immer noch im Hause meines Großvaters, an den ich mich nicht erinnern konnte, der mich aber sehr geliebt hatte, wie ich von Mama wusste. Dem fühlte sie sich verpflichtet, ob sie wollte oder nicht. Sie hatte jetzt vier Kinder zu versorgen, und Lebensmittel wurden im zweiten Kriegsjahr immer knapper. Zum Frühstück kochte sie dünne Haferschleim-Süppchen, und spätnachmittags gab es Pellkartoffeln und Sauerkraut. Zwei Mahlzeiten mussten reichen.

Ich hatte ständig Hunger. Oft lief ich von zu Hause weg und durchstreifte nahe liegende Bauernhöfe, wo ich ein Ei aus dem Hühnernest oder gekochte Kartoffeln aus dem Schweinetrog stehlen konnte. Oft wurde ich dabei von den Bauersfrauen erwischt und sogar einmal mit der Heugabel weggejagt. Anfangs hatte ich Angst vor diesen Frauen, später wurde ich kühner, streckte ihnen die Zunge heraus und lief laut schimpfend weg.

Im Sommer pflückte ich Beeren, stopfte mich voll damit und bekam oft Durchfall. Barfuß und in einem abgewetzten Kleid streunte ich wie eine wilde Katze in der Gegend herum und manche Nächte schlief ich auch in einem Kuh- oder Schweinestall, den ich gerade bei Dunkelheit erwischte. Zu Hause musste ich mit ins Bett meiner Tante, die gerade mal vier Jahre älter als ich war. Oft wurde ich nachts wach, weil es mir kalt wurde, denn Hedda hatte mal wieder die gemeinsame Decke für sich allein beansprucht und konnte sie selbst im tiefen Schlaf verteidigen.

Meine beiden Tanten waren keine Spielkameradinnen für mich. Sie zogen mich an meinen langen dicken Haaren und nannten mich Zigeunerin. Wegen der schwarzen Haarfarbe, meinen dunklen Augen und dem olivfarbenen Teint. All das hatte ich wohl von meinem Vater bekommen, während meine Tanten das blonde Haar und die hellen Augen ihrer Mutter geerbt hatten.

Wenn ich von meinen Ausflügen dreckig und verschwitzt nach Hause kam, drückten sie ihre Nasen zu und schrien: „Du stinkst!"

Nach und nach dehnte ich meine Ausflüge immer weiter aus, erkundete Nachbardörfer mit ihren Gemüsegärten und Bauernhöfen. Als ich mich einmal an einem Schweinetrog mit heißen Kartoffeln bediente, bemerkte ich eine fremde Hand neben mir im Trog. Ich erschrak und wollte weglaufen, aber es war nur ein Junge, etwas älter als ich, mit dreckigen Klamotten und ebensolchem Gesicht. Der grinste breit und beruhigte mich: „Hab keine Angst, ich fresse dich schon nicht auf."

Er hieß Robin und war ein siebenjähriges Waisenkind. Seine Eltern hatten ein Arbeitslager nicht überlebt. Genaueres wusste er nicht, er hatte keine weitere Auskunft darüber bekommen. Schon ein Jahr war er auf sich allein gestellt und hielt sich bisher versteckt, um nicht ins Kinderheim zurück zu müssen.

Wir fanden heraus, dass wir fast Nachbarn waren. Von da an trafen wir uns täglich und verbrachten viele Stunden zusammen. Zu Hause vermisste mich keiner, Oma Marichen war wahrscheinlich froh, dass sie ihre Essensration unter die anderen verteilen konnte.

***

Im August 1944 hatte Oma Marichen entschieden, dass ich nun alt genug für die Einschulung sei. Sie nähte mir ein neues Kleid aus einer alten Soldatenuniform, die sie auf dem Schwarzmarkt erworben hatte. Dafür hatte sie zehn Eier geben müssen. Schuhe erhielt ich von einer meiner Tanten. Damit war ich zufrieden. Bisher musste ich oft barfuß oder in Holzpantinen laufen, die schwer und unbequem waren.

Am ersten September ging es zusammen mit meinen Tanten zur Schule, sauber gewaschen, mit zwei ordentlichen Zöpfen und voller Neugierde. Von ihnen wusste ich, dass alle Kinder dort Essen bekamen. Fürs

Essen war ich auch bereit, fünf Stunden ruhig zu sitzen. Gleich in der ersten Pause fragte ich ein älteres Mädchen, wann es denn das Essen gäbe und erfuhr, dass es in der zweiten Pause ausgegeben würde.

Plötzlich schubste mich jemand von der Seite an. Robin! Ich freute mich, sein mit Sommersprossen bedecktes Gesicht zu sehen, das einzige Gesicht, das ich außer meinen Tanten kannte. Und die taten so, als würden sie mich nicht kennen. Na, wenn schon, dann eben nicht. Robin war mein einziger Freund, wir unternahmen weiterhin unsere Streifzüge durch die Dörfer, und nur mit ihm konnte ich über meine Mama reden.

„Meinst du, Mama kommt wieder?", fragte ich ihn einmal, als ich mich besonders einsam fühlte. „Eines Tages schon", meinte er, „wenn der Krieg zu Ende ist." Danach wartete ich jeden Tag darauf, dass der Krieg endlich vorbei war und hoffte, dass Mama diesen Tag nicht verpassen würde. Immer wieder fragte ich danach, ob der Krieg schon zu Ende sei.

Nach der zweiten Stunde breitete sich im Schulgebäude der Duft von frisch gebackenem Brot aus. Noch bevor es klingelte, standen alle auf und liefen in die Cafeteria. Dort standen Tische mit dem Mittagsessen: Ein Teller Suppe, Milchreis und ein Glas süßer, heißer Tee. Auf dem Glas lag ein Milchbrötchen.

„Nicht so stürmisch, es reicht für alle!", rief eine Frau im weißen Kittel mit rot karierter Schürze. Ich starrte das Essen an und wusste nicht, wo ich anfangen sollte. Als erstes steckte ich dann das Brötchen in meine Rocktasche und trank den süßen Tee. Dann aß ich die Suppe. Über den Tellerrand hinweg beobachtete ich die anderen Kinder, die sich hastig über ihr Essen hermachten. Als ich die Reste in meinem Teller mit dem letzten

Stückchen Brot aufgetitscht hatte, glaubte ich, platzen zu müssen.

Ich ging gerne zur Schule, aber mir fehlten die täglichen Streifzüge mit Robin, unsere Abenteuer und Gespräche. So schwänzten wir manchmal die Schule und bummelten stattdessen durch die Nachbardörfer, wo uns keiner kannte und fragte, warum wir nicht in der Schule seien.

Im Winter brannte in der Schule der Ofen, und ich freute mich nach wie vor auf das Mittagsessen. Ich konnte jetzt lesen und blätterte in den wenigen Büchern, die Oma Marichen besaß. Es waren nicht viele. Aber von der Bibel gab es gleich zwei. Eine in Russisch, die andere in Deutsch.

Auf der ersten Seite las ich: „Am Anfang schuf Gott Himmel und Erde." Aber Oma Marichen riss mir das Buch aus der Hand. „Das darfst du nicht lesen. Und du darfst niemandem von meinen Bibeln erzählen. Hast du mich verstanden?" Ihre Hände und auch ihre Lippen zitterten.

Viel später erfuhr ich, dass allein der Besitz einer Bibel Grund genug war, verhaftet zu werden. Gleich nach der Revolution propagierten Kommunisten die radikale Abkehr von der Religion. Für sie war die Religion eines der verabscheuungswürdigsten Dinge auf der Welt, die es auszurotten galt. Das lernte ich in der Schule.

Anfang Mai 1945 wurde die Tür mitten im Unterricht aufgerissen und eine Frauenstimme rief laut: „Der Krieg ist zu Ende! Krieg ist zu Ende!"

„Hurra!", schrien alle zusammen, liefen nach draußen und hüpften und tanzten wie wild. Ich schnappte meinen Beutel und lief nach Hause, vielleicht war Mama ja schon da und wartete auf mich. Robin hatte doch ge-

sagt, dass Mama kommt, wenn der Krieg zu Ende ist.
Mama war nicht da. Auch am nächsten Tag kam sie nicht. Wochen und Monate vergingen, aber Mama meldete sich nicht. Auch in den Sommerferien nicht. Der Herbst kam und mit ihm auch die Schule wieder. Das Leben ging weiter – ohne Mama. Irgendwann wurde meine Sehnsucht nach Mamas Wiederkommen weniger, es tat nicht mehr so weh.

Alma

Ende April kam ich zurück ins Lager. Das Kriegsende war dort spurlos vorübergegangen. Es hatte sich nichts verändert. Nur ich hatte zehn Pfund mehr auf meinen Rippen und konnte wieder richtig zupacken.

Als ich an diesem sonnigen warmen Vormittag die Baracke betrat, musste ich einen Moment stehen bleiben und mich in dem dunklen Raum erst orientieren. Zu dieser Zeit hätte die Baracke leer sein müssen, es war mitten in der Arbeitszeit. Doch aus einer entfernten Ecke hörte ich lautes Husten. Eine von uns musste krank sein, schloss ich daraus. Mit einer Tasse Wasser steuerte ich das Bett an, aus dem das Hustengeräusch kam. Ich war sehr erstaunt, als ich dort unsere Vorarbeiterin verschwitzt unter einer grauen Baumwolldecke liegend vorfand. Mit zerzaustem Haar und bis auf die Knochen abgemagert. Ich fragte mich, was mit ihr passiert war. Sie war doch immer gut genährt und robust. Und wo waren ihre treuen Vasallen? Sie war so oft ungerecht zu uns, aber keine hatte sich getraut, gegen sie aufzumucken.

Ich hatte immer versucht, den Kontakt mit ihr zu meiden, doch es gelang nicht immer. Manchmal kam sie ganz nah zu mir und flüsterte leise, dass sie immer ein Auge auf mich habe, und ging weg, bevor ich fragen konnte, was sie damit meine. Solche Begegnungen raubten mir jegliche Energie. Ich stand eine Weile irritiert, unfähig zu verstehen, was sie von mir wollte. Mein Magen krampfte sich zusammen.

Und nun lag sie hier, krank und hilflos. Weil viele Frauen immer noch wegen ihrer Gemeinheiten und ihrem Machtmissbrauch Zorn auf sie hatten, ließen sie sie einfach liegen und kümmerten sich nicht um sie. Sie konnte nicht aufstehen, nicht mal zum Klo. So ließ sie alles unter sich wie ein kleines Kind.

Sie habe Durst, flüsterte sie leise. Ich setzte mich zu ihr und hielt ihr den Wasserbecher an die Lippen. Sie trank und schlief ein. Ich blieb in ihrer Nähe, und als sie wach wurde, gab ich ihr wieder Wasser.

Als die Frauen abends von der Arbeit kamen, schauten sie mich ungehalten an, manche wurden sogar sehr grob: „Lass sie verrecken. Sie hat es verdient." Ich konnte zwar verstehen, dass sie gleichgültig geworden waren, aber wo war die Nächstenliebe geblieben?

Die neue Brigaden-Älteste kam auch zu ihrem Bett und schaute mich schuldbewusst an. „Es ist sowieso zu spät für sie", meinte sie und suchte Zustimmung in meinen Augen. Ich konnte ihr nichts entgegnen, ich sah es selbst: Es war zu spät. Ich hatte genug Erfahrung in diesen Zeiten gesammelt, kannte das Gesicht des Todes. Trotzdem blieb ich bei der Frau sitzen und nahm ihre Hand in meine. Als sie ein letztes Mal die Augen öffnete, sah ich dort außer Schmerz die Angst. War es die Angst, in die Hölle zu kommen? Sünden hatte sie genug begangen. Ich begann, für sie zu beten, obwohl ich nicht wusste, ob sie gläubig war. Ich bat Gott, er möge ihr ihre Sünden erlassen, ihr schlechtes Handeln verzeihen und sie im Frieden mit sich selbst sterben lassen.

Irgendwann wurde ihre Hand kühl und steif. Sie hatte es geschafft. Da, wo sie nun war, brauchte sie kein Bedauern mehr, keinen Trost und kein Mitleid. Die Frauen kamen zu ihrem Bett und blieben stumm stehen. Was sie wohl in diesem Moment dachten? Fühlten sie sich schuldig? Schämten sie sich? Oder freuten Sie sich, dass sie ein paar Habseligkeiten, wie Wolltuch und die Wollsocken der Verstorbenen, unter sich teilen konnten? Ich selbst hatte zum Glück die noch fast neue, saubere Kleidung von der Krankenstation.

***

In der ersten Woche nach meiner Rückkehr wurde ich zum Saubermachen in den Baracken abkommandiert. Es waren inzwischen mindestens zwanzig Männerbaracken in der Nähe von unserem Frauenlager dazugekommen, die ich auch putzen musste. Dahin zu gehen, machte mir etwas Angst, aber die Waldarbeit war viel schlimmer – und anstrengender sowieso.

Gleich nach dem Frühstück nahm ich den Besen und ging zu den Männern. Ich trat in die erste Baracke und schaute mich neugierig um. Nur wenig Sonnenlicht drang durch die schmalen Fenster ins Innere und ich musste mich erst einmal an das Dunkel gewöhnen. Als ich den Gang zwischen den Pritschenreihen fegte, höre ich ein leises Husten. Ich schaute in die Richtung und sah einen Mann auf einer der unteren Pritschen liegen. Trotz schlechter Beleuchtung erkannte ich ein schmales, unrasiertes Gesicht. Der Mann sah mich an. Ich erschrak.

„Wasser", bat er. „Geben Sie mir bitte etwas Wasser."

Ich stand einen Moment stumm da, bis ich verstand, dass er mich in meiner Muttersprache angesprochen hatte. „Verstehen sie mich?"

Ich brachte ihm einen Becher Wasser und hielt ihn an seinen Mund. Er trank schnell und ungeduldig, und natürlich verschluckte er sich. Tränen vom starken Husten liefen ihm über sein Gesicht und die Brust. Ich stand daneben und wusste nicht, wie ich ihm helfen sollte. Endlich beruhigte er sich.

„Danke!", flüsterte er erschöpft. Ich wollte weggehen, aber er schaute mich flehend an: „Bleiben sie noch ein bisschen!"

Sein Deutsch klang fremd in meinen Ohren. Jetzt war ich überzeugt, der Mann musste ein Fremder sein, er war nicht von hier. „Wer sind sie?", fragte ich etwas schüchtern.

„Ich bin ein Kriegsgefangener."

Er war der erste Kriegsgefangene, den ich bisher sah. Er versuchte, sich aufzurichten, zog die Decke höher zum Hals, um seine knöchrige Brust vor der Kälte zu verdecken.

„Wenn meine Eltern wüssten, wo ihr einziger Sohn liegt und in welchem Zustand!" Er versuchte sogar zu lächeln.

„Wo sind ihre Eltern? Wo kommen sie her?" fragte ich ein wenig mutiger.

„Aus Hannover in Niedersachsen."

Während er das sagte, brannten mir viele andere Fragen auf der Zunge. Suchte er mein Mitleid? Warum war er in den Krieg gezogen? Hatte er nicht gewusst, was ihn erwartet, als er dem Ruf „Wollt ihr den totalen Krieg?" jubelnd folgte? Dass Russland weit und kalt ist, wusste er das nicht? Dass er dort Menschen töten sollte, wusste er das nicht? Hatte sein Vater ihn ermutigt, tapfer zu sein und als Held zurückzukommen? Hatte seine

Mutter beim Abschied geweint? Was wollte er in Russland? Mich und meine Tochter töten?

Nach einem Moment der Stille zwischen uns fragte ich ihn danach, warum er als Soldat in den Krieg gezogen sei.

Seine Antwort kam überhastet und erregt, er verschluckte sich fast beim Versuch der Rechtfertigung: „Wissen Sie, ich war erst 21 und unerfahren, als ich eingezogen wurde. Ich bin der einzige Sohn. Ich hatte nichts gegen Russen. Ich mag sie sogar sehr. Wenn sie nicht gerade betrunken sind, sind sie gutmütig und lustig." Und wieder versucht er zu lächeln.

„In vier Jahren habe ich halb Russland zu Fuß durchquert, durch riesige Wälder, Flüsse und Steppen. Ich habe Kornfelder und Gärten voller Früchte bewundert. Russland ist schön, und eure Böden sind fruchtbar. Ein reiches Land."

„Und ihr wolltet dieses reiche Land zu eurem eigenen machen?" Seine Rederei hatte mich zornig gestimmt. Er wollte mir weismachen, dass er in meinem Land nichts Schlimmes getan habe. Dabei lag so viel Verzweiflung in seiner Stimme, dass ich für einen Moment dachte, dass es besser für ihn sei, hier in diesem dunklen Loch zu sterben, als mit solch einer Last zu leben. Ich konnte nicht wissen, ob er ein richtiger Nazi war, brutal und rücksichtslos. Oder nur ein einfacher Mitläufer, der viel lieber zu Hause geblieben wäre.

Seine Stirn glänzte, er hatte bestimmt hohes Fieber. Als er sich die Haare mit der flachen Hand wegwischte, wunderte ich mich über seine schlanken Finger. Klavierspieler? Oder vielleicht ein Arzt?

Aber ich wollte nichts mehr hören. Ich sah vor meinen Augen, wie er und seine Kameraden mit Panzern und

Maschinengewehren durch unsere Landschaft, die er so bewundert hatte, rollten und verbrannte Erde hinter sich ließen. Ein Glück, dass sie Kasachstan nicht erreichten und meiner kleinen Tochter etwas antun konnten. Ich drehte mich um.

„Warten sie!", flehte er mich an. Aus seiner Brusttasche holte er einen Umschlag und hielt ihn mir entgegen.

„Schicken sie bitte das hier ab. Ich selbst schaffe es wahrscheinlich nicht mehr".

Ich steckte seinen Umschlag in meine Rocktasche und holte noch einen Becher Wasser. Er trank ein bisschen und schlief ein oder verlor das Bewusstsein. Ich stand noch eine Weile an seinem Bett. Er bewegte sich kaum und atmete ganz flach.

Draußen sah ich mir den Umschlag näher an. Braune Flecken deuteten an, dass er den Brief mehrere Tage am Körper getragen haben musste. Von der Körperwärme getrockneter Schweiß oder vielleicht auch Tränen hatten ihre Spuren hinterlassen. Was stand wohl in diesem Brief? Dass es ihm gut gehe und er, wenn es bloß bald ein Ende hätte, nach Hause käme? Oder eine andere Lüge, um seine Eltern nicht zu erschrecken? Oder schickte er seine Ängste und Schrecken in einem Blatt Papier nach Hause? Vielleicht auch Reue und Schuldbewusstsein? Dass er in russische Gefangenschaft geraten sei und nun in einem Lager liege, von Läusen und Fieber fast zerfressen?

Das würde ich nie erfahren. Ich lief schnell an den Briefkasten und steckte den Umschlag in den Schlitz. Abends im Bett dachte ich immer noch an den einsamen Fremden in der Männerbaracke. Ich würde ihn morgen besuchen, entschied ich. Mit etwas Brot von meinem Frühstück.

Doch als ich am nächsten Morgen in seine Baracke kam, war sein Bett leer. Zu spät! Seine Eltern würden vergeblich auf ihn warten, ihren einzigen Sohn und Erben, der das Kriegsende nur um ein paar Tage verpasste.

Ich dachte an meine Tochter Linda. Sie flatterte oft durch meine Träume, aber immer in Gestalt einer rätselhaften Unbekannten. Ich wusste, dass sie es war, und wollte ihr Bild festhalten, doch leider veränderte es sich immer wieder. Wenn ich dann wach wurde, versuchte ich, sie mir als Acht-, Zehn- oder Zwölfjährige vorzustellen, aber dann kamen mir die Tränen und ihre Gestalt entglitt mir ...

***

Die Freude über das Kriegsende hatte nur einen einzigen Tag gedauert. Gleich am nächsten Morgen wurden wir erbarmungslos aufgeklärt: *Das habt ihr Hitler zu verdanken.* Der Krieg sei vorbei, aber nicht für uns. Für uns hatte sich nichts geändert. Wir durften nicht nach Hause. Wir sollten dafür sorgen, dass alles, was *unsere Deutschen* zerstört hatten, wiederaufgebaut werden konnte. Diese Enttäuschung zog uns noch ein Stückchen tiefer, und wir begriffen, dass wir uns keinen falschen Hoffnungen hingeben durften.

Es ging weiter mit schwerer Arbeit, aber jetzt, Ende 1945, wurden die Arbeitskolonnen aufgelöst und auf Industrie- und Handwerksbetriebe aufgeteilt. Unsere Bürgerrechte bekamen wir immer noch nicht. Wir erhielten den Status „Sondersiedler" und unterstanden ab sofort den Sonderkommandanturen.

18

Die Armee der Sondersiedler umfasste nicht nur Deutschstämmige wie meine Mutter, sondern auch deutsche und russische Soldaten, die aus der Gefangenschaft dorthin deportiert wurden. Sie alle waren billige Arbeitskräfte, die beim Aufbau der russischen Wirtschaft eine große Rolle spielen sollten. Sie mussten zwölf Stunden am Tag im Wald, am Bau oder in den Fabriken arbeiten. Der Hunger war ein treuer Begleiter. Auch nach dem Kriegsende starben noch Tausende dieser Menschen an Unterernährung und mangelhafter medizinischer Versorgung.

Die russischen Soldaten, die als Heimkehrer aus deutscher Gefangenschaft nach Hause fahren wollten, wurden in dem Glauben gelassen, das würde auch geschehen. Aber gleich an der Grenze wurden sie in besondere Zugwagons eingesperrt und direkt nach Sibirien gebracht.

Als Begründung wurden ihnen Verrat an der Heimat vorgeworfen. Das Urteil ohne Prozess war festgelegt: zehn Jahre Zwangsarbeit.

Wie sollte es auch anders sein, zumal Stalin nicht einmal seine Landsleute geschont hat. Warum soll er mit in Gefangenschaft geratenen Soldaten Mitleid haben? Nicht mal seinen Sohn Jakob hatte er aus deutscher Kriegsgefangenschaft gegen General Paulus austauschen wollen.

Alma

Nun, im Sommer 1945, war zwar der Krieg vorbei, aber ich musste weiterhin Tausende von Kilometern getrennt von meiner Tochter leben. Mein Glaube an die Zukunft wankte, und das machte mir Angst. Wir Deutschen in der Sowjetunion hatten so viel erlebt, so viele Hoffnungen waren wie Seifenblasen zerplatzt. Würden wir jemals wieder in die Lage kommen, ein normales Leben zu führen? Frauen um mich herum wurden böse und rücksichtslos, wurden schnell gewalttätig, stahlen den anderen ihre Lebensmittel oder Kleidung, die sie dann auf dem Schwarzmarkt für Brot umtauschten.

Ich war wieder unter Fremden, weil ich einer neuen Brigade zugeteilt wurde. Wir arbeiteten im Wald, fällten Bäume und hackten mit einer Axt die Äste und Zweige ab. Für ein paar Wochen hatte ich die Aufgabe, für unseren Ingenieur spezielle Planken zu sägen, die besonders glatt und gerade sein sollten und keine Macken haben durften. Der Ingenieur verriet mir, dass diese Abschnitte beim Flugzeugbau benötigt würden.

Ich war sehr geschickt darin und bekam deswegen die doppelte Ration Brot. Es wurde mir leider nicht in voller Menge ausgegeben, die Brigadierin teilte es für alle auf. Ich protestierte nicht, sie hatte mir vorher schon gesagt, dass in einer Brigade alles gerecht geteilt würde. „Ich kann auch ein anderes Mädchen dorthin schicken, wenn du dich beklagst", war ihr Argument.

Doch dann erwies mir mein himmlischer Schutzengel einen besonderen Dienst. Herr Sterz, unser Betriebsleiter, besuchte unsere Arbeitsstelle und teilte uns mit, dass die Kantine jemanden brauche, der kochen und bedienen könne. Ich wollte mich gerade melden, denn ich hatte doch fünf Jahre Erfahrung in diesen Tätigkeiten im Kinderheim. Aber es wurde plötzlich sehr laut im Raum und alle Frauen gackerten durcheinander wie aufgescheuchte Hühner. Ich blieb still. Bei dem Geschrei sah ich keine Chance, gehört zu werden.

„Ruhe! Habt ihr nicht gehört? Er braucht nur *eine* Person!" Zur Bekräftigung hob die Vorarbeiterin ihren Zeigefinger hoch. Aber die Frauen waren nicht zu bremsen, sie suchten ein Stück Papier und Stift und schrieben Bewerbungen. Auch ich tat das.

Am nächsten Tag kam der Betriebsleiter wieder zu uns, setzte sich mit dem Stapel Bewerbungen zur Chefin auf einen Baumstumpf und redete mit ihr. Ich war gespannt, wer die Auserwählte sein würde. Ab und zu warf ich den Blick auf die beiden. Plötzlich deutete er in meine Richtung und rief laut:

„Mädchen, kommen Sie bitte her."

Ich schaute mich um, suchte die Gerufene. Ich bin 28, längst kein Mädchen mehr. Aber der Mann ist fast sechzig, für ihn sind wir offenbar alle Mädchen, denn er bedeutete mir: „Sie, ich habe Sie gerufen", und wiederholte: „Kommen Sie doch bitte her."

Ich nahm meinen Spaten und ging zu ihm. Er bat mich, den Spaten abzustellen. Dann beauftragte er mich, in der Kantine nach Makarowna zu fragen und ihr zu sagen, ich sei ihr von ihm zugeteilt worden. Mir blieb nichts anderes übrig, als zu gehorchen, zumal die Brigadierin mich zusätzlich mit einem energischen „Na los!" antrieb.

Kaum, dass ich in der Tür der Kantine stand, schrie mich eine kräftige untersetzte Person Mitte vierzig mit einem zornigen roten Gesicht an: „Schon wieder ein Mädchen! Ich brauche eine Frau, die anpacken kann! Eine erwachsene Frau!"

Völlig eingeschüchtert trat ich einen Schritt zurück. Da wurde ich angeherrscht: „Wo willst du jetzt hin? Ab an die Arbeit!"

Den ganzen Tag spülte, schrubbte und wischte ich in der Küche. Makarowna schwieg derweil. Ich war danach todmüde, aber wenigstens satt.

Drei Tage vergingen, bis der Herr Sterz sich blicken ließ. Noch die Klinke in der Hand rief er laut: „Makarowna, wie ist meiner Empfehlung?"

Makarowna sparte sich die Worte, sie hob ganz schnell ihre roten Wurstdaumen hoch. In ihrer Sprache bedeutete es: „Prima!"

„Wusste ich doch!" Herr Sterz grinste zufrieden.

Ich war auch zufrieden. Anpacken konnte ich, und bisher war jeder Arbeitgeber mit mir zufrieden. Allein der lange Weg zu meiner Baracke störte mich. Aber auch das hatte sich bald erledigt. Nur ein paar Meter von der Kantine entfernt errichtete man für das Küchenpersonal eine eigene Baracke. Dort bekam ich einen Schlafplatz.

Wir wohnten dort zu dritt: Ira, Maria und ich. Ira arbeitete wie ich als Küchenhilfe. Maria verteilte das Brot. Brot verteilen ist keine schwere, aber eine sehr wichtige Aufgabe; man muss dabei aufmerksam und schnell sein. Irgendwann versagte Maria. Bei der Überprüfung fehlten Lebensmittelkarten in der Kasse. Danach schuftete sie mit uns in der Küche.

Maria war Russin und hatte sich freiwillig zum Arbeitsdienst gemeldet, Ira eine Deutsche wie ich. Wir verstanden uns gut. Unsere Betten standen unter einem Fensterchen und waren durch einen kleinen Tisch getrennt. Dank unserer Arbeit in der Kantine hungerten wir nicht mehr. Von unseren Lebensmittelkarten konnten wir sogar etwas abzweigen und gegen Kleider oder andere Sachen, die der Schwarzmarkt anbot, eintauschen.

Das Leben stabilisierte sich langsam, aber fast jede Nacht träumte ich von unserem Dorf und unserer Kirche, die mir immer eine liebe Zuflucht war. Wie schön war es, in unsere Dorfkirche einzutreten, da, wo die Lüster glänzten und Papas Orchester sein sonntägliches Konzert gab. In meinen Träumen konnte ich meine Stirn gegen eine der Säulen lehnen, ihre Kühle und Glätte spüren. Auch wenn niemand da war, spürte ich eine unsichtbare Hand auf meinem Kopf. *Herr, du weißt, wie müde ich bin. Gib mir Trost und Kraft ...*

***

Drei Monate nach Kriegsende war unser Lager voll besetzt, darunter Hunderte Männer. Neben Deutschen waren auch Esten, Litauer und Letten eingetroffen. Als die Wehrmacht die baltischen Länder besetzte, wurden die wehrtauglichen Männer für die deutsche Armee rekrutiert. Auch sie mussten, wenn sie in russische Gefangenschaft gerieten, Zwangsarbeit leisten. Sie teilten ihr Schicksal mit den Ukrainern, die nach dem Einmarsch der Wehrmacht massenhaft zur Zwangsarbeit in Deutschland eingezogen worden waren und nach ihrer Befreiung nun als Verräter in den Arbeitslagern Russlands landeten.

Stepan, ein junger Ukrainer, bei uns in der Küche fürs Brennholz zuständig, war so ein Rückkehrer. Er erzählte uns, dass er von seinem Bauern in Bayern sehr gut behandelt worden war und sogar die Absicht hatte, dort zu bleiben.

„Leckere Wurst hatte der Bauer! Und so eine hübsche Tochter! Schönes Fräulein!" Dabei schnalzte er lustvoll mit der Zunge. Unsere rotwangige blonde Köchin Lisa, mit der er oft flirtete und die ihm immer etwas Leckeres zusteckte, zickte eifersüchtig von der Seite: „Warum bist du dann zurück, wenn die deutsche Wurst so lecker war?"

Stepan reagierte sauer mit einem wahren Redeschwall. „Na warum wohl? Weil die russischen Agitatoren mit Plakaten zu uns kamen, darauf waren Frauen abgebildet, die uns ihre Hände entgegenhielten und riefen: *Komm nach Hause, mein Sohn. Deine Mutter wartet auf dich.* Und das Blasorchester spielte speziell für uns den Donau-Walzer. Das war so schön! Mir kamen die Tränen. Mein Bauer beschwor mich, bei ihm zu bleiben, er brauche mich, ich könne so gut mit Pferden umgehen, es sei alles Lüge, was die russischen Offiziere versprachen und ich solle den Schurken nicht glauben. Hätte ich doch nur auf ihn gehört, dann säße ich nicht hier im Lager! Kaum hatten unsere Züge die Grenze überquert, wurden alle Fenster und Türen der Wagons mit dicken Brettern zugenagelt, und ab gings nach Sibirien! Und meine Mutter weiß nicht einmal, wo ich bin. Das ist jetzt meine Musik".

Er holte eine Mundharmonika aus seiner Hosentasche, polierte sie liebevoll an seinem dreckigen Hemd und pustete daran. Spielen konnte er nicht, das erkannten wir gleich, aber aus Höflichkeit hörten wir ein paar Minuten zu. Er war noch so jung, der Bursche. Fünfzehn war er damals, als die Deutschen ihn aus der Ukraine verschleppten. Zehn Jahre sibirisches Arbeitslager war seine Strafe. Dreißig wird er sein, wenn sie ihn freilassen.

Den größten Teil der Neuzugänge machten aber russische Soldaten aus, die aus deutscher Gefangenschaft heimgekehrt waren. Verschiedene Nationalitäten, Mentalitäten und Aussehen, und alle waren hungrig nach Liebe.

***

Meine Freundin Ira war ein hübsches Mädchen und wurde von vielen Männern umworben, aber die besten Chancen hatte Doc, ein Georgier, der einen kleinen Sanitätspunkt führte. Doc hatte einen komplizierten georgischen Namen und deswegen war er mit seinem Spitznamen einverstanden. Er sah gut aus, wenn auch von Natur ein bisschen zu klein geraten. Ich schätzte ihn auf etwa ein Meter siebzig. Aber wie alle nicht besonders großen Männer war er ehrgeizig und legte sich richtig ins Zeug, um Ira zu gewinnen. Aus seinen Vorräten schenkte er ihr ein paar Meter Gaze. Ira und ich bestellten bei einer Näherin aus dem Stoff zwei kleine Gardinen und eine Tischdecke für unser Zimmer in der Küchenbaracke, die wir mit eingespartem Brot bezahlten. Maria beteiligte sich an unserer Aktion nicht. Sie war selten da, wir vermuteten, dass sie einen Freund hatte.

Mit Gardinen und Tischdecke sah es nett in unserem provisorischen Zuhause aus. Ich freute mich, Ira als Freundin zu haben. Ein Hauch von Normalität war in mein Leben eingekehrt. Wenn ich nur meine Tochter um mich hätte haben können!

Ira wurde von ihrem Doc verwöhnt, er traf sich mit ihr zu Spaziergängen und lud sie ins Kino ein. Sie sagte aber oft ab, weil ihre Schuhe ausgelatscht waren, die Sohlen hatten Löcher. Gut, dass sie ebenso kleine Füße hatte wie ich, da konnte ich ihr meine Schuhe anbieten. Ich gönnte Ira ihr Glück und war von ihrer Antwort überrascht. Sie verriet mir, dass sie dem Doc keine falschen Hoffnungen machen wolle, weil sie zu Hause einen deutschen Bräutigam habe, den sie heiraten werde. Der bemühe sich um ihre Entlassung. Die Glückliche! Und bald passierte es tatsächlich. Sie wurde entlassen und durfte nach Hause fahren. Das freute mich sehr, aber ich war auch ein wenig traurig, hatte ich sie doch inzwischen sehr ins Herz geschlossen.

An dem Tag, als Ira abreiste, brachten Doc und ich Ira zum Bahnhof. Wir standen lange dort und schauten dem Zug nach. Wann würde der Tag kommen, an dem auch wir in einen Zug einsteigen könnten? Wir ahnten nicht, dass dieser Tag nicht mehr weit entfernt war, nur die Richtung, den unser Zug fahren sollte, war eine andere als wir es uns erträumten.

Auf dem Rückweg vom Bahnhof pflückte Doc einen kleinen Blumenstrauß aus Feldblumen und reicht ihn mir. Darunter auch meine liebsten, Kornblumen.

Ich bedankte mich. Er schaute mich an und sagte: „Die sind so blau, wie deine Augen." Ich spürte, wie ich rot wurde. Es war lange her, dass ich so ein Kompliment hören durfte.

„Und welche Farbe haben deine Augen?", fragte ich mutig und schaute prüfend in sein Gesicht. Unter buschigen Augenbrauen und langen dichten Wimpern strahlten mich dunkelbraune Augen an. Mit seinen vollen Lippen und dem dichten braunen Haar hätte er einen Traummann abgeben können, wenn er größer gewesen wäre. Aber was sollte mich das schon kümmern, er war doch nicht mein Verehrer!

Ein paar Tage später lud mich Doc zu einem Spaziergang ein. Ich war überrascht, ließ es mir aber nicht anmerken. Und dann kam es, wie es kommen sollte. Wir wurden ein Paar. Es war nicht in meinem Interesse, denn für eine Beziehung war ich nicht bereit. Ich träumte jede Nacht von Oskar.

Sympathisch war mir Doc trotzdem, er hatte viele Freunde: Georgier, Ukrainer und Russen. Er war überhaupt sehr beliebt. Viele kannten sich aus deutscher

Gefangenschaft, das gemeinsame Schicksal verband sie, sie hielten zusammen. Was mich verblüffte, aber auch freute: Doc sprach sehr gut Deutsch. Das beeindruckte mich. Er war intelligent und nett zu mir, aber ein Deutscher als Freund wäre mir lieber gewesen.

Ich kannte die georgische Mentalität nicht. Bei meinen Kollegen hörte ich, dass die Südländer sehr dominant seien. Mein neuer Küchenchef warnte mich: „Du solltest dich von ihm trennen. Er ist nichts für dich. Du bist viel zu lieb und zu schwach, du wirst es schwer mit ihm haben."

Seine Sorge überraschte mich. Aber auch Makarowna riet mir, ich solle dem Doc einen Korb geben und mir lieber einen Koch oder einen Natschalnik oder Direktor als Kavalier aussuchen.

„Was hat er dir zu bieten? Antibiotika?" Sie lachte herzlich. Sie war eben eine Köchin und dachte rational. „Essen ist zu jeder Zeit wichtig, nach dem Krieg umso mehr," predigte sie mir immer wieder. Nun, als der Krieg vorbei war, zeigte Makarowna, diese strenge Frau, die ich nie hatte lachen sehen, ihren weichen Kern. Oft steckte sie mir ein Stück Mohrrübenkuchen zu, der mich an meine Kindheit erinnerte. Wenn sie meine schmächtige Figur anschaute, schüttelte sie nur mit dem Kopf. Sie wollte mich mit unserem Küchenchef verkuppeln, das hatte ich bemerkt.

Ich wollte aber überhaupt keine Beziehung. Nach der Trennung von Oscar war ich in ein tiefes Loch gefallen, glaubte, dass er mich verlassen habe. Warum sonst schwieg er seither. Lebte er überhaupt noch? Außerdem, als Alleinstehende mit einem unehelichen Kind war ich für Männer keine gute Wahl mehr.

Und jetzt Doc! Was wollte er von mir? Ich versuchte,

meinem lästigen Verehrer aus dem Weg zu gehen. Doch jeden Tag kam er pünktlich zum Feierabend in die Kantine, unterhielt sich mit dem Küchenchef und wartete auf mich. Er ließ nicht locker. Irgendwann gab ich auf.

In unserer ersten gemeinsamen Nacht empfand ich nichts außer Scham. Irgendetwas in mir war in all den Jahren kaputtgegangen. Aber Doc war auch unsicher, es sei schon lange her, dass er mit einer Frau geschlafen habe, gestand er mir unbeholfen wie ein Junge. Irgendwann funktioniert es, aber Liebe war es nicht.

***

Einmal fragte mich Doc, ob ich schwanger sei.

„Wie kommst du darauf?", fragte ich.

„Das ist gar nicht schwer zu erraten, du hast keine Blutungen".

Er war eben ein Doktor. Ich erzählte ihm von der regelmäßigen Spritze, die wir seit Jahren bekamen und der seitdem ausbleibenden Periode. Er wunderte sich, fragte wie oft und was für eine Spritze es gewesen sei, aber ich wusste es nicht.

Er wurde selbst fündig. Die Spritze war tatsächlich eine Hormonbehandlung zur Vermeidung von Schwangerschaften. Der Staat benötigte Frauen, die arbeiten sollten und keine Kinder bekamen. Obwohl nach dem Krieg die Spritze ausblieb, sollte es noch ein Jahr dauern, bis sich meine Regelblutung wieder einstellte.

Doc überredete mich, zu ihm in sein kleines Kämmerchen neben dem Sanitätspunkt zu ziehen. Er besaß auch nicht viel, nur das, was er am Leibe trug. Ich scheute mich vor dieser endgültigen Entscheidung, aber da wir sowieso halboffiziell ein Paar waren, gab ich nach. Einen Vorteil hatte es doch: Es war eisiger Winter, und zu zweit war es im Bett viel wärmer. Oft bekam ich mit, wie er nachts geweckt wurde, um Kranke zu behandeln.

Von seinen Freunden wurde er belächelt, in dieser unsicheren Zeit so unvernünftig zu sein, eine Deutsche als Freundin gewählt zu haben. So ein stattlicher Mann, gebildet und intelligent, der könne sich doch jede Frau aussuchen, vielleicht auch eine Ärztin oder noch besser eine Köchin. Es waren plötzlich viele junge hübsche Frauen im Lager aufgetaucht. Sie waren auf eigenen Wunsch dort und bald wussten wir auch warum. Nach dem Krieg wurde jeder Mann begehrenswert, auch ein politischer Häftling, ein Deutscher oder ein aus der Gefangenschaft zurückgekehrter Soldat.

So viele Männer waren im Krieg gefallen, und hier, in Sibirien, gab es so viele! Den Frauen war völlig egal, wer der Mann war. Das Bedürfnis nach Liebe, Familie und Kinderkriegen war enorm. So erstaunlich es auch war, bald nach dem Kriegsende wurde unser Leben im Lager kunterbunt und laut. Einmal die Woche gab es Tanz oder Kino.

19

Ich lese diese Notizen in Mamas Nachlass und es überrascht mich. Sie kommen mir wie ein Festmahl während der Pest vor, und ich kann es mir nur damit erklären, dass sie alle noch so jung waren. Sie hatten die vielen Entbehrungen satt, sie wollten leben. Doch der Staat hatte anderes mit ihnen vor. Für Russlanddeutsche wie meine Mutter mit dem Status „Sondersiedler" bedeutete es, dass sie ab sofort Kommandanturen unterstanden – wieder mal – und statt eines Ausweises wurde für sie und selbst für die Kinder eine Personalakte über den gesamten Lebenslauf angelegt. Sie mussten sich von da an monatlich bei der Kommandantur melden und durften sich von dem befohlenen Wohnort ohne Erlaubnis nicht weiter als fünf Kilometer entfernen. Wer es dennoch tat, dem drohten 20 Jahre Straflager.

Für die Rückkehrer aus deutscher Gefangenschaft galt das Gleiche.

Alma

Ich war nicht mehr so angeschlagen wie früher, aber immer noch nicht voll Leben. Wenn ich allein war, betrachtete ich mich in einem ovalen Spiegel an der Wand, den der Doc irgendwo aufgetrieben hatte. Nach dem Aufenthalt in der Krankenstation hatte ich ein paar Kilo zugelegt. Die schwere Arbeit in der Küche schadete mir nicht, dort bekam ich genug zu essen. Mein Spiegelbild strahlte frisch, meine Haut war fest, und meine Haare leuchten wieder in der Sonne. Ich hatte schlanke und muskulöse Beine, wie konnte es anders sein bei der vielen Arbeit. Ich legte meine inzwischen lang gewordenen und zu einem Zopf geflochtenen Haare zu einem Kranz wie eine Krone. So trugen es jetzt alle Frauen, es war praktisch und ein bisschen kokett. Nur meine Hände mit den kurzen, abgebrochenen Nägeln und Schwielen machten mir Kummer. Ich cremte sie mit Speiseöl ein, das ich in der Küche entwenden konnte, aber es wurde nicht besser, und ich schämte mich dafür. Kein Vergleich zu Docs Händen, die weich und glatt waren. Er musste ja auch keine schwere Arbeit leisten.

Er füllte ein Döschen mit Vaseline für meine Hände. Wahrscheinlich hatte er die kratzigen Hände an seinem Körper gespürt, wenn wir uns liebten. Ja, nun hatte auch ich einen Verehrer, der mir Kostbarkeiten schenken konnte. Immerhin.

***

Im Frühling 1946 wurden wir Sondersiedler über Hunderte Arbeitslager in Sibirien und Fernost verteilt. Doc und ich waren gerade mal ein paar Monate zusammen, hatten uns aneinander gewöhnt und wollten zusammenbleiben. Aber weil wir nicht verheiratet waren, hätte ich ihn nicht in seine Verbannung begleiten dürfen. Uns drohte die Trennung durch die Zuweisung zu unterschiedlichen Arbeitslagern. Wir mussten unbedingt etwas unternehmen. Dank Docs Verbindungen fanden wir einen Arzt, der mich in ein Krankenhaus überwies. Ich blieb dort so lange, bis Docs Zuweisung bekannt war, und ich mich, frisch entlassen, diesem Transport anschließen konnte.

Es funktionierte alles gut, wenn auch nicht ohne Aufregung. Ich packte meine wenigen Habseligkeiten in seinen Koffer, und Hand in Hand warteten wir auf unseren Zug. Doc hatte aus seiner Praxis einige Medikamente, Gaze, ein paar Bettlaken und Instrumente mitgenommen.

Aber Denunzianten gab es unter uns genauso viele wie Freunde. Ein Offizier kam auf uns zu und zeigte auf den Koffer: „Na, Herr Doktor, was haben wir denn da?"

Doc musste den Koffer öffnen und die wertvollen „Reserven" wurden konfisziert. Widersprechen wäre sinnlos gewesen, wir mussten froh sein, sein, nicht schlimmer bestraft zu werden.

***

Kaum jemand war damals in diesem Land sicher. Viele wurden verhaftet, erschossen. Von vielen verlor sich jede Spur.

Als der Krieg zu Ende war, dachten wir, dass das, was mit uns geschehen war, ein bedauerliches Missverständnis gewesen sei. Es würde sich alles bald aufklären, dann würde sich jemand bei uns entschuldigen. Wir wurden eines Besseren belehrt.

Die Fenster des gesamten Zuges, in dem wir fortgebracht wurden, waren mit Gittern versehen. Hinter den Fensterscheiben blieb die abwechselnd weiße und graue Landschaft zurück. Unser Zug rollte Richtung Osten, in eine Welt, die mir fremd und gefährlich erschien. Mir kam vor, dass sich die Geschichte wiederholte und ich wieder mal ins Ungewisse vertrieben wurde. Meine Erinnerungen sprangen hin und her. Und je weiter der Zug rollte, desto mehr schmerzte mein Herz. Es wurden Tausende Kilometer, und wie lange wir noch zu fahren hatten, wussten wahrscheinlich nicht mal unsere Bewacher.

Die einzige Ablenkung für mich war, vor dem Fenster zu stehen und durch die schmalen Fensterspalten die grenzenlose, unberührte Natur und ansonsten ärmliche Gegend zu beobachten.

Selten waren ansehnliche Siedlungen und hübsche Holzhäuser mit kunstvoll geschnitzten Fensterläden und Türen zu sehen. In dieser Gegend gab es viel Holz.

Aber hauptsächlich lebten die Menschen hier von der Kohle- und Erdölgewinnung. Sie legten um ihre Häuser Gemüsegärten an, und in den Ställen standen Nutztiere, das erleichterte ihr Leben. Hunger musste man dort nicht leiden. Alte Mütterchen brachten gekochte Kartoffeln, die noch heiß waren, an die Bahnstationen, geräucherten Fisch und eingelegte Gurken, die sie den Passagieren anboten.

Wir bekamen nichts in unserem Verschlag, wir hatten kein Geld. Ab und zu steckte eine herzensgute Frau dem Bewacher ein Päckchen zu und bedeutete, es uns zu geben.

So kam ich einige Male auch in den Genuss dieser Delikatessen. In mir reifte der stille Wunsch, endlich irgendwo ansässig zu werden, wo auch ich einen Gemüsegarten anlegen würde, ich konnte gut mit Pflanzen umgehen.

Eines Tages versank ich so tief in meinen Gedanken, dass ich mich erschrak, als ich eine Stimme hinter mir hörte. Ich drehte mich um. Ein älterer Mann, mager und offensichtlich krank, deutete mit dem Finger auf die Umrisse einer Stadt, die weiter vor uns zu sehen war.

„Da vorne ist Irkutsk, im Jahr 1680 erbaut. Hier hat der tschechische Schriftsteller Jaroslav Hašek gelebt und sein legendäres Buch *Der Brave Soldat Schwejk* geschrieben. Haben Sie das Buch gelesen?"

Ich verneinte mit Kopfschütteln.

„Hier steht auch noch das Wohnhaus des Dekabristen Wolkonski. Wer Wolkonski war, wissen Sie doch sicher?"

Auch wenn ich nur die Grundschule besucht hatte, wer die Dekabristen waren, wusste ich sehr wohl. Aber der Mann erzählte einfach weiter.

„Sie waren 300 Offiziere, alle aus adeligen Familien, und haben damals einen politischen Aufstand gegen das Zarenregime, die Leibeigenschaft und Zensur ausgerufen. Das war 1825 und ist nicht gut ausgegangen, viele von ihnen wurden gefasst und gehängt. Allen Revolutionären wurde der Adelstitel entzogen, und sie wurden nach Sibirien zu Zwangsarbeit verurteilt. Angekettet und unter schwersten Bedingungen arbeiteten die Dekabristen in Bergwerken, meistens unter Tage. Wolkonskis Frau mit ihren drei Kindern begleitete freiwillig ihren Mann in die Verbannung."

In den nächsten Tagen schaute ich verstohlen zu dem Fenster im Flur, wo ich den Mann getroffen hatte. Ich sah ihn nie wieder. Er war spurlos verschwunden. Hatte ich das Ganze nur geträumt?

Auf unserer langen Fahrt gab es wenig zu essen und viel Zeit zum Grübeln und Beobachten. Es waren fast nur Männer im Zug, die wenigen Frauen, die ihre Männer begleiten, versteckten sich in ihrem Abteil. Viele Männer waren von Kriegs- und Gefangenschaftserlebnissen traumatisiert, sie schreckten nachts in Alpträumen hoch und schrien laut. Am Tag wussten sie davon nichts mehr oder taten zumindest so. Vom Krieg sprachen sie nur ungern. Sie hatten dort und auch in der Gefangenschaft Schlimmes erlebt. Das sollte sie noch lange verfolgen. Nicht allen gelang es, zu vergessen und an die Zukunft zu glauben. Früher oder später begingen viele Suizid.

Auch wenn ich es selbst noch nicht begriff, traumatisiert war auch ich, doch niemand hat mich je auf meinen psychischen Zustand hin untersucht. Ich saß oft in mich versunken, und Tag für Tag, Stunde für Stunde quälte mich der Gedanke: Wofür hat mich der liebe Gott so hart bestraft?

Immer wieder musste ich an den bitteren Ablauf meines Lebens denken, und die Zukunft erschien mir finster und hoffnungslos. Meine Mutter hatte mich so früh verlassen, auch mein Vater lag seit zehn Jahren auf dem Friedhof und Oskar ließ mich mit unserem Kind allein.

In meinem ganzen Leben gab es niemanden, der mich unterstützt hat. Immer musste ich allein kämpfen. Seit Jahren schubste mich der Staat hin und her, entschied für mich, was ich zu tun hatte, wo ich leben und arbeiten sollte, zerstörte meinen Körper durch Hunger und Zwangsarbeit, meine Seele und meinen Glauben. Wie lange und wie viel Kraft würde ich gebrauchen, um all das zu überstehen? Wann würde ich meine Tochter wiedersehen?

Mit jedem Kilometer brachte mich der Zug noch weiter weg von ihr, unendlich weit weg. Oft merkte ich nicht, dass ich weinte und ich wollte nicht, dass Doc es sah. Ich wusste noch nicht, was mich in Zukunft an seiner Seite erwartete. Ich kannte ihn ja kaum. War es Liebe, die uns verband? Bestimmt nicht. Von mir her nicht. Ich liebte mit meinem Herzen immer noch Oskar.

Schon meine erste gemeinsame Nacht mit Doc war ein Desaster gewesen. Unsere Körper passten einfach nicht zusammen. Wir versuchten verzweifelt, in Liebe zueinander zu finden, doch wir hatten die Liebe verlernt. Ich war seit Jahren allein und Doc war jahrelang in deutscher Gefangenschaft. Wo hätte er Liebeserfahrungen sammeln sollen?

Er bemühte sich, bewegte sich heftig, drückte sich an

mich und ich lag einfach da, unfähig ihm zu helfen, ihn in mich aufzunehmen. Aber ich klammert mich an das, was noch übrig war, auch wenn es nicht dem entsprach, was ich mir wünschte, und hoffte, dass Doc nichts von meinem Zweifel ahnte.

Ich machte mir außerdem Gedanken darüber, ob nicht auch Doc seine Zweifel hatte. Ob er sich nicht nur nach seiner Heimat, sondern auch nach seiner Frau und seinem Kind sehnte, das er nie gesehen hatte. Oder ob er so enttäuscht von seiner Frau war, dass er nicht einmal seine Tochter treffen wollte.

Seine Frau hatte ihm gestanden, sie habe während des Krieges nicht auf ihn warten können und von einem Verehrer sogar ein Kind bekommen.

Georgier sind ein stolzes Volk und verzeihen keinen Verrat. Und das war es, wovor ich mich fürchtete. Ich hatte wüste Geschichten darüber gehört, dass georgische Männer im Streit leicht gewalttätig werden, auch den eigenen Frauen gegenüber.

Damals wusste ich ja noch nicht, dass Doc niemals seine Hand gegen mich erheben würde. Und auch nicht, welch liebevoller Vater er sein konnte. Wir standen ja erst am Anfang unserer Zukunft.

In diesen Tagen im Zug beweinte ich mein Schicksal bitter. Irgendwann wurde es leichter. Ich wischte mir die Tränen weg und fand an Docs Schulter Trost. Ich brauchte seine Wärme. In seiner Nähe fühlte ich mich sicher und fragte nicht mehr danach, ob dieses gute Gefühl auf lange Sicht halten würde.

Auf den Stationen, an denen unser Zug stehen blieb, sahen wir viele andere Züge, ebenfalls mit Verbannten und Entrechteten überfüllt. Alle, die Deutschen, Polen, Balten, Tschetschenen, Krimtataren und Menschen weiterer Nationalitäten waren in enge Wagons eingesperrt, und mir schien, alle Verschleppten und Entmündigten dieses Landes habe man hier auf diesen Gleisen versammelt.

Durch den schmalen Fensterschlitz konnten wir uns unterhalten. Wer wir sind und woher wir kommen. Und das Wichtigste: Wohin wir wohl transportiert würden. Doch niemand wusste etwas.

Jeder Zug bestand aus etwa 30 Wagons, das konnte ich später, als ich die Möglichkeit hatte, mich frei im Zug zu bewegen, nachzählen. In 25 Wagen waren wir untergebracht, denen man die Freiheit weitere Jahre raubte. Im dritten Wagon fanden sich eine Küche und ein Speisesaal. Die Toiletten und das Lebensmittel-Lager befanden sich in der Mitte des Zuges. Am Ende dann die Wagons mit den Kriminellen, die mit uns transportiert wurden. Von den Konvoi-Soldaten erfuhren wir, dass es bei den Kriminellen oft heftig zuging, fast jeden Tag gäbe es einen Toten. Die Kriminellen wurden in die gleichen Orte verbannt wie wir, wir würden also dort mit ihnen gemeinsam leben müssen. Ich fürchtete mich bei dem Gedanken.

Dass ich später eine Kriminelle als Freundin haben würde, wäre mir damals nicht in den Sinn gekommen. Aber Gottes Wege sind unergründlich. Sie hieß Daria, und sie hatte gleich verstanden, dass ich mich in Krisensituation selbst nicht wehren konnte und beschützte mich. Unsere Freundschaft währte viele Jahre, bis das Schicksal uns wieder auseinanderbrachte.

***

Mit Grübeln und in Nachdenken versunken vergingen die Tage. Im Zug war es stickig, die Toilette stank, und die seit langem ungewaschenen menschlichen Körper verbreiteten unangenehme Dünste. Die Frage, wann das endlich vorbei sein würde, quälte uns immer stärker.

Die Tschekisten, die uns bewachten, waren zurückhaltend, redeten nur das Nötigste mit uns. Unser Schicksal, unser Alter und unsere Krankheiten interessierte niemanden. Viele Verbannte wurden ungeduldig, unruhig und verloren die Fassung. Sie erzählten jedem und bei jeder Gelegenheit, dass sie unschuldig und irrtümlich verbannt seien. Sie forderten Verständnis.

Natürlich waren wir alle unschuldig, daran bestand kein Zweifel. Aber die Tschekisten erfüllen nur ihre Pflicht, und diese Pflicht war es, uns bis ans Ende der Welt zu bringen und dort verrecken zu lassen. Sie fühlten sich für diesen Irrtum nicht verantwortlich. Auch sonst hat uns niemals jemand für das verübte Unrecht um Verzeihung gebeten. Selbst wer von uns das Glück hatte, zu überleben und nach Stalins Tod nach Hause zurückkehren durfte, bekam sein beschlagnahmtes Haus und den Hof nicht zurück.

Meine ehemalige Mitbewohnerin Maria fuhr im gleichen Zug wie wir. Sie war auch mit einem Georgier zusammen und begleitete ihn freiwillig in die Verbannung. Wir wurden keine Freundinnen, obwohl wir Monate zusammengewohnt hatten. Als ich an dem Tag, als Ira abgereist war, vom Bahnhof nach Hause kam, war mir aufgefallen, dass die Gardinen und die Tischdecke verschwunden waren. Ich hatte natürlich gedacht, Ira habe sie mitgenommen, was mich zutiefst enttäuschte. Nicht, dass mir der Verlust dieser läppischen Besitztümer wehgetan hat, nein, es schmerzte die Enttäuschung über den Bruch unserer Freundschaft. Wir hatten doch die Sachen zusammen angeschafft und hätten sie teilen können.

Ich habe Ira nie wiedergesehen und nie wieder von ihr gehört. Ich hätte gerne noch einmal die Gelegenheit gehabt, sie zu treffen. Vor allem, um mich für meinen ungerechtfertigten Verdacht zu entschuldigen, denn erst zwei Jahre danach erfuhr ich die Wahrheit über die verschwundenen Textilien. Denn als ich am neuen Verbannungsort Maria einmal spontan besuchte, überraschte ich sie beim Wäschewaschen. Sie hatte gerade unsere Gardine in der Hand. Mir blieb die Sprache weg und ich starrte auf das Teil. Maria folgte meinem Blick und fragte dreist, ob ich es erkannt hätte. Mit meinem: „Ja, das habe ich", war's dann. Wir sprachen nie wieder darüber.

***

Maria war jung, frech und rücksichtslos. Schon bei der Fahrt in die Verbannung hatte sie gelogen, gefälscht und sich für Brot und warme Kleidung prostituiert. Ihr Verlobter drückte einfach beide Augen zu.

Im Zug war Doc – und mit ihm auch ich – ein privilegierter Sträfling, er wurde bei jedem Krankheitsfall gerufen. Mir erlaubte der Kommandant, in der Küche auszuhelfen: Töpfe spülen, Gemüse schälen. Es bedeutete für mich einen zusätzlichen Teller Suppe oder Kanten Brot.

Maria arbeitete auch dort. Eines Tages, nach dem Feierabend, erlaubte uns der Chefkoch drei Fladenbrote zu backen, die wir mitnehmen durften, jeder eins: Maria, Halina und ich. Halina, eine Freiwillige, hatte sich ebenfalls in einen Verbannten verliebt und begleitete uns. Als wir noch nicht ganz mit Aufräumen fertig waren, vermissten wir Maria.

Sie war weg. Auch alle drei Brote waren weg. Wir waren entsetzt. Der Chef sagte entschlossen, dass dieses

Luder nicht mehr in die Küche zu kommen brauche. Um neue Brote zu backen, war es jetzt zu spät, und bitter enttäuscht gingen wir schlafen.

Aber einschlafen konnte ich nicht. Aus Marias Abteil duftete es so herrlich nach frisch gebackenem Brot. Und es war ja nicht das erste Mal, dass ich mich über sie ärgerte. Aber nun schämte ich mich für sie. Wie konnte sie das nur tun? Wir waren alle hungrig, müde und am Ende unserer Kräfte, aber Freunden das Brot stehlen? Die ganze Kriegszeit hatte ich von der Zeit geträumt, wenn Brot auf dem Tisch liegen würde und ich keinen Hunger mehr hätte. Bei diesen Gedanken fühlte ich, was der Begriff Fremdschämen meint, und ich betete in der Nacht für sie, für ihre verlorene Seele, aber ich mochte kein Richter sein.

Marias Freund war von gleichem Kaliber, ihn störte ihr abscheuliches Tun kein bisschen. Er aß ihre mitgebrachten Brote und war sogar stolz auf seine schlaue Angetraute.

Doc war anders. Er konnte Ungerechtigkeit nicht ertragen. Wenn ihm etwas Unfaires begegnete, konnte er nicht schweigen und brachte sich damit schnell in Gefahr.

Unser Kommandant war ein unsympathischer Mann mit dem noch weniger sympathischen Namen Sagnojko, (deutsch: Eiter). Er hatte viele Vasallen. Nacht für Nacht verkauften sie Mehl und Zucker an die Bevölkerung. Es wurde natürlich von den Rationen der Deportierten abgezogen. Marias Freund war dabei, er schleppte die Säcke aus dem Lebensmittelraum nach draußen und bekam Almosen dafür.

Doc konnte sich nicht verkneifen, offen darüber zu sprechen, und bezahlte mit dem Verlust seiner Privilegien als Doktor. Er wurde sofort aus der freien Zone entfernt und kam in eine geschlossene Abteilung. Ihm wurde die warme Kleidung, wattierte Jacke und Hosen, abgenommen. Er war in Ungnade gefallen, und es konnte passieren, dass er nachts irgendwo an einer kleinen Station ausgesetzt würde. Das Gleiche kündigte der Kommandant auch mir an, wenn ich darüber sprechen sollte.

Ich hatte Angst, von Doc getrennt zu werden. Aber wir hatten auch Freunde, einer von ihnen begleitete mich jede Nacht nach draußen, wenn der Zug stand. Hand in Hand liefen wir den Zug entlang, er rief laut Docs Namen, und wenn es keine Antwort gab, wussten wir, dass er noch drin war.

Doc wurde nicht irgendwo ausgesetzt, sondern wir kamen beide dorthin, wohin er ursprünglich abkommandiert worden war. Ierik war ein kleiner Ort mitten in der Taiga. Hier gab es Gold-, Uran- und Kohleminen. Das erste Mal nach fünf Jahren sah ich Kinder, alte Menschen, Katzen und Hunde, die freudig mit ihren Schwänzen wedelten. Das Krähen der Hähne klang wie Musik in meinen Ohren. So lange hatte ich das nicht gehört! Es rührte mich zu Tränen.

20

Meine Eltern sind in ihrem weiteren Verbannungsort Ierik angekommen – in den Weiten Sibiriens, wo das Hacken von Holz nicht die schwierigste aller Beschäftigungen ist. Wo Milch in gefrorenen runden Blöcken verkauft wird und die hungernden Wölfe aus dem Wald kommen, wenn sie von dem Licht der Fenster angelockt werden. Dort bin ich geboren.

Ierik liegt im sogenannten Fernen Osten, nah an der chinesischen Grenze. Dort bin ich geboren.

In diesen Regionen, die sich vom Ural über Sibirien zum Fernen Osten ausbreiten, sind schon in den 1930er Jahren beachtenswerte Goldreserven entdeckt worden. Dutzende Geologen wurden dorthin geschickt, um die Gold- und Uranminen zu registrieren. Danach kamen die Fachleute, um Förderunternehmen zu gründen. Diese großen Firmen benötigen eine enorme Menge an Arbeitskräften. In den 30er-Jahren wuchs der Terror gegen „sozial gefährliche Elemente". Alle, die nicht gleich bei ihrer Verhaftung standrechtlich erschossen wurden, kamen in die Arbeitslager nach Sibirien. Sie waren eine unerschöpfliche Quelle billiger Arbeitskraft. Die Lebensbedingungen in solchen Lagern waren so katastrophal, dass es kaum ein Mensch länger als zwei oder drei Jahre aushielt und überlebte.

Nach dem Krieg bestand großer Bedarf an Rohstoffen, die militärische Aufrüstung verschlang Milliarden. Russland brauchte das Gold als Währungsstütze sowie Kohle und Holz, um die Städte zu versorgen

Und die unentgeltliche Arbeitskraft der Sträflinge und deportierten Deutschrussen sollen diese Schätze heben.

Alma

Dieses fremde Dorf war von nun an unser Wohnort, hier musste alles von vorn beginnen, von einem Dach über dem Kopf bis zum ersten neuen Nachbarn. Doch die Einheimischen mieden uns, wir waren ungebetene Gäste für sie. Sie wollten uns nicht, die Deutschen, die schon durch ihre Herkunft gebrandmarkt waren. Aus ihrer Sicht waren wir Faschisten, weshalb sie uns verabscheuten. In ihrem gottverlassenen Dorf am Ende der Welt hatten sie während des Krieges keine Faschisten gesehen, aber sie sahen uns als Mörder ihrer Brüder, Männer und Söhne, die im von Deutschen begonnenen Krieg gefallen waren. Für sie lag es doch auf der Hand, warum wir, die „Feinde des Volkes", ausgebürgert und aus der Gesellschaft verbannt wurden. Zu Recht meinten sie.

Die Männer, die aus deutscher Gefangenschaft kamen, waren für sie Verräter. Wer sich im Krieg ergab, galt als Deserteur. Auch die Politischen, die gegen ihren geliebten Stalin agitierten, hatten das Arbeitslager verdient. Vor den Kriminellen hatten sie Angst, die waren Marodeure im Krieg und Mörder. Wir wurden alle in einen Topf geworfen. Keinen interessierte, ob ein Soldat schwer verwundet in Gefangenschaft geraten war oder – laut Stalin – ein Feigling und Verräter.

Auf der Straße bewarfen Kinder die Männer mit Steinen und riefen „Faschist!" – oder noch schlimmer: „Wlassovez!" Wir waren für sie Verbrecher oder Verräter, die zu Recht verurteilt und isoliert worden waren, von Sicherheitskräften bewacht und verwaltet wurden und eigentlich den Tod verdient hätten. Wie Andrei Andrejewitsch Wlassow, der in deutscher Kriegsgefangenschaft als Gründer der Russischen Befreiungsarmee zum Feind übergelaufen war.

Wir mussten immer aufpassen, was wir sagten oder taten. Das Bild von Stalin in der Zeitung durfte man nicht achtlos beiseitelegen oder – noch schlimmer – als Verpackung für Lebensmittel benutzen. Es konnte passieren, dass jemand auf der Stelle verhaftet wurde.

***

Micha war so ein Pechvogel. Er war Ende zwanzig, groß, kräftig und hatte eine Leidenschaft, der er absolut nicht widerstehen konnte; eine Leidenschaft, die seine sündige Seele und seinen Körper zum Glühen brachte – Frauen! Oh, diese Frauen! Und es war ihm völlig gleichgültig, um wen es sich handelte. Ob schön oder hässlich, Hauptsache, es war eine weibliche Person. In solchen Phasen verlor er seinen Verstand, wenn auch nur für eine kurze Zeit, aber dafür total. Er beschenkte die Auserwählte mit Blumen, Pralinen und schönen Sachen, die es damals in diesem kargen Klima zu ergattert gab.

Nach seiner dreijährigen Gefangenschaft in Deutschland war er, wie fast alle anderen der zwei Millionen Kriegsgefangenen, in die Sowjetunion zurückgekehrt, und wie alle anderen, wurde er als Dank für seinen Einsatz und seine Leiden im Kampf gegen Hitler-Deutschland zu zehn Jahren Zwangsarbeit in den Uranminen verurteilt.

Doch Micha war ein unverbesserlicher Optimist, der überall auch kleinste Chancen zu nutzen wusste. Es gelang ihm, eine Arbeitsstelle in einem Lebensmittellager zu bekommen. Wen und womit er die Obrigkeit geschmiert hatte, blieb sein Geheimnis.

Seine Aufgabe bestand darin, die Schulen, Krankenhäuser und Werkskantinen mit Lebensmitteln zu beliefern. Gelegentlich ließ er die eine oder andere Delikatesse in die eigene Tasche verschwinden. Seine eleganten Schuhe, Mäntel und Hüte tauschte er auf dem Schwarzmarkt gegen entwendeten teuren Kognak oder Wein. Als Alleinstehender wohnte er in einer Baracke mit Dutzenden anderen ledigen Männern. Wenn er abends seine Schuhe blank putzte, die Krawatte umband und das letzte Mal in den Spiegel schaute, waren seine Freunde für einen Moment meist neidisch auf ihn. Mit vollen Taschen und einem Standardspruch verabschiedete er sich: „Wartet nicht auf mich!"

Doch kaum hatte er seine Angebetete erobert, war seine Leidenschaft schnell abgekühlt, und schon fieberte er wie ein Getriebener zum nächsten Rock, ohne Unterbrechung.

In der kleinen Stadt hatte die Anzahl der gehörnten Ehemänner durch Micha stark zugenommen. Man wunderte sich, dass er überhaupt noch lebte. Warum hatte noch keiner der gehörnten Ehemänner seinen Nebenbuhler umgebracht?

Es ging so weiter, bis eines Tages in seinem Lager eine Inventur durchgeführt wurde. Micha landete für ein Jahr im Knast. Mit dieser milden Strafe hatte er noch Glück! Zu Kriegszeiten wäre er vor ein Militärtribunal gestellt und erschossen worden.

Im Knast musste sich Micha von seinen Gewohnheiten verabschieden, Es gab keine Cervelatwurst, nur selbstgedrehte Machorka-Zigaretten und keinen Kognak. Zweimal am Tag gab es in der Haft nur Haferbrei. Aber Michas Magen war von seinem ungesunden Herumtreiben, Rauchen und Trinken sowieso in schlechtem Zustand. Seine Gastritis ließ ihn manche Nacht nicht schlafen. Um zu überleben, musste Micha, wenn auch mit

Ekel, seinen Brei essen, was dann auch seiner Gastritis zur Heilung verhalf.

Seinen Humor verlor er auch im Knast nicht. Er erzählte seinen Zellennachbarn seine Abenteuer, natürlich stark übertrieben, und genoss die Bewunderung seiner Unglücksfreunde. Leider schätzen dort nicht alle seinen Humor. Einer seiner Witze kostete ihn ein weiteres Jahr im Knast.

Micha bekam ab und zu von seinen Freunden Lebensmittelpakete, was ihm eine nette Abwechslung auf dem Teller bescherte. Einmal enthielt eine Zeitung, die als Verpackungsmaterial diente, das Bild von Josef Stalin. Micha schnitt das Bild fein säuberlich aus und klebte es mit Spucke an die Wand. Als der Gefängniswärter durch den Spion das Bild an der Wand sah, riss er die Tür auf. Vorsichtig entfernte er das Bild von der Wand und fragte mit drohender Stimme, wer es an die Wand geklebt habe. Micha antwortete seelenruhig: „Er kann uns doch hier etwas Gesellschaft leisten."

Zehn Tage kalter Karzer (Einzelhaft) und ein Jahr Haftverlängerung kostete ihn dieser Witz.

Micha blieb unverheiratet. Nicht mal eine feste Freundin hatte er. Seine Sehnsucht nach Familie erfüllte er sich beim Herumtoben mit Kindern seiner Freunde. Sie durften an seinem Schnurrbart ziehen, auf seinem Rücken reiten und seinen lustigen Geschichten lauschen.

Eines Tages im Winter blieb Micha verschollen. Erst im Frühling fanden die Waldarbeiter seine erfrorene Leiche. Wer ihn umgebracht hatte, der Alkohol oder einer der gehörnten Ehemänner, blieb ungeklärt.

***

Bei der Anmeldung in Ierik wurden wir verpflichtet, unsere Ehe zu legitimieren. Das war das einzige Privileg, das den Siedlern eingeräumt wurde; das Recht auf sogenanntes Zusammenleben in einer registrierten Ehe, ein gemeinsames Schicksal, das verbindet. Wir wurden in Baracken untergebracht. Für jedes Paar wurde ein kleiner Raum mit einer Decke vom Mittelgang und dem Nachbarn abgeschirmt.

Als ich Ende 1946 merke, dass ich schwanger war, wusste ich erstmal nicht, ob ich mich freuen oder trauern sollte. Drei Jahre waren mir die Hormone verabreicht worden, die mich nicht schwanger werden ließen, um meine Arbeitskraft zu erhalten. Was diese wohl in meinem Körper angerichtet hatten? Ich bekam Albträume, in denen mein Kind mit einer Fehlbildung zur Welt kam. Zum Glück brachte ich im Juni 1947 Nele auf die Welt, ein kerngesundes Mädchen. Endlich konnte ich aufatmen.

Als wir in unsere Schlafecke in der Baracke kamen, gratulierten uns unsere Freunde und schenkten uns Kinderspielzeug und selbstgenähte Strampler.

Maria hatte auch ein Kind bekommen, einen Jungen. Es wurde gefeiert und gesungen. Aber gemütlich war es nicht. Die Babys wurden nachts wach und weinten, die Männer suchten ihre Ruhe draußen im Freien, um ausschlafen zu können. Noch war es warm draußen, aber der sibirische Sommer ist sehr kurz. Ende August waren die Nächte schon recht kalt.

Nele schlief in der Mitte unseres schmalen Bettes, es gab keine Möglichkeit, Decken und ein Kinderbett anzuschaffen. Der Fellmantel meines Mannes diente uns nachts als Zudecke, er spendete uns bis zum Morgen Wärme, danach musste er zur Arbeit und zog den Mantel an. Ich musste aufstehen, sonst wurde mir kalt.

Eine alte liebe Frau aus dem Dorf brachte mir eines Tages eine wollige Zudecke. Sie hatte Mitleid mit mir und dem Neugeborenen. Dann konnte ich mich auch tagsüber hinlegen, denn nach der Geburt war ich noch sehr schwach und hatte oft Fieberschübe.

Einmal füllte ich den Henkelmann meines Mannes mit heißem Wasser, wickelte ein Tuch darum und legte mich mit meiner Tochter ins Bett. Als sie laut aufschrie, schreckte ich hoch. Die immer noch heiße Flasche war aus der isolierenden Umhüllung gerutscht und hatte ein nacktes Beinchen Neles getroffen. Das Wasser war für die zarte Babyhaut viel zu heiß. Ich cremte die verbrühte Stelle mit Öl ein. Mit einem mulmigen Gefühl wartete ich auf die Rückkehr meines Mannes. Als er die Kleine in den Arm nahm, weinte sie. Ich zeigte ihm, was die Wärmeflasche angerichtet hatte. Er spürte meine Anspannung, deshalb beruhigte er mich gleich mit der Aussage, dass wohl kein großer Schaden bleiben würde. Ich war erleichtert, doch das schlechte Gewissen blieb. Mir wurde klar, dass sich etwas ändern musste. Das Barackenleben musste kurz über lang ein Ende haben.

***

Im darauf folgenden Frühling machte ich mich in den Wald auf, um frische Kräuter zu suchen. Irgendwann stieß ich auf eine Lichtung, auf der eine kleine Hütte stand, märchenhaft und idyllisch. Mich faszinierte dieser Ort sofort. Die niedrige Tür öffnete sich plötzlich, und ein alter Chinese kam heraus. Er war kein Unbekannter, denn ich hatte ihn schon ein paarmal im Lebensmittelladen gesehen. Und nicht nur das. Ihm eilte ein Ruf als hervorragender Koch für exzellente Delikatessen voraus.

***

Mir kam ein Erlebnis meines Mannes einige Wochen zuvor in den Sinn: Doc liebte Zusammenkünfte mit seinen Kumpels, bei denen sie singen, trinken und essen konnten. Zu Silvester 1947 wurden viele Frauen gleichzeitig schwanger. Solche Feste in der Baracke zu veranstalten, war nicht möglich. Er suchte nach einer Möglichkeit und engagierte schließlich diesen etwas seltsamen Chinesen, der allein im Wald wohnte. Der alte Mann züchtete im Garten bereits die ersten Radieschen und Gurken, als noch Schnee lag und keine Hausfrau sich das traute.

Mein Mann vereinbarte mit seiner trinkfreudige Männerschar, Silvester bei ihm in der Hütte zu feiern. Er sollte nur kochen, Wodka wollten sie selbst mitbringen.

Als sie in die Nähe der Hütte kamen, schnupperten sie schon die Düfte, bei denen ihnen das Wasser im Munde zusammenlief. Das Gericht kam in einer großen Schüssel auf den Tisch und sah sehr appetitlich aus. Es war ein chinesisches Teiggericht, das den Maultaschen und russischen Pelmeni ähnelte. Die Füllung bestand in der Regel aus Hackfleisch mit fein gehacktem Knoblauch und reichlich Paprika. So eine Delikatesse bekamen die Männer zu Hause nicht jeden Tag. Schließlich war es gerade mal zwei Jahre nach dem Krieg, und die knappen Lebensmittel wurden auf Karten zugeteilt.

Mein Mann erzählte mir später, wie er sich die Hände vor Freude gerieben und sich reichlich an den würzigen, auf der Zunge zergehenden scharfen Maultaschen bedient habe. Danach wurde gesungen und getrunken. Mein Mann konnte zwar nicht singen, tat es aber leidenschaftlich gern.

Der Chinese musste noch weitere Portionen Maultaschen nachlegen. Er wischte sich mit einem schmutzigen Lappen den Schweiß vom Gesicht und lächelte. Ab und zu sagte er etwas, doch die Männer waren ins Essen vertieft oder schon angetrunken und hörten ihn gar nicht. Vielleicht verstanden sie ihn auch nicht. Er sprach nur wenig Russisch.

Der schöne Tag ging zu Ende, die Sonne näherte sich dem Horizont, und es war Zeit, nach Hause zu gehen. Meinen Mann drängte es nach draußen, um sich zu erleichtern. Er ging um die Ecke und blieb abrupt stehen. An der Wand hing in seiner Höhe ein Hundefell. Der Bauch war aufgeschlitzt, unten im Schnee lagen Därme und Innereien. Die Augen des Hundes schauten ihn direkt an. Er las darin Hass und Vorwurf und glaubte, den Hund zu erkennen. *Ja, das ist doch Pirat!* Der wurde seit dem Vortag von seinem Herrchen vermisst.

Docs Magen förderte das Unterste nach oben, und er schaffte gerade noch rechtzeitig ein paar Schritte in den Wald. Dort übergab er sich. Nicht nur mit dem, was er gerade gegessen hatte, sondern auch das, was er noch von gestern im Magen hatte, flutschte aus ihm heraus. Er wischte sich den Mund mit frischem Schnee ab, atmet kräftig ein und ging wieder hinein.

Das war sein erster und letzter „Restaurant"-Besuch in der Waldhütte beim alten Chinesen. Seine Kumpel verstanden nicht, warum er sich später vor solchen Festen drückte. Auch nach vielen Jahren noch ging er nicht chinesisch essen.

***

Nun stand ich direkt vor dem Häuschen des Chinesen, und der alte Mann kam mit einem Jagdgewehr beladen heraus, um in den Wald zu gehen. Er sah mich, blieb stehen und fragte mich freundlich nach meinem

Wunsch.

„Haben sie ein Glas Wasser für mich?", antwortete ich ihm, hatte aber hauptsächlich den Wunsch, mich in der Hütte einmal umsehen zu können. Er winkte mich herein und hielt mir die Tür auf. Drinnen war es düster, vor den Fensterscheiben wucherten Pflanzen, und es roch streng. Ich frage ihn nach den Pflanzen. „Hanf", war die knappe Antwort.

Ich wusste, dass hier Hanfblätter getrocknet als Tabak verwendet wurden. In der Ukraine hatten wir auch Hanf angebaut, aber zu Öl gepresst. Mein Vater verwendete es als Arzneimittel bei Gliederschmerzen oder Appetitlosigkeit. Wofür dieser alte Mann Hanf brauchte, konnte ich mir denken. Es ist ja ein Rauschmittel, eine Droge.

„Haben sie die Hütte selbst gebaut?", fragte ich ihn. Er nickte, nahm einen Zug aus seiner selbstgedrehten Zigarette und fragte zurück: „Haben sie Interesse?"

Ich fühlte, wie sich mein Puls schlagartig erhöhte, und traute mich kaum, ihn danach zu fragen, ob er die Hütte denn verkaufen wolle. Als er das bejahte und davon sprach, dass er vorhabe, zu seiner Tochter zu ziehen, machte ich innerlich Freudensprünge.

Als ich auf meine Nachfrage, wann er den Umzug denn plane, erfuhr, dass es ihm dabei nicht schnell genug gehen könne, äußerte ich mein Interesse an seiner Hütte. Ich müsse das natürlich noch mit meinem Mann besprechen, würde mich aber umgehend wieder bei ihm melden.

Hocherfreut ließ ich die frischen Kräuter frische Kräuter sein und lief, so schnell ich konnte, nach Hause und berichtete Doc die fabelhafte Neuigkeit.

Mein Mann war erstaunt, dass ich die fast einen halben Kilometer Entfernung vom Dorf nicht scheute. „Du hast keine Angst, dort im Wald allein zu sein, wenn ich auf der Arbeit bin?" Ich schwärmte von dem Glück, in unserer kleinen Familie allein zu sein, allein in eigenen vier Wänden! Und dass es mir eine Herzensangelegenheit sei, endlich einen Gemüsegarten anlegen zu können, den ich mir doch so sehr wünschte. Einmal in Fahrt erinnerte ich Doc daran, wie sehr er sich saure Gurken gewünscht hatte, als er im Winter krank war, und wie teuer ich sie im Dorf hatte bezahlen müssen.

Ich bemerkte in meiner Aufgeregtheit nicht, dass ich meinen Mann gar nicht überreden musste. Er hatte mich reden lassen und ich nahm sein zunehmend wohlwollendes Lächeln erst gar nicht wahr. Natürlich stimmte Doc zu, und wir kauften die Hütte.

Ich putzte das Haus und strich die Wände mit weißer Farbe, aber meine Gedanken waren dabei schon beim Garten. Unser Grundstück war sehr steinig. Meter für Meter befreite ich es von den Steinen, schleppte gute Erde aus dem Wald und Kuhmist heran.

Mein Mann baute einen Zaun, damit die Tiere des Waldes meine Gemüsebeete nicht zertrampeln und die jungen Pflänzchen nicht abfressen konnten. Aber erst einmal brauchte ich Samen. Katja, meine gute Freundin, half mir dabei. Sie versorgte mich mit drei kleinen Päckchen mit Samen von Möhren, Tomaten und Gurken. Diesen Schatz hatte sie aus der Ukraine mitgebracht, als sie zu uns kam. Kartoffeln, Zwiebeln, Knoblauch und Kräuter konnte ich im Dorf besorgen. Nun konnte mein Garten blühen und gedeihen.

Auch als wir Jahre später ins Dorf in eine Doppelhaushälfte einzogen und ich wieder einen neuen Garten anlegen musste, besaß ich den besten Gemüsegarten in unserer Siedlung. Jeder wollte wissen, wie ich das hinbekam. Die alte Frau, die mir damals zwei ihrer wertvollen sauren Gurken verkauft hatte, bewunderte meinen Erfolg auch, und mir stand das Bild vor Augen, wie gierig mein Mann die teuren krummen sauren Gurken aufgegessen und den Sud hinterher getrunken hatte. Von da an genoss ich, stolz auf meinen Garten, den Respekt und die Bewunderung meiner Nachbarn.

Die guten Ernten aus unserem Garten kamen dem Haushalt zugute und unserer recht groß gewordenen Familie, denn schon bald hatten sich zwei weitere Kinder bei uns angemeldet. Die kleine Hütte im Wald vergesse ich nicht, dort ist so viel Schönes, aber auch Trauriges passiert.

21

Weihnachten steht vor der Tür. Dieses Mal feiern wir ohne meine Mutter. Der Radiomoderator spricht in den morgendlichen Nachrichten von sibirischer Kälte, die Deutschland in diesem Winter erwartet. Was wissen sie schon von der sibirischen Kälte! Ich habe sechzehn Jahre in Sibirien gelebt. Die niedlichen minus zwei bis drei Grad hier erscheinen mir harmlos.

Da, wo ich geboren und aufgewachsen bin, ist der Winter sehr kalt und sehr lang. Erst bei minus 42 Grad hatten wir schulfrei. Aber auch bei geringeren Minusgraden wurde uns auf dem Weg zur Schule kalt, weil der eine halbe Stunde dauerte. Wenn es nachts geschneit hatte, dauerte der Weg noch länger, denn durch den frischen Schnee zu stapfen, das war schon sehr anstrengend. Manchmal fingen wir unterwegs eine Schneeballschlacht an oder bauten einen Schneemann. Unsere Kleidung wurde nass und schwer. Doch in der Schule brannte bereits der große Ofen, und wir legten unsere Jacken und Mützen in seine Nähe.

Als meine Eltern nach dem Krieg im Verbannungsort ankamen, war es keineswegs romantisch. Ich kann mich noch an diese Hütte erinnern, die aus Holz gebaut war, in der es keinen Stromnetzanschluss und kein fließendes Wasser gab. Diese Hütte, die an keine Zugangsstraße angeschlossen war und nur ab und zu von einem Elch oder Braunbären besucht wurde, blieb unser Zuhause für die nächsten Jahre. Es war ein schlichtes, aber auch ein idyllisch schönes Leben, das wir dort führten, einge-

schlossen von Kiefern und Birken in tiefer Taiga, die uns Pilze, Beeren, Wurzeln und Kräuter hergab. Aus Beeren wurde Marmelade gekocht, Wurzeln und Pilze legte Mama ein. Ich besitze aus dieser Zeit ein Bild unserer Familie, auf dem ich, mit wilden blonden Haaren, versuche, mich aus Mamas Schoß zu befreien. Mir war da bestimmt langweilig. Mama sieht erschöpft aus, sie war mit dem Haus und drei Kindern etwas überfordert. Papa strahlt stolz und zufrieden in die Kamera. Ich schätze, es ist die Zeit, als er seinen Koffer gepackt hatte, um in seiner Heimat Urlaub zu machen.

Alma

Wir lebten hauptsächlich von unserem Kartoffel- und Gemüsegarten. Schon im zweiten Jahr gab uns der fruchtbare Boden so reichlich, dass wir keinen Hunger fürchten mussten. Allerdings wurden wir im Winter so tief mit Schnee zugedeckt, dass es mich sehr viel Mühe kostete, durch den hüfthohen Schnee ins Dorf zum Lebensmittelgeschäft zu stapfen, um Salz, Zucker und Brot zu beschaffen. Die Kinder nahm ich an solchen Wintertagen nicht mit, erst später, als wir einen Schlitten hatten. Damit transportierte ich auch große Mengen Mehl, um dann selbst Brot backen zu können.

Einmal in der Woche wollte ich wenigstens das Dorf besuchen, schon um dort alle Neuigkeiten über das allgemeine Leben zu erfahren; ein Radio hatten wir noch nicht. Aber mein Mann versprach, dass es bald auch bei uns ein Radio geben würde.

Die Winterabende waren lang, um halb fünf wurde es schon dunkel. Wenn ich die Kinder ins Bett brachte und die Tiere versorgte, saß ich noch lange mit Nähzeug am Ofen und wartete auf meinen Mann. Wenn er da war, fühlte ich mich sicher und wohl.

Nur 1953, als wir endlich unseren Verbannungsort auch mal verlassen durften, musste ich eine Zeit lang ohne ihn auskommen. Dass meine Ängste allein in der Waldhütte nicht ganz unbegründet waren, habe ich während dieser Abwesenheit mit Schrecken erfahren müssen. Wenn ich darüber erzähle, springe ich etwa sechs Jahre in die Zukunft.

***

Endlich wieder im Besitz eines Passes, wollte Doc unbedingt für ein Vierteljahr Georgien wiedersehen, seine Heimat. Im September fuhr er fort und Mitte Dezember war er immer noch nicht zurück. Der Schnee lag inzwischen schon meterhoch. Im Haus aber war es warm, und zu essen hatten wir genug. Doch allein mit den Kindern im Wald fürchtete ich mich doch ein bisschen. Und nicht grundlos.

Eines Nachts wurde ich durch Klopfen in der Tür geweckt. Es war Mitternacht. Wer konnte das sein? War mein Mann wieder da? Doch alle Wege waren zugeschneit und nicht passierbar. Kein Auto und kein Pferd konnte da durchkommen.

Ich stand auf, legte mir ein Wolltuch auf die Schultern und ging zur Tür. „Wer ist da?" fragte ich mit belegter Stimme. Keine Antwort. Ich hörte den Schnee knirschen. Wer auch immer das sein mochte, er hatte sich verirrt und ging weg.

Als ich schon zurück ins Bett gehen wollte, hörte ich ein lautes Klopfen an die Fensterscheibe.

Es brannte kein Licht drinnen, die Scheiben waren zugefroren, so dass von draußen nichts zu erkennen war. Panik überkam mich. Warum hatte der späte Besucher nicht auf meine Frage geantwortet?

Es dauerte noch fast eine Stunde, bis die Schritte sich

endlich entfernten. An Schlaf war nun nicht mehr zu denken.

Morgens öffnete ich vorsichtig die Tür. Nachts war kein weiterer Schnee gefallen, und ich konnte die Fußabdrücke deutlich sehen: überall, vor der Tür und vor jedem Fenster. Ich zog mich und die Kinder an, und wir liefen schnell ins Dorf. Unsere Freunde waren erstaunt, uns so früh zu sehen. Doch die Geschichte ließ sie erschaudern. Das macht doch kein Bekannter oder Freund!

Wir blieben den ganzen Tag bei unseren Freunden. Als der Mann meiner Freundin abends nach Hause kam, brachte er schlechte Nachrichten: Aus dem nahen Lager war ein verurteilter Mörder ausgebrochen. Bisher fehlte jede Spur von ihm. Uns wurde angst und bange, und wir blieben über Nacht bei den Freunden im Dorf.

Irgendwann musste ich nach Hause, die Tiere füttern und schauen, ob im Haus alles in Ordnung war. Ich ließ die Kinder in der Obhut der Freundin und versprach, abends wieder zurück zu sein. Am Nachmittag, als ich noch etwas im Hause zu erledigen hatte, besuchte mich ein Freund von Doc und brachte einen großen schwarzen Teller und eine Kabeltrommel mit. Er befestigte den Teller in einer Ecke des Zimmers und schloss daran das dünne Kabel an. Dann leitet er dieses nach draußen an den Strompfosten. Die Leitung verlegte er dann auch bis zu seiner Wohnung. Als er zurückkam, erklärte er mir, was ich damit anfangen konnte: Es war ein Waldtelefon! Ich war sprachlos.

Von zu Hause aus rief er mich an. Erst war ich völlig erschrocken, als ich aus dem Teller seine Stimme hörte. Nein, es klingelte nicht wie aus einem Telefonapparat, so wie es heute üblich ist. Aber ich konnte ihn hören und ihm antworten! Damals gab es nur ganz selten Funkempfänger zu kaufen. Funkamateure bastelten selbst aus improvisierten Materialien solche Empfänger. Sie waren zu Recht sehr stolz auf ihre Apparate.

Ein Telefon bedeutete damals für mich ein Fenster zur Welt. Und mit dem Waldtelefon konnte ich nun rund um die Uhr Kontakt mit meinen Freunden im Dorf haben.

Erleichtert nahm ich die Kinder mit nach Hause, wo wir nun wieder über Nacht bleiben konnten. Jede Stunde hörten wir Stimmen aus dem schwarzen Teller: „Alma! Ist alles in Ordnung bei Dir?"

„Ja, ja!", schrie ich freudig ins schwarze Loch.

Spät in der Nacht wurden wir von der Stimme geweckt: „Alma, kannst du mich hören? Der Verbrecher ist von der Polizei gefasst worden. Jetzt braucht ihr euch nicht mehr zu fürchten!"

„Danke!", rief ich erleichtert zurück. Wir kuschelten uns im großen elterlichen Bett alle aneinander und schliefen ein.

Ein bisschen sauer war ich auf meinen Mann schon. Fremde Menschen mussten uns vor einem Verbrecher beschützen, während er es sich im warmen Süden gemütlich machte.

Drei Monate blieb mein Mann weg. Wenn ich beim Einkaufen seine Kumpel traf, lachten die mich aus: „Du glaubst, er kommt zurück? Ha-ha-ha! Er liegt jetzt mit einer hübschen Blondine am Strand!", bekam ich zu hören. Da kamen mir manchmal die Tränen. Doch dann packte mich die Wut.

„Und? Neidisch?", fragte ich mit zitternder Stimme. In meinem Inneren glaubte ich nicht, dass er mich mit drei Kindern sitzen lässt. Es war nicht seine Art. Er liebte seine Kinder. Aber was konnte man schon wissen. Es waren schon einige Männer verschwunden, nachdem sie einen Pass erhalten hatten und verreisen konnten. Wenn mein Mann nicht zurückkehren würde, stünde ich wieder da, wo ich schon 1937 war: alleinstehend, nur diesmal mit drei kleinen Kindern. Manche Nacht wälzte ich mich wach in meinem Bett.

Mitte Dezember war sein Urlaub zu Ende. Jetzt sollte er endlich kommen. Er war im August abgereist, da war noch Sommer, und er hatte nur Sommerschuhe und einen Anzug dabei. In seiner Heimat war jetzt auch noch Sommer, vielleicht sogar zu warm für einen Anzug, doch bei uns herrschte bereits der kalte Winter mit 40 Grad unter null.

An dem Tag, als die Wege passierbar waren und ein LKW-Transport zum nächsten großen Bahnhof fahren konnte, packte ich warme Stiefel und Docs Pelzjacke ein und brachte sie ins Dorf. Der Transporter würde zwölf Stunden unterwegs sein, jeweils hin und zurück, oder vielleicht noch länger, wenn es zu stark schneien würde. Auch wenn der LKW-Anhänger mit Sitzplätzen und einem Holzofen ausgestattet war, mein Mann sollte auf der Fahrt vom fernen Bahnhof in unser Dorf nicht frieren.

Also, wenn alles gut lief, konnte mein Mann zwei Tage später zu Hause sein. Wenn er denn kommen würde. Mir klang noch das zynische Lachen im Ohr: *Ha-ha-ha! Du, Dummerchen! Er liegt mit Blondinen am Strand!* Zu Hause stürzte ich mich in die Arbeit. Putzte, kochte, wusch. Wenn er kam, sollte er einen perfekten Haushalt vorfinden.

Er kam zurück, bis über beide Ohren mit Geschenken beladen: Früchte, Obst, Nüsse, Käse, Schinken und ein

Fass Rotwein. So was hatten wir noch nicht gesehen. Und alles war so köstlich! Die Georgier mussten wahre Künstler sein, die Wunderbares aus Obst und Nüssen zaubern konnten. Doc hatte mit seiner Schwärmerei für seine Heimat offenbar recht. Ein wunderschönes Land, dachte ich, das ich irgendwann auch einmal besuchen sollte. Das warme Klima, das Schwarze Meer, die Sonne und die wunderbaren Früchte. Es musste ein Paradies sein.

Die Georgier unter unseren Freunden hatten ihre Heimat auch schon lange nicht mehr gesehen und vermissten sie und ihre Kostbarkeiten sehr. Tagelang wurde gefeiert, getrunken, gesungen und satt gegessen.

So waren die Georgier, eine zum Feiern geborene Nation. Über Kleidung für Frau und Kinder musste man keine Gedanken verschwenden, aber der Tisch hatte voll beladen zu sein, das sei wichtig, belehrte mich mein Mann immer wieder. Ich musste mich damit abfinden. Andererseits, er verdiente gut, wir hatten ein Haus mit einem großen Garten, uns fehlte es an nichts. Manchmal hätte ich gern mein eigenes Geld verdient. Doch das wurde mir ausgeredet. Nach georgischer Sitte hatte die Frau zu Hause zu bleiben, der Mann verdiente das Geld und versorgte die Familie. Doc drückte sich nicht vor der Arbeit, war fleißig und pingelig ehrlich. Er wurde zum Gewerkschaftsvertreter gewählt und nahm seine Ehrenpflicht sehr ernst. Und ich hatte zu Hause so viel zu tun!

***

Zweimal im Monat kam in den Jahren nach Kriegsende ein neuer Transport mit Deportierten in unser Dorf. Ich ging oft hin, um vielleicht ein bekanntes Gesicht zu sehen. Im Herbst war Kira unter den Ankömmlingen. Relativ klein und schlank, mit einer lockigeren Haarkrone um den Kopf. Sie trug Seidenstrümpfe zu hohen Schnürschuhen, ihr leichter Wollmantel wurde durch einen Gürtel zusammengehalten, ein seidener Schal lag auf der Schulter. Sie hatte ein kleines Köfferchen dabei, sonst nichts. Alles an ihr war elegant, farbenfroh und kokett. Ein Paradiesvogel, der sich ans Ende der Welt verirrt hatte.

Was macht sie hier?, war mein erster Gedanke. Ich schaute ihr fasziniert zu, wie sie nach einem Kommandanten fragte, nach jemandem, der ihr Auskunft erteilen könne. Der Beauftragte für die Unterkunft der Ankömmlinge war ein älterer Mann. Die junge Frau fragte ihn nach ihrem Mann Kyril Winokur, der angeblich hier sein sollte. Dabei legte sie ein Foto und ihre Heiratsurkunde vor.

„Kyril Winokur?", wiederholte der Beauftragte und suchte in seiner langen Liste nach dem Namen. „Tut mir leid, wir haben hier keinen Kyril Winokur."

Die junge Frau reagierte sichtlich erregt, den Tränen nah. „Wie kann das sein? Er ist doch hierher verschickt worden."

„Von wo? Aus welcher Lager?" – „Aus Krasnojarsk." Von dorther kamen wir auch. Aber ich kannte keinen Kyril Winokur und hatte diesen Namen nie gehört.

„Vielleicht wurde er irgendwo auf einer Zwischenstation ausgesetzt." Der Beauftragte drehte sich um und wollte gehen. Die junge Frau hielt ihn in ihrer Verzweiflung mit der Frage zurück, was sie denn nun machen solle. Ich erinnerte mich an meine eigene Angst, die ich um meinen Mann hatte, als ich nachts auf jeder Haltestation die vielen Waggons entlanglief und seinen Namen rief.

„Ich kann ihnen in der Frauenbaracke ein Bett organisieren. Aber nur für kurze Zeit!" Den Beauftragten schien die Verzweiflung der Frau gerührt zu haben. Sie versprach dankbar, sein Angebot nur so lange zu nutzen, bis sie wisse, wo Kyril sei.

Mir war, obwohl warm angezogen, kalt geworden. Auch die junge Frau fror bestimmt in ihrer schicken Ausstattung. Wie sollte sie hier überleben? Es lag Schnee in der Luft, bald würde hier schon alles weiß sein. Wenn ihre Suche nicht erfolgreich sein sollte, musste sie so bald wie möglich von hier weg. So wie ich sie verstanden hatte, war sie freiwillig bei uns, um ihren Mann in die Verbannung zu begleiten.

Zwei Wochen später traf ich die Frau wieder und erfuhr, dass sie Kira hieß. Sie hatte Schmerzen und nach einem Arzt gefragt. Einen Arzt gab es nur in einer zwanzig Kilometer weit entfernten Ambulanz. Für kleine Wehwehchen war hier mein Mann zuständig. Inoffiziell versteht sich. Und so kam Kira zu uns. Mein Mann war nicht da. Sie sah gar nicht gut aus, gelb in Gesicht und schmal.

„Was hast du?", fragte ich. Sie holte tief Luft. „Ich – ich war schwanger – aber ich habe das Kind verloren. Ich blute stark." Sie zeigte mir ihre blutverschmierten Oberschenkel, die wie wund aussahen. Mit etwas Spiritus, den mein Mann in seinem Köfferchen aufbewahrte, reinigte ich die verwundeten Stellen mit einem sauberen Lappen. Ich hatte selbst nicht viel Unterwäsche, aber ich gab ihr ein paar Pantalons von mir und Mull als Binde. Dann kochte ich Tee und schüttete ein wenig Alkohol in ihre Tasse. Sie trank gehorsam, wurde auch schnell schläfrig und ich überließ ihr mein Bett.

Sie schlief bis zum späten Nachmittag, und ich bewegte mich leise, um sie nicht zu wecken. Sie brauchte den Schlaf, und der tat ihr gut.

Bevor die Männer nach der Arbeit in die Baracke zurückkehrten, weckte ich sie. Sie sprang auf, wollte ihren Mantel anziehen und gehen. Ich überredete sie, auf meinen Mann und seinen medizinischen Sachverstand zu warten.

Mein Mann war an Krankenbehandlungen gewöhnt. Als er bei Kira Fieber und Blutdruck maß, fragt er nach der Vorgeschichte ihres Zustandes. Sie erzählte uns ihre Geschichte, die uns faszinierte.

Kira und Kyril kannten sich schon im Kindergarten, gingen in eine Klasse und hatten zusammen Kinematografie studiert. Sie wollte Schauspielerin werden. Beide waren unzertrennlich und wollten es auch lebenslang bleiben. Doch der Krieg durchkreuzte ihre Pläne, und ihre Wege trennten sich.

Kyril wurde gleich zu Kriegsanfang einberufen, bekam die Waffe in die Hand gedrückt und wurde an die Front geschickt. Nur drei Monate später geriet er in deutsche Gefangenschaft. Den gesamten Rest des Krieges verbrachte er in Deutschland, wo er zwölf Stunden am Tag am Fließband Teile für Flugzeuge zusammenschrauben musste und abends in der überfüllten Baracke eines Arbeitslagers auf einem Strohsack nächtigte. Bei der Arbeit wurden sie ständig überwacht. Wenn Ausrutscher auf dem schmierigen Boden das Umkippen von Teilen einer Ladung verursachte, wenn sie vor Erschöpfung nicht schnell genug arbeiteten oder hungrig in der Kantine um einen Kanten Brot bettelten, für alles setzte es harte Strafen.

Kyril war trotzdem froh, dass er nicht in einem Konzentrationslager gelandet war, dort wären die Überlebenschancen noch geringer gewesen. Das Kriegsende bejubelte er, aber als sein Zug die polnisch-russische Grenze überquerte, wurde er eines Besseren belehrt. Aus dem deutschen Gefangenenlager kam er gleich in ein sowjetisches.

Kyril wurde, wie wir auch, nach Sibirien deportiert und zu zehn Jahren Haft verurteilt. Aus Sibirien durfte er Kira seinen ersten Brief erst nach vier Jahren Schweigen schreiben. Und Kira, überglücklich, dass er am Leben war, brach aus Moskau nach Sibirien auf und fand ihn in seiner Baracke in Krasnojarsk. Sie durfte im Ort bleiben, sogar heiraten durften sie, aber die Unsicherheit über den weiteren Verlauf von Kyrils Arbeitseinsatz überschattet die Zeit dort.

Alle dort befürchteten, in ein Straflager im Fernen Osten deportiert zu werden, und genau der Weg dorthin wurde beiden zum Verhängnis. Sie wurden unterwegs getrennt, Kyril wurde nachts auf einer unbekannten Station ausgesetzt. Kira wusste davon nichts, sie blieb bis zur Endstation im Zug und erst dort erfuhr sie, dass ihr Mann dort nicht angekommen war.

Kiras unheilvolle Geschichte machte uns sehr betroffen. Wir wussten ja aus eigener Erfahrung, wie leicht so etwas passierte. Sie tat uns leid, aber wie sollten wir ihr helfen? Sie musste selbst herausfinden, wo ihr Mann inzwischen war, um zu ihm fahren zu können. Aber die Wochen vergingen, und sie konnte nichts über den Verbleib Kyrils erfahren.

Inzwischen wütete der Winter mit viel Schnee und nächtlichem Frost. Kira trug nun eine karierte Wolldecke um die Schultern und alte Filzstiefeln, die ihr eine Frau aus Mitleid geschenkt hatte. Natürlich wäre es am besten für sie gewesen, wieder nach Hause, nach Moskau, zu fahren, um von dort aus nach Kyril zu suchen. Aber an Wegfahren war noch nicht zu denken, die Wege zum nächsten Bahnhof waren nicht passierbar. Nachts fror alles fest, am Tag schien die Sonne, und der Schnee wurde zum Matsch. Erst in einigen Wochen könnte es bei dauerhaft hartgefrorenen Wegen so weit sein.

Kira ging es schlecht. Sie bekam keine Lebensmittelkarten, weil sie nicht arbeitete, und es gab keine Arbeit für sie. Sie war außerdem freiwillig hier, und jeder, den sie nach Arbeit fragte, riet ihr, nach Hause zu fahren.

Bei einem ihrer Besuche bei mir erzählte sie unter Tränen von einer für sie peinlichen Begegnung mit unserem heimischen Förster Boris auf dem Weg zu uns. Boris war um die sechzig, groß und stark wie ein Bär. Er bewohnte das schönste Haus in der Siedlung, nah am Wald. Es ging ihm gut, er war Einheimischer, hatte nicht im Krieg gekämpft, und gehungert hatte er auch nicht. Seine Frau war vor ein paar Jahren gestorben, Kinder hatte er nicht. Und dieser Boris hatte es auf Kira abgesehen. Gleich bei ihrer Ankunft an der Bahnstation war er von ihr fasziniert gewesen. Er begehrte sie von Anfang an und witterte nun seine Chance, weil er sie in einer hoffnungslosen Situation wusste.

Boris hatte sie, die gebeugt gegen den Wind und Kälte ankämpfte, auf offener Sprache angesprochen. Auf eine sehr direkte und entwürdigende Weise bot er ihr seine Hilfe an, wenn sie zu ihm ins Haus einziehen würde. Als seine Geliebte. So war er nun mal.

Kira war empört. So hatte sie noch niemand beleidigt. So bestimmt, so sachlich. Sie war schließlich eine verheiratete Frau. Und sie liebte ihren Mann.

Abends erzählte ich meinem Mann von dem Gespräch mit Kira. Er schwieg lange, bevor er antwortete; und mich überraschte, was er sagte: „Liebe fordert ihren Tribut. Wenn sie überleben will, muss sie sich entscheiden. Und zwar schnell. Entweder geht sie weg von hier oder zu Boris. Sie hat viel Blut verloren, sie braucht gutes Essen, rotes Fleisch. Bei Boris wird sie sich erholen können. Er ist Jäger, Fleisch kann er jeden Tag frisch schießen. Auch warme Kleidung und Schuhe wird er ihr geben. Aber all das hat eben seinen Preis."

Ich fragte Doc ungläubig, wie Kira eine solche Entscheidung mit ihrem Gewissen vereinbaren solle, wie sie mit den Schuldgefühlen ihrem Mann gegenüber weiterleben könne, wenn sie sich irgendwann gegenüberstehen würden.

„Will sie denn überhaupt weiterleben? Das ist die Frage!", regte mein Mann sich auf, und dann beendete er das Gespräch mit einer Bemerkung, die ich gleich verstand: "In zwei Wochen geht der erste Transport durch die Taiga. Bis dahin soll sie bei ihm bleiben."

Ich zog mich an und ging zu Kira. Schonungslos erzählte ich ihr mein Gespräch mit meinem Mann. Sie schwieg erst, dann fing sie an zu weinen. „Begleitest du mich?", fragte sie leise. Ich atmete tief ein. Sie hatte sich entschieden.

Zwei Wochen lang blieb Kira bei Boris, und ich sah sie die ganze Zeit nicht. Dann besuchte sie mich am Vormittag, als mein Mann bei der Arbeit war.

„Donnerstag geht der erste Transport, ich benötige eure Hilfe, vielleicht ein letztes Mal. Ich muss weg von Boris. Aber er darf mich nicht erwischen. Sonst schlägt er mich tot."

Ob er brutal ist? Mir brannte die Frage auf der Zunge, aber ich wollte nicht indiskret sein. Kira hatte sich verändert. Sie sah frisch aus, trug einen roten Fuchsmantel, einen weißen Wollpullover und eine Art Stiefel aus Hirschleder. Alles komplett handgefertigt, nagelneu, chic und hochwertig. Ja, Boris war Jäger, er konnte jeden Winter Pelztiere haufenweise schießen. Und er wusste, wie man dabei das Fell schonte.

Sowas konnte ich mir nicht leisten. Ich trug graue, warme Filzstiefel aus einer Mischung aus gefilzter Wolle von Schafen, Kaninchen und anderen Tieren. Bei trockenem Schnee waren diese Stiefel gut tauglich, sie durften aber nicht nass werden. Da brauchte man Galoschen darüber. Elegant war das nicht. Aber so waren alle Frauen in der Siedlung angezogen.

Kurz und gut, Kira sah umwerfend aus, wie einer Königin der Taiga. Nur ihr Blick und die Sprache waren anders geworden. Rau und irgendwie kalt. Ich fragte, ob sie Nachricht über den Verbleib ihres Mannes erhalten habe.

„Nein." Kurz und abweisend. Ich hoffte, dass sie nicht an ihrem Verrat zerbrechen würde.

Am Donnerstag veranstalteten die Männer ein Schachturnier. Wer auf dieser Idee kam, weiß ich nicht mehr. Aber jemand hatte herausgefunden, dass Boris ein guter Schachspieler war. Der Transport sollte um die Mittagszeit abfahren, und die Männer lockten Boris in die Baracke, wo nicht nur ein Schachbrett lag, sondern auch genügend Wodka und saure Gurken auf dem Tisch standen. Boris konnte viel Alkohol vertragen, aber auch er war irgendwann so betrunken, dass er einschlief. Mitten in der Nacht ging er nach Hause und fand Kira dort nicht mehr. Er wusste sofort, dass sie weg war und dass alle ihr geholfen hatten, ihn zu verlassen.

Er war wütend, aber gegen ein Dutzend Männer wollte er nicht in den Krieg ziehen. Nur mir gegenüber äußerte er seinen Frust, als wir uns zufällig begegneten: „Schlau abgewickelt, Respekt. Aber die gemeine Diebin soll an ihrer Tat keine Freude haben. Ich verfluche sie. Das kannst du ihr ausrichten, wenn du ihr schreibst."

Ich schrieb nicht an Kira. Auch sie hat sich nie gemeldet. Einmal, Jahre später, glaubte ich, sie in einer Rolle in Kino erkannt zu haben: die gleiche Haarpracht, Schwanenhals und Sehnsucht in den Augen. Bis heute kann ich mich an das Lied erinnern, das die Schauspielerin sang: *Verzichte nicht freiwillig auf die Liebe ...*

***

Mit der Zeit war ein bisschen Glück in unser Haus gekommen. Wir lebten zwar immer noch in der Verbannung im „Weiten Osten Russlands", wo im Winter die Temperaturen bis minus 50 Grad sinken, wo das nächste Krankenhaus ca. 30 km entfernt ist, wo kein Bus fährt und nur ab und zu ein Mal in der Woche ein LKW Lebensmittel bringt.

Trotz allem, es ging uns nicht schlecht, denn mittlerweile hatten wir eine Kuh, ein Schwein und ein paar Hühner im Stall. Es wurde mir oft bestätigt, ich sei eine tüchtige Hausfrau. Mein Vater wäre stolz auf mich gewesen, war ich mir sicher. Mein Mann war es jedenfalls. Er lud gerne die Freunde ein, um ihnen meine Kochkünste vorzuführen. Dabei war er sich nicht zu schade, selbst Hand anzulegen: Er schnippelte selbst Salat und würzte kräftig mit Kräutern aus unserem Garten. Seine Freunde waren überwiegend seine Landsleute und hielten zusammen wie Brüder.

Man kann sich keinen besseren Freund vorstellen als einen Georgier. Ich glaube, sie sind auch das gastfreundlichste Volk der Welt und leben nach dem Motto: *Ein Gast ist von Gott gesandt.* Daran halten sie sich. Wie oft in unseren gemeinsamen Jahren mein Mann Schulden gemacht hat, um seine Gäste nicht nur zu empfangen, sondern auch großzügig zu bewirten, kann ich nicht aufzählen. Aber die wunderbare Freundschaft der Georgier hat mein Leben bereichert.

Jede freie Minute verbrachten die Männer zusammen; erzählten, lachten, sangen. In Georgien wird viel Wein getrunken. Da lobt jeder seine georgische Region, seine Heimat, und verkündet voller Stolz, von dort komme der beste Wein. Und erst der georgische Weinbrand mit seinem milden aromatischen Geschmack! Er mundet vorzüglich und ist ein Lebenselixier. Irgendwann fingen sie an zu singen. Meist waren es mehrstimmige Lieder, getragen von Lebensfreude oder auch tiefer Melancholie. Häufig wurde das Liebeslied *Suliko* gesungen. Mein Mann übersetzte mir den Text, und mich fasziniert die Poesie des Liedes.

Die Männer errichteten draußen einen langen Tisch mit Bänken; Holz hatten wir genug. Die Nachbarn beobachteten das Ganze erst einmal vorsichtig aus dem Fenster. Diese Fröhlichkeit, diese wunderbaren Lieder faszinierten sie. Trotz oder wegen des gerade überlebten Krieges, des Hungers in Gefangenschaft weit weg von der geliebten Heimat und Familie. Im wilden Osten sind die Menschen rau, das Leben hier ist schwer und das Klima sehr hart. Als sie die Männer singen und lachen sahen, wunderten sie sich, und sich bekreuzigend kamen sie ganz langsam näher auf uns zu. Das Eis war gebrochen. Es war der Anfang vieler Freundschaften.

Leider holten uns die Schatten der Vergangenheit von Zeit zu Zeit ein.

22

An die Geselligkeit meines Vaters kann ich ganz gut erinnern. Für Feiern und für seine Freunde war er immer zu haben. Wenn ich ihn fragte, wie es im Krieg gewesen sei, wollte er darüber nicht sprechen. „Es ist lange her, warum interessiert dich dieser Krieg? Lass die Vergangenheit endlich ruhen."

Aber auch heute noch habe ich so viele Fragen. Also wühle ich in den wenigen Unterlagen, was ich darin über ihn finden kann.

Mein Vater wollte Arzt werden. Nach dem Hauptschulabschluss machte er eine dreijährige medizinische Ausbildung, dann ging es nach Tiflis zur Universität. Danach wollte er in sein Dorf zurückkehren und eine Landarzt-Praxis eröffnen.

Doch sein Lebensweg verlief ganz anders. Der Finnland-Krieg kam dazwischen.

Als Hitler im September 1939 in Polen einmarschierte, verstärkte die Sowjetunion die Sicherheit an ihrer Grenze und blockierte den Zugang zum Golf von Finnland. Denn nicht nur der Westen, sondern auch Russland befürchtete, dass Hitler nach der Tschechoslowakei und Polen weitere kleine Länder besetzen würde. Hitler brauchte deren Ressourcen, um seinen Eroberungskrieg führen zu können. Deswegen war es naiv zu glauben, dass das an die Sowjetunion grenzende Finnland ein anderes Schicksal erwartete. Zudem gehörte Finnland ja bis 1917 zum zaristischen Russland.

Knapp fünf Monate dauerte der russisch-finnische Krieg, bis es der Roten Armee schließlich gelang, die finnischen Verteidigungslinien zu durchbrechen. Finnland konnte seine politische Souveränität bewahren, musste aber größere Gebiete abtreten.

Mein Vater wurde bereits 1939 aus seinem Studium herausgerissen und beendete seinen Einsatz als Militärarzt erst mit dem Ende des Zweiten Weltkrieges. 1943 geriet er in deutsche Gefangenschaft. Als er sich 1945 über das Kriegsende und seine Rückkehr nach Hause freute, erwies sich seine Zuversicht als ein Irrtum.

Die Kriegsgefangenen gerieten unter die Räder zweier Ideologien, und ihr Leiden war mit dem Kriegsende nicht beendet. Der Staatssicherheitsdienst suchte unter den Kriegsgefangenen nach Kriegsverbrechern, Spionen und Saboteuren. Sie mussten bis auf Weiteres in Sibirien Gold, Uran oder Kohle fördern.

Der Traum meines Vaters, ein Arzt zu werden, endete in den Gruben. Es blieb ihm nichts anderes übrig, als sein Brot in Stalins Knechtschaft zu verdienen. Von Natur aus fleißig und ehrlich fiel er in der übrigen Männerschar auf. So wurde er zum Gruppenführer gewählt. Aber der Verdacht, ein Verräter zu sein, belastete ihn sehr. Noch viele Jahre nach dem Krieg wurde er – wie seine Kameraden auch – darüber vernommen, wie es zur Gefangenschaft gekommen sei, und was er dort getan und erlebt habe.

Tatsächlich gab es im Krieg auch Verräter, wie zum Beispiel den General Wlassow, der als Kriegsgefangener mithilfe deutscher Offiziere eine Befreiungsarmee gründete. Wlassow war Oberbefehlshaber der russischen Nordwestfront. Seine Armee wurde von den deutschen Truppen 1942 eingekesselt. Als er mit einer Handvoll seiner Leute lange genug hungrig und ausgezehrt in den Sümpfen und Wäldern herumgeirrt war, erkannte er in der Einsamkeit der Wälder, so sagte er später zu seiner

Rechtfertigung, dass das Stalin-Regime für Russland nur Unglück bedeutete. Er wollte den Deutschen helfen, Stalins Regime zu stürzen. Und viele russische Gefangene folgten ihm. Manche des Hungers nach Freiheit wegen und wegen der Furcht vor Not und Folter in deutschen Konzentrationslagern, andere aus Überzeugung.

Nach der Kapitulation des Deutschen Reichs wollte Wlassow mit seiner Befreiungsarmee zu den Amerikanern überlaufen, doch die lehnten ihn ab. Wlassow geriet in sowjetische Gefangenschaft und wurde am 2. August 1946 zum Tode durch den Strang verurteilt. Seine am Leben gebliebenen Soldaten wurden – wie mein Vater auch – nach Sibirien geschickt. Bis die Untersuchungen endeten, wer tatsächlich ein Verräter war, dauerte es noch viele Jahre. Wer als solcher beurteilt wurde, verschwand auf Nimmerwiedersehen.

Mein Vater wurde mehrfach abgeholt und befragt, doch jedes Mal endete unser Schrecken recht schnell mit einem Wiedersehen. Nur beim letzten Mal, es muss 1953 gewesen sein, dauerte unser Bangen fast eine Woche. Er wurde mit einem schwarzen Wagen direkt von der Arbeit abgeholt und mehrere Tage vernommen. Mama wartete mit Angst und Schrecken auf ihn, bis er wieder bei uns war. Nicht, dass sie ihm den Verrat zugetraut hätte. Sie wusste aus seinen Erzählungen, wie er in deutsche Gefangenschaft geraten war. Das hatte er ihr glaubhaft erzählt. Als sie ihn im Herbst 1945 kennenlernte, hatte er ein tiefes Loch in seinem Rücken. Da passte fast Mamas Faust hinein.

Doc

Ich diente im Krieg als Sanitäter und habe in all den Kriegsjahren kein Gewehr in der Hand gehalten. Die Schlacht bei Charkow 1943 war die zweitgrößte

Schlacht im Zweiten Weltkrieg. Ein großer Teil der russischen Truppen wurde dort eingekesselt. Die Rote Armee verlor damals 85.000 Soldaten. Nur ein halbes Jahr später, bei ihrer Gegenoffensive im August 1943, konnte die Rote Armee Charkow erneut einnehmen – diesmal endgültig.

Für mich war das allerdings zu spät. Als unsere Truppe im März 1943 von den Deutschen zum Fluss Donez getrieben wurde – ihr Ziel galt der Gewinnung des Donez-Ufers – da gab es für uns nur eine Fluchtmöglichkeit: durchs Wasser. Das Wetter war trübe, nass und kalt. Zeitweise herrschte Schneetreiben und nächtlicher Frost. Unser Kommandant war bei der Schlacht verwundet worden, er konnte kaum auf den Beinen stehen. Mit letzter Kraft und müder Stimme verkündigte er: „Rette sich jeder selbst, ich kann nichts mehr für euch tun!"

Es war ihm klar, was seine Empfehlung für ihn bedeutete. Es war Verrat an der Heimat, an Stalin. Er hat sich gleich danach am Ufer erschossen. Den übrigen Soldaten wurde damit die Wahl gelassen: Dem Kommandeur folgen oder den einzigen Rückweg durch den Fluss nehmen, eiskalt mit starker Strömung von der ersten Schneeschmelze. Wir waren doch noch so jung, wir wollten nicht sterben.

Die deutschen Truppen und unser Lebenswille trieben uns ins eiskalte Wasser. Ich erinnerte mich in diesem Moment an einen kleinen Bach in meinem Heimatort, der auch so kalt war, wenn er uns die Schmelze vom Berg brachte. *Wenn ich das andere Ufer erreiche*, machte ich mir Mut, *dann wird alles gut!*

Ich konnte an nichts anderes mehr denken, und das trieb mich an, gegen die Fluten anzukämpfen. Als wir es schon fast bis in die Mitte des Flusses geschafft hatten, traf eine Kugel meinen Kameraden Juri in die Schulter. Ich hörte erst lautes Ächzen und dann nur noch leises Stöhnen.

***

Juri war schon bald nach unserem Kennenlernen zu meinem besten Freund geworden. Gleich im ersten Kriegswinter waren wir in einem Gefecht von unserer Truppe getrennt worden, zogen uns in den nahegelegenen Wald zurück und warteten darauf, dass der Artillerieangriff aufhörte. Darüber wurde es dunkel.

Wir lagen in einer Schneemulde, froren erbärmlich und trauten uns doch nicht aus dem Versteck. Erst als der Mond aufging, schauten wir uns vorsichtig in der Umgebung um. Es war nichts zu sehen und zu hören. Juri meinte, wir sollten noch ein paar Stunden warten. Er band die Ohrenklappen seiner Mütze fest und schlief einfach ein. Ich konnte nicht schlafen. Der Hunger quälte mich. Schnee zu lutschen half nicht mehr. Etwas Warmes würde jetzt guttun. Suppe mit einem Stückchen Fleisch, oder wenigstens Knochen. Ich schaute auf meine Uhr: 22:10. „Wir müssen los!", stupste ich Juri in die Seite.

Fast eine Stunde kreisten wir um eine Siedlung mit niedrigen Häusern, in der Mitte eine Kirche mit einem kleinen Turm. Ein typisch ukrainisches Dorf. Wir bewegten uns vorsichtig und leise. Wenn ein Hund uns witterte, würde er bellen und mit ihm bald alle Dorfhunde. Dann hätten wir schnell weglaufen müssen. Wir wussten nicht, ob im Dorf bereits eine deutsche Einheit stationiert war und trennten uns. Juri ging nach links, ich nach rechts. Wenn einer gefasst werden sollte, dann konnte der andere vielleicht Glück haben.

Ich kam an dem ersten Haus an, lugte in ein kleines Fenster: Eine alte Frau saß am Tisch und stopfte Socken. Sollte ich an die Fensterscheibe klopfen? Die Frau schien allein zu sein und sah harmlos aus. Die beschlagenen Fensterscheiben verrieten mir, dass es in der Stube gemütlich und warm sein musste. An der gegenüberliegenden Wand sah ich einen russischen Ofen. Auf ihm einen Suppentopf. *Mit Fleisch? Vielleicht gibt mir die alte Frau eine Schüssel davon und ein Übernachtungsplätzchen bei den Tieren im Stall? Oder sogar am Ofen?* Mein Magen knurrte so laut, als ob er mich in meiner Entscheidung unterstützen wollte.

Ich wagte es, klopfte an, und die alte Frau öffnete mir die Tür. Sie ließ mich hinein, winkte mir, zum Tisch zu kommen, nahm den Topf aus Gusseisen und füllte mit einer Schöpfkelle eine große Schüssel. In der Aufregung, die Augen auf die Suppe gerichtet, hatte ich wohl nicht bemerkt, dass ein alter Mann leise aus dem Haus geschlichen sein musste. Die Schüssel war noch zur Hälfte voll, als er mit einem Polizisten wiederkam.

In der Polizeiwache saß schon mein Freund, in zerrissener Uniform und mit geschwollenem Auge. Ich erzählte von meinem Pech, und er zeigte grinsend auf sein Auge: „Schau mal, ich habe mich bei der Verhaftung gewehrt, denn ich wollte meine Suppe zu Ende essen, bevor es zur Wache geht!" Seine Anwesenheit und sein Humor taten mir gut, auch wenn ich ihm gewünscht hätte, es zurück hinter die Front zu schaffen.

Um Mitternacht wechselte die Wache, ein älterer Polizist schaute in unsere Zelle, betrachtete uns schweigend und schloss die Luke wieder. Ich versuchte zu schlafen, aber die Ungewissheit über Weiteres ließ mich wach bleiben. Als die Kirchturmuhr zweimal schlug, öffnete sich die Luke wieder und der Polizist sagte: „Kommt raus!"

Ich boxte den schnarchenden Juri in die Seite: *Wie kann man nur in dieser Situation schlafen wie ein kleines Kind?*, und ging zur Zellentür. Die Luft war frostig, es schneite, und es braute sich in der Luft etwas Schlimmeres zusammen. Bald würde es Sturm geben.

Der Polizist fuhr uns an den Häusern vorbei Richtung Wald. Ich hatte eine schlechte Vorahnung: Wir sollten erschossen werden! Wozu sonst wurden wir in den Wald geführt? Ich überlegte zu fliehen. Aber weit würde ich nicht kommen, der Schnee reichte uns bis ans Knie und erschwerte schnelles Laufen. Beim Vorwärtstaumeln verabschiedete ich mich von allem, was mir lieb und teuer war – von meinem Dorf in Georgien, vom Duft der Weintrauben und von meiner kleinen Tochter, die ich noch nicht gesehen hatte.

Nach einer Zeit, die mir wie eine Ewigkeit vorkam, hörten wir: „Halt!" Mir stockte der Atem. Das war der Moment, in dem alles zu Ende sein würde. Der Wind verstärkte sich und Schneetreiben versperrte die Sicht. Dann rief der Polizist: „Lauft!"

Er will uns von hinten erschießen, schoss mir durch den Kopf, *er will unsere Gesichter nicht sehen, unsere Augen, unsere Angst und die Verzweiflung.* Ich schloss die Augen und bewegte mich nach vorne. Dann fiel der erste Schuss. Ich spürte nichts, ich lief weiter. Der zweite Schuss. Dann Stille. Ich lief weiter. Juri neben mir. Als ich mich umzudrehen traute, sah ich den Polizisten nicht mehr. Er war weg. Zwei Schüsse in die Luft hatte er abgegeben.

Noch am gleichen Morgen stießen wir zu unserer Truppe. Wir erzählten unsere Abenteuer niemandem, sprachen aber untereinander oft darüber. Der Polizist war ein Volksdeutscher, in der Ukraine geboren. Er diente zwar in der Wehrmacht, aber sein Gewissen hatte ihm nicht erlaubt, seine Landsleute zu erschießen. Dieses Dilemma für einen anständigen Menschen war unser großes Glück gewesen.

***

Unser zweites Abenteuer endete nicht so glücklich. Bevor Juri in der Strömung unterging, konnte ich ihn im letzten Moment noch greifen. Ich hatte nicht damit gerechnet, dass er mit seiner Uniform so schwer war. Einen Moment gingen wir beide unter.

Es war der unbändige Selbsterhaltungstrieb, der mir – gepaart mit schrecklicher Todesangst – half, mit letzter Kraft nach oben zu rudern. Auch wenn die nasse Uniform, die letzte Munition und ein bewusstloser Kamerad meine Bemühungen erschwerten, ich gab nicht auf. Wieder an der Oberfläche packte ich meinen Freund fester am Arm, dabei erwischte ich die verwundete Stelle. Wahrscheinlich kam er dadurch zu sich und begann hektisch, selbst zu schwimmen, aber nur ganz kurz. Dann versuchte er, sich mir zu entziehen und flüsterte mit heiserer Stimme: „Lass mich los, ich kann nicht mehr."

Viel Kraft hatte auch ich nicht mehr. Aber einen Kameraden sterben lassen, das wollte ich nicht. Und ich wollte überleben, ich wollte irgendwann wieder nach Hause kommen.

Ich packte ihn noch fester und ließ uns von der Strömung mitreißen. Wir waren eine gute Zielscheibe für die herangerückten deutschen Truppen. Das Maschinengewehrfeuer verstärkte sich. Ich fühlte einen kurzen Schmerz im Rücken, dann verlor ich das Bewusstsein.

Als ich wieder zu mir kam, war mein Freund nicht mehr zu sehen. Er hatte es nicht geschafft, und ich machte mir Vorwürfe, weil ich ihn nicht hatte retten können. Ich schloss meine Augen wieder und überließ mich meinem Schmerz und der Strömung.

Irgendwo, ein paar Kilometer weiter, wurde ich von den Deutschen aufgefischt und ins Lazarett gebracht. Die deutschen Sanitäter kümmerten sich erst um die eigenen Verwundeten, dann um die Feinde. Meine Wunde wurde behandelt und heilte. Bald wurde ich aus dem Lazarett entlassen und musste wie Tausende andere Gefangene nach Westen marschieren.

23

Der Verdacht, ein Verräter zu sein, belastete meinen Vater sehr. Als er 1953 ein letztes Mal abgeholt wurde, versuchte Mama, sich mit Arbeit abzulenken. Nachts konnte sie nicht schlafen und betete. Erst als er nach fast einer Woche wiederkam, konnte sie aufatmen. Und ihr kamen die Tränen, als er eine in Zeitungspapier eingewickelte Schachtel aus Tasche zog, diese öffnete und ihr strahlend eine Medaille in die Hand drückte. Die Inschrift auf ihr lautete: Für den Sieg über Deutschland im Großen vaterländischen Krieg 1941-1945.

Endlich war er rehabilitiert! Endlich waren auch die Mächtigen überzeugt: Er hatte nichts Schlimmes getan! Endlich konnte er in Ruhe und Frieden leben.

Mamas Tränen waren aber keine reinen Freudentränen. Sie war auch wütend. Zehn Jahre hatte man ihm, ihr, unserer Familie und allen anderen Heimkehrern einfach geraubt, und als Wiedergutmachung dafür sollten sie sich diese Medaille an den Kragen des Jacketts heften?

Aber mein Vater hat die Medaille zu jedem Anlass getragen, daran kann ich mich sehr gut erinnern. Danach wurde sie mit weichem Tuch poliert, bis sie glänzte, wieder in die Schachtel gepackt und in die Kommode gelegt. Mama schob sie jedes Mal tiefer in die Schublade hinein, wenn sie dort irgendwas brauchte.

Als Stalin starb, gab es gleich Gerüchte, dass die Deportierten bald frei sein würden. Seine blutige Tyrannei hatte endlich ein Ende. Gleich nach Lenins Tod hatte Stalin alle vermeintlichen Rivalen und im Wege stehenden Parteigenossen beseitigt, um zum alleinigen Herrscher zu werden. Er hatte vieles vor, vor allem wollte er die Industrialisierung und Kollektivierung des Landes vorantreiben. Es wurden Staudämme gebaut und die Ölproduktion verstärkt. Aber um welchen Preis? Alles war von Gewalt überschattet. Selbst seine Parteigenossen trauten sich nicht, ihn zu kritisieren, um nicht kurzerhand erschossen oder samt Familie in ein Straflager eingeliefert zu werden.

Und jetzt war er tot, der Mann, der seit über 30 Jahren die ganze Welt geprägt hatte, der für den Tod von 20 Millionen Menschen und die Deportation weiterer 28 Millionen verantwortlich war. Zu seiner Beerdigung kamen Tausende Menschen. Viele weinten, trauerten und ließen sich als seine letzten Opfer im Gedränge zerquetschen.

Nach seinem Tod begann ein leichtes politisches Tauwetter in der Sowjetunion. Die neue Regierung verurteilte Stalins „Säuberungen" und amnestierte die Opfer, Opfer wie meine Eltern, die Jahrzehnte in gottverlassenen Gegenden verbringen mussten und dort ausgebeutet wurden. Es hat gedauert, bis sie gänzlich verstanden, was Stalins Tod für sie bedeutete. Doch etwas für sie ganz besonders Wichtiges machte sie glücklich. Zwei Jahre später bekamen sie 1955 endlich die ersehnten Pässe. Sie durften den Verbannungsort verlassen, ihre Familien besuchen. Was für ein herrliches Gefühl, frei zu sein!

Alma

Meine erste Reaktion auf den Erhalt der Pässe war: Sibirien sollte nicht meine Endstation bleiben. Aber zuerst wollte ich endlich meine Tochter besuchen. Sie war jetzt fast 16. Zehn Jahre hatten wir uns nicht sehen können, und zeitweise hatte ich nicht gewusst, wo sie war und wie es ihr ging.

Wie würde unser Wiedersehen sein? Konnte sie verstehen, dass ich keine Schuld daran hatte, sie so früh allein gelassen zu haben?

Linda

Es dauerte noch Jahre, bis mir Oma Marichen eines Tages einen Briefumschlag in die Hand drückte. „Von deiner Mutter", war ihr kurzer Kommentar. Der Umschlag war geöffnet. Sie hatte ihn also gelesen.

„Liebe Linda,

ich schreibe dir in der Hoffnung, dass dich wenigstens dieser Brief erreicht. Anscheinend gehen sie alle verloren, denn ich habe nie eine Antwort von dir bekommen. Ich hoffe sehr, dass du schon lesen und schreiben kannst. Was in den vergangenen zehn Jahren mit uns passiert ist, gleicht einem Wahnsinn. Aber jetzt ist alles vorbei. Wir sind endlich frei. Kannst du dir verstellen, dass ich erst heute meinen Pass bekommen habe? Ich bin endlich ein freier Mensch! Ich darf verreisen! Und zu allererst möchte ich dich endlich sehen. Wie geht es dir, meine kleine, große Tochter? Du bist schon 16! Ich habe solche Sehnsucht nach dir! Aber zuerst sollte ich dir über mein Leben berichten. Du hast drei Geschwister, zwei Mädchen und einen Bruder. Sie sind zwar deine Halbgeschwister, aber immerhin, du hast eine große Familie. Die sind sieben, fünf und zwei Jahre alt. Ich bin mir sicher, du wirst sie lieben, so wie ich dich liebe. Liebe Linda, ich hoffe, wir sehen uns bald. Wir beabsichtigen, dich in Kürze zu besuchen und dich zu uns mitzunehmen. Mein Mann ist damit einverstanden. Ich freue mich sehr.

Deine Mama"

Mama wollte kommen! Ich war völlig durcheinander, wusste nicht, wie mir geschah. Plötzlich war ich wieder ungeduldig und erwartungsvoll. *Mama kommt!* Und mit ihr drei Halbgeschwister und ihr neuer Mann.

Ich hatte keinerlei Erinnerungen mehr an meine Mutter, nicht einmal von ihrem Aussehen. Die Bilder von ihr, die Oma Marichen noch besaß, zeigten eine junge hübsche Frau, die schüchtern in die Kamera schaut, nur etwas älter, als ich selbst nun war. Seitdem waren mindestens zwanzig Jahren vergangen. Wie mochte sie nun aussehen?

Dann war es soweit. Der Tag, an dem Mama endlich wieder bei mir sein würde. Ich ging im Minutentakt zum Fenster und schaute auf die Straße: *Sind sie schon da?* Zwischendurch huschte ich auch mehrfach zum Spiegel, um den Spitzenkragen am Kleid zurechtzurichten, der aus irgendeinem Grund immer zur Seite glitt, aber dann ging es wieder schnell zum Fenster zurück.

Als die Erwarteten endlich da waren, stand eine fremde Frau vor mir, die nichts, aber auch gar nichts, mit der Frau auf Omas Bild gemein hatte. Ich hatte mir so oft vorgestellt, wie das Treffen sein würde, aber jetzt hinderte mich irgendwas, diese Frau zu umarmen. Neben der Frau stand ein kleiner Mann mit zwei Mädchen an der Hand und zwischen ihnen zappelte ein kleines Mädchen herum, zwei oder drei Jahre alt, blond und rotwangig. Sie schaute mich neugierig an, während sie an ihrem Daumen lutschte.

Ich war erwachsen genug, um zu wissen, warum meine Mutter mich damals verlassen hatte, verlassen musste. Warum sie aber so lange brauchte, um zu mir zurückzukommen, und warum sie mir nicht geschrieben hatte, das irritierte mich. Stimmte es wirklich, was sie über monatliche Briefe sagte, die sie mir aus dem Lager ihres Verbannungsortes geschrieben habe? Ich hatte keinen Brief von ihr bekommen. Und wie sollte ich verstehen, dass sie mir ausdrücklich die freie Entscheidung überlassen wollte, ob ich ihr die erzwungene Trennung verzeihen wolle? Was meinte sie damit: „Wir können die Vergangenheit nicht zurückdrehen."

Zehn Jahre hatte ich ohne meine Mutter gelebt, nun gab es da fünf Menschen, die meine Familie sein sollten? Ich wusste nicht mehr ein und aus. Jahrelang hatte ich mir verboten, schwach zu sein. Aber nun sank ich auf einen Küchenstuhl und weinte.

Nach einer Woche reiste meine Mutter mit ihrer Familie wieder ab. Ich hatte ihr Angebot nicht annehmen können, mit ihnen ins ferne Sibirien zu ziehen. Hier war meine Heimat, und mit ihnen verband mich nichts. Auch meine Mutter war mir fremd, ja, ich verabschiedete mich am Bahnhof von ihr wie von einer Fremden. Bis zu dem Moment, als der Zug sich in der Bewegung setzte. Als mich plötzlich das Gefühl überkam, wieder als kleines Mädchen einem großen Lastwagen nachzusehen. Auch wenn es dieses Mal ein Zug war, mit dem meine Mutter wegfuhr. Als der sich in Bewegung setzte, bereute ich es plötzlich, dass ich das Angebot ausgeschlagen hatte, mit meiner Mutter mitzufahren.

Wieder zu Hause warf ich mich auf mein Bett und konnte die Tränen nicht halten. Was hielt mich hier? Die Schule hatte ich vor zwei Jahren abgeschlossen und mir gleich eine Arbeit gesucht. Im Nachbardorf in der Kantine gleich an der Fernstraße. Ich bekam dort genug zu essen, aber kaum Geld. Überwiegend wurde ich mit Lebensmitteln entlohnt, die ich zu Hause bei Oma Mariechen abgab.

Aber ich brauchte so dringend Geld! Ich hatte nicht genug Kleider, und besonders Unterwäsche fehlte mir. Später, als ich schon Kundschaft bedienen durfte, passierte mir ein Missgeschick: Ich stolperte mitten im Raum um und mein Kleid entblößte meinen nackten Po. An dem Tag trug ich keine Unterhose, denn in meinem einzigen verblieben Höschen löste sich das Gummiband auf, und ich hatte kein Geld, das Gummiband zu kaufen.

Bevor ich mich auf die Beine aufraffen konnte, bedeckte mich eine Frau mit einem Tuch, das sie über der Schulter trug.

„Mädchen! Wie kannst du so nackig herumlaufen?"

Beschämt zuckte ich mit der Schulter: „Ich hab ja keine Unterhose." Dann ging ich weiterarbeiten, als sei nichts gewesen, ich hatte keine Zeit, mich zu bedauern, dafür wurde ich hier nicht bezahlt.

Minni, so hieß die gute Frau, brachte mir drei Tage später ein Paket mit Unterwäsche, Strümpfen, BHs und Mull. Ich wusste schon, wofür Mull da war, ich hatte, wenn auch spät für mein Alter, die Periode bekommen.

Wenn ich in den Tagen darauf nachts müde in meinem Bett lag, dachte ich oft darüber nach, wie es mir womöglich bei meiner Mutter und ihrer Familie gehen würde, wenn ich mit ihnen mitgefahren wäre.

Als ich das einmal bei Oma Mariechen ansprach, riet sie mir energisch davon ab, darüber auch nur nachzudenken: „Du müsstest dort die Kinder betreuen, was denn sonst." Dass Oma nur meine Kantinenmitbringsel nicht verlieren wollte, darauf kam ich damals nicht.

Alma

Nun war das große Wiedersehen vorüber. Wir waren wieder daheim. Die Kinder gingen zur Schule, wurden krank und wieder gesund. Ich hatte alle Hände voll zu tun. Trotzdem ging mir das Treffen mit meiner Tochter nicht aus dem Kopf. Wie nervös und aufgeregt hatte ich ihr gegenübergestanden. Vor mir eine junge erwachsene Frau, mittelgroß, ein wenig größer als ich, schlank und sehr, sehr hübsch. Ich wusste immer, sie würde schön sein wie ihr Vater.

Ich konnte verstehen, dass sie zurückhaltend war, wir hatten uns so lange nicht gesehen. Sie war aber mehr als reserviert. Sie war abweisend. Sie sprach nicht aus, was in ihr rumorte, aber ich spürte es: *Du hast mich allein gelassen. Du hast mir nicht geschrieben. Du hast deine eigenen Kinder, die haben dich aufgehalten zu mir zurückzukommen. Und jetzt brauchst du für sie eine Hilfe?*

Sie wollte nicht mit uns kommen. Leise, aber bestimmt sagte sie es, als wir von unserem Zuhause erzählten. Sie wollte dort bleiben, dort sei ihr Zuhause. Mir rutschte das Herz runter. Gerade gefunden, verliere sie zum zweiten Mal. Es hatte keinen Zweck, sie zu überreden, sie blieb dabei. Nun, ich musste einfach weiterleben.

Sie begleitete uns zum Bahnhof und verabschiedete sich sehr reserviert. Als sich der Zug in Bewegung setzte, lief sie plötzlich den Bahnsteig entlang und rief etwas. Ich schaute aus dem Fenster des Wagons auf sie, aber ich konnte ihre Stimme kaum hören, das Klirren der Räder auf den Schienen übertönte alles. Ich glaubte zu hören: „Mamotschka, vergiss mich nicht." Wie damals, als ein Fuhrwerk mich in die Verbannung brachte.

Linda, eine zerbrechliche Gestalt im Morgengrauen, die hinter dem LKW her lief, stolperte, fiel, aufstand und danach weiterlief und immer kleiner wurde, bis sie sich vollständig auflöste. Linda, meine Linda, hatte ich sie endgültig verloren?

***

Ja, mein Leben war in dieser Zeit voller Leid und Entbehrungen, aber ich denke auch heute noch dankbar an so manche beglückende Begegnung.

In meinen schwersten und sorgenvollsten Zeiten traf ich im tiefen Sibirien auf eine wunderbare Freundin, mit der ich viele glückliche Stunden verbrachte. Katja war zehn Jahre älter als ich, eine geschickte und erfahrene Hausfrau. Sie brachte mir alles bei, was im Garten wichtig ist: Wann und wie ich die Setzlinge säen sollte und wie die Samen aussortiert werden mussten, damit die nächste Ernte noch besser wird. Sie war nicht nur meine beste Freundin, sie ersetzte mir auch meine Mutter. Ich war noch ein kleines Kind, als Mama starb. Also konnte ich von ihr nicht viel lernen. Und unsere Stiefmutter Maria war selbst zu unerfahren, um uns etwas Nützliches beizubringen.

Katja kannte sich nicht nur mit Pflanzen aus, sie war auch eine gute Köchin und außerdem sehr intelligent. Sie stammte aus einer wohlhabenden Bauernfamilie, die im Zuge der Kollektivierung Ende der Zwanzigerjahre als verhasste Kulaken in die Verbannung geschickt wurden. „Ich gehöre auch zum Klassenfeind, weißt du?", erzählte sie mir.

Katja war auch Ukrainerin, geboren in der schönen Stadt am Asowschen Meer mit dem hübschen Namen Mariupol. Bei der Kollektivierung ging es dort besonders hart zu. Ihre Familie wurde zu Kulaken abgestempelt. Man stellte sie vor die Wahl, sich der Kolchose anzuschließen oder nach Sibirien abtransportiert zu werden.

24

Von Mama habe ich über diese Zeit viel gehört und mich auch weiter darüber kundig gemacht. Als die Regierung nach der Russischen Revolution den Bauern ein bisschen Entlastung eingeräumt hatte, ging es unter dem wirtschaftspolitischen Konzept der Neuen Ökonomischen Politik (NEP) mit den Erträgen der Landwirtschaft spürbar bergauf. Die Steuern wurden gesenkt, und die Bauern durften sogar ein bis zwei Aushilfskräfte einstellen. Lenin und Trotzki hatten es gegen erheblichen Widerstand in der eigenen Partei durchgesetzt.

Das Leben der Bauern entspannte sich, aber die Gegner dieser liberalen Politik stempelten bald die etwas wohlhabenderen Bauern als Halsabschneider und Kapitalisten ab. Sie behaupteten, so würde das Rad zurückgedreht zur alten herrschaftlichen Politik. Aus ihrer Sicht musste diese Entwicklung schnellstmöglich beendet werden. Der dann einsetzenden Kollektivierung fiel auch Katjas Familie zum Opfer.

Alma

Katjas Eltern suchten damals ihren eigenen Weg. Einen Tag, bevor sie in die Verbannung abgeholt werden sollten, ließen sie sich in ihrem Haus bei lebendigem Leibe verbrennen. Vorher hatten sie für Katja nach einem Ausweg gesucht, der Verbannung zu entkommen. Irgendjemand hatte die Idee, dass sie in der Stadt bleiben und weiter studieren könne, wenn sie einen Proletarier oder einen Parteigenossen heiraten würde. Bei der Suche nach einem Kandidaten kam die Familie auf Fjodor.

Er schien der perfekte Bräutigam zu sein, ein Proletarier, der in einem Bergwerk arbeitete. Er galt als fleißig, und besaß eine kleine schäbige, aber doch eigene Holzhütte. Tagsüber arbeitete er in der Kohlegrube, abends und an den Feiertagen saß er in der Dorfkneipe.

Katja war damals zwanzig Jahre alt und eine schöne junge Frau. Als sie Fjodor vorgestellt wurde, traute der seinen Augen kaum: Diese feine, hübsche, gebildete Frau sollte ihn heiraten wollen? Er kratzte verlegen seine wilde Mähne, trat aufgeregt von einem Bein aufs andere und sehnte sich nach einem Krug Bier oder Glas Schnaps, damit ihm die richtigen Worte über die Lippen kämen. Denn die Leute meinten es ernst mit ihm und erwarteten eine Antwort.

Bisher hatte er über eine Ehe noch keine Minute nachgedacht. Es gab in der Gegend genügend Frauen, die sich aus finanzieller Not prostituierten. Man konnte ihnen ein paar Groschen geben, und das Ganze geschah schnell und unverbindlich. Und jetzt sollte er heiraten? Wie sollte das denn weitergehen?

Aber Katjas frisches Aussehen gefiel ihm sehr gut und so wurde die Hochzeit im Familienkreis dann doch schnell beschlossen.

Katja kam in sein Haus mit ihrem Koffer voll hübscher Kleider und Bücher. Nach kurzem Abwägen hatte sie sich ihrem Schicksal gefügt. Sie versteckte die Bücher unter ihrem Bett und stürzte sich in die Arbeit, wusch, buk und putzte. Fjodor brauchte seinen Lebensrhythmus kaum zu ändern. Ihm gefielen ihre Art, ihre Kochkünste und ihr ruhiger Charakter. Und er blieb jetzt nicht mehr so lange in der Kneipe. Ein paar Gläser Wodka für sich und eine Runde für seine Kumpels, dann schnell nach Hause zu seiner schönen Frau. Sein Leben gefiel ihm. Die Nächte und Tage rauschten wie ein Traum vorbei. Die Ehe hatte sein Leben schöner, bequemer und sauberer gemacht. Katja wurde schwanger, und er feierte seinen Nachwuchs heftig mit seinen Kumpels.

Fjodor genoss dieses Leben in vollen Zügen, bis eines Tages Katjas Schwester zu Besuch kam. Dafür verabschiedete er sich sogar früher von seinen Kumpels und eilte nach Hause, um seine Schwägerin kennenzulernen. Er brachte eine Flasche Schnaps mit, der Besuch sollte doch gefeiert werden. Doch die Schwägerin war gar nicht gut gelaunt, sie wollte nicht mit ihm trinken. Sie erklärte resolut, dass sie seine Katja mit zu sich in die Stadt mitnehmen werde. Fjodor verstand nichts.

Die Szene zwischen den beiden hat mir Katja einmal vorgespielt und mit tiefer Stimme als Fjodor so begonnen:

„Warum? Wieso? Was ist passiert?"

„Was passiert ist? Siehst du selbst nicht, was passiert? Warum lebt ihr in solcher Armut? Wo ist das Geld, was du verdienst? In der Kneipe! Das Kind hat keine Windeln und Katja hat keine Schuhe! Das ist passiert! Ich nehme sie mit, hier versauert sie doch!"

„Katja, Liebste, warum sagst du mir nichts? Ich bin so ein Idiot! Katja, bleib hier! Ich werde mich ändern."

Katja lachte glücklich, als sie mir dann erzählte, wie erschüttert Fjodor damals gewesen sei und dass er nach diesem Schreck nicht mehr mit seinen Kumpels gesoffen habe. Sie warteten vergeblich auf ihn. Er machte stattdessen Überstunden, um noch mehr Geld zu verdienen, von dem er ihr und seinen Töchtern hübsche Kleider und Schuhe kaufte.

Katja blieb Fjodors große Liebe. Als er Soldat wurde

und nach deutscher Gefangenschaft nach Sibirien verbannt wurde, folgte sie ihm freiwillig. Sie in ferner Verbannung getroffen zu haben, hat dazu beigetragen all die Widrigkeiten auch nach dem zweiten Verlust meiner Tochter Linda zu ertragen. Aus solchen Begegnungen zog ich die Kraft, nie aufzugeben.

25

Ich kann mich glücklich schätzen, dass bald nach meiner Geburt die Ära Stalin zu Ende ging und unter Chruschtschow nach seinem Tod in Russland die Entstalinisierung begann.

Plötzlich musste alles ganz schnell gehen. Unterschiedliche Reformen und Kampagnen sollten gesellschaftliche Kräfte freisetzen – mit manchmal unerwarteten Folgen. Das Parteipräsidium erließ bald nach Stalins Tod Amnestien; das Lagersystem, die Schnellgerichte und die Folter wurden abgeschafft. Die nun Verantwortlichen distanzieren sich schnell von dem Terror, den das stalinistische System jahrelang ausgeübt hatte, um die erwünschte Ordnung im Staat aufrechtzuerhalten.

Es gab verschiedene Gründe für diese Eile: Das Land befand sich in einer Krise: In den Lagern gab es Häftlingsrevolten und die ausgebeuteten Bauern waren nicht in der Lage, die Städte mit Lebensmitteln zu versorgen. Im Zentralkomitee gab es plötzlich Stimmen, die dafür warben, die Strategie zu wechseln und die Sowjetunion zu einem modernen Land ohne staatliche Gewaltausübung zu erklären. Die Sowjetmenschen sollten fortan umworben und überzeugt werden, dass sie im besten Sozialsystem der Welt lebten. An die Stelle von Zwang sollte Erziehung treten.

Es waren meine Eltern und auch ich, die zu einem Sowjetmenschen erzogen werden sollten. Doch dazu mussten meine Eltern erstmal wieder zu Menschen in diesem Staat erklärt werden, denn sie galten ja jahrelang als Feinde.

Mein Vater hat es immer vermieden, in der Vergangenheit zu wühlen. Er wollte den Ungerechtigkeiten und der Willkür nicht auf den Grund gehen, die ihm und seinen Freunden und Verwandten widerfahren waren. Er wollte uns, die Kinder, vor der Vergangenheit schützen und meinte, es sei besser, all das zu vergessen.

Warum wühle ich dennoch in der Vergangenheit?

Alma

Endlich! 1955 hatte wenigstens die Rechtlosigkeit ein Ende gefunden. Die Kommandanturen wurden aufgelöst, und wir waren wieder freie Bürger. Wir waren so aufgeregt, dass wir nicht gleich gänzlich verstanden, was das für uns bedeutete, aber eins war uns klar: Wir durften endlich in die so lang entbehrte Heimat zurückkehren, zu unseren Familien und Verwandten. Fast zwanzig Jahre lang war es uns untersagt gewesen.

Auf jetzt und gleich verließen viele unserer Freunde den Verbannungsort. Wir waren überrascht, als nicht wenige von ihnen bald zurückkamen. Anfeindungen und Beleidigungen von ehemaligen Nachbarn und Bekannten hatten ihnen das Leben dort schwer gemacht. Sie erzählten uns, dass man sie in der Heimat als Sträflinge und Verräter schief angeschaut habe. Bösen Menschen war es offenbar gleich, ob wir rehabilitiert waren oder nicht. Hier, in Sibirien, waren sie unter sich gewesen. Die Rückkehrer hatten zudem die unberührte Natur Sibiriens vermisst. Die hatten sie in der Verbannung kennen und lieben gelernt, die fehlte ihnen plötzlich. Hier fühlten sie sich nun als freie Bürger zu Hause.

Mein Mann wollte offenbar auch nicht in die Heimat zurück. Ein paar Mal höre ich ihn mit Freunden darüber sprechen. Er erzählte, dass sich zu Hause seine Studienfreunde, die von Gefangenschaft verschont geblieben waren oder erst gar nicht in den Krieg mussten, dort eine Existenz hatten aufbauen können. Als zugelassene Ärzte, manche sogar mit dem Doktortitel auf der Visitenkarte. Er beklagte die unglücklichen Umstände, durch Krieg und Verbannung um diese Möglichkeit gebracht worden zu sein. Sein Feldscher-Diplom mit besten Noten und die Bescheinigung über vier Medizinsemester lagen in der Schublade, aber er arbeitete im Bergbau. Mich interessierte schon, ob er für immer hierbleiben wollte und erfuhr, dass ihm vorschwebte, als Rentner in die Heimat zurückzukehren. Als Bergarbeiter könnte er das ja schon mit 50 Jahren.

Und was wollte ich? Auch wenn ich gerne in der Nähe meiner Verwandten und meiner Tochter Linda wohnen würde, das Klima in Kasachstan war schlimmer als hier in Sibirien. Ich fügte mich also, was blieb mir anderes übrig. Auch hier in dem gottverlassenen kleinen Städtchen an der chinesischen Grenze ging das Leben weiter. Wir waren nicht mehr rechtlos. Zudem hatten wir uns ja die Jahre zuvor eine durchaus lebenswerte Existenz aufbauen können. Es gab auch Erinnerungen an die Jahre dort am Ende der Welt, die mich ermutigten, weiterzumachen. Die wollte ich auch nicht vergessen.

***

Nach unserem Umzug ins Dorf 1956 hatte ich mir einen großen Garten angelegt. Und der war mein ganzer Stolz. Kartoffeln, Kürbisse, Gurken und Tomaten wuchsen und gediehen in meinem Garten prächtig. Um unser Essen brauchte ich mir keine Sorgen mehr zu machen. Jetzt wurde es Zeit, sich um andere Dinge zu kümmern. Mein großer Wunsch war damals eine Nähmaschine, um Kleider für die Kinder nähen zu können, Bettwäsche und natürlich Gardinen für die bisher kahlen Fenster in unserer kleinen Hütte.

Im Herbst sammelte ich Beeren, Pilze und Holz. Meine Kinder waren noch klein, ich konnte sie nicht allein lassen, und sie mitzunehmen war auch keine Lösung. Ich trickste sie aus, indem ich sie mit Spielen müde kriegte, sie badete und ins Bettchen steckte. Dann eilte ich, während sie zwei bis drei Stunden durchschliefen, schnell in den Wald, der vor unserer Haustür begann. Eimer für Eimer mit Waldfrüchten brachte ich zum Sammelpunkt.

Irgendwann hatte ich so viel Geld gespart, dass ich mir meinen Traum erfüllen konnte. Die Nähmaschine von Singer war ein Prachtstück. Jede freie Minute verbrachte ich damit, wunderschöne Muster zu nähen. Als einmal die Ärztin kam, um nach den Kindern zu schauen, war sie fasziniert. Jedes Tischchen, jedes Fensterchen war mit einem schönem Stück Stoff geschmückt.

Mein zweitgrößter Wunsch war eine Kuh gewesen. Dafür ging ich abends mit meinem Mann auf Goldsuche. Tagsüber arbeitete er in einer Goldmine, nach Feierabend durften wir privat nach Gold schürfen.

Einmal fanden wir eine so große Goldader, dass wir sie mit unseren Freunden teilen konnten. Da war es so weit. Ich konnte endlich eine Kuh zu unserer Ziege in den Stall stellen. Ein liebes Tier, das gerne schmuste, aber auch sehr anspruchsvoll war. Wenn ich mal ihren Eimer nicht gründlich genug ausspülte, weigerte sie sich, Wasser daraus zu saufen und kippte ihn um. Ich gab mir Mühe, sie nicht zu enttäuschen. Sie war unsere Haupternährerin, sie gab uns die Milch, aus der ich Butter, Käse und Kefir gewann.

Ich hatte mit dem Haushalt genug zu tun. Nele ging

bereits in die Schule. Sie war schüchtern, schweigsam vor Fremden und wurde gleich rot, wenn sie von ihnen angesprochen wurde. Sie war Papas Liebling, sehr auf ihn bezogen, und er hätschelte sie liebevoll. In der Schule hatte sie Schwierigkeiten, und ich nahm mir trotz der vielen Arbeit Zeit, ihr bei den Hausaufgaben zu helfen.

Sascha war ein gesundes, aufgewecktes Kind, kräftig und immer mit roten Wangen. Am liebsten spielte er bei jedem Wetter draußen. Er tobte mit dem Hund, im Winter baute er Schneemänner, im Sommer einen Staudamm im Bach vor unseren Häusern. Ich freute mich, wenn er glücklich lachte; genau das hatte ich mir gewünscht, als mir in seinem Alter so wenig Zeit zum Spielen blieb. Als ich den Haushalt erledigen musste, statt mit Freundinnen zu spielen, und nicht in die Schule durfte.

Einmal beobachte ich meinen Sohn vom Fenster aus, wie er mit seinen Freunden spielte und mir fiel es auf: Sie spielten Krieg. Er war natürlich ein Rotarmist, rannte mit heißem Gesicht über den Spielplatz, schwenkte sein grob selbst geschnitztes Gewehr und drängte einen feindlichen deutschen Soldaten zum Graben. „Gib auf, du elender Faschist!", schrie er. „Dreckiger Deutscher!"

Meine Kehle schnürte sich plötzlich zusammen, ich bekam keine Luft mehr. Mein Sohn konnte nicht wissen, dass er ein halber Deutscher war. Ich hatte ihm das bisher nicht verraten. Ich wollte ihm seine Unbefangenheit nicht rauben. Als Feind zu gelten, Faschist zu sein, darunter hatte ich genug gelitten. Meine Kinder sollten das nicht ertragen müssen.

Natürlich würde es irgendwann in seinem Pass einen Vermerk geben, dass er in einem Verbannungsort geboren wurde. Dort wird ersichtlich sein, dass seine Mutter eine Deutsche ist. Und sein Vater ein Verräter, der lieber in deutsche Gefangenschaft ging, statt sich zu erschießen. *Das ist unser Erbe an ihn*, dachte ich damals, *ungewollt und unausweichlich*. Es würde ihn immer verfolgen, dieser klitzekleine Vermerk in seinem Pass, und ihn damit vieler Möglichkeiten berauben. Kinder der Sondersiedler durften nicht studieren und ihren Ort nicht verlassen.

***

Solche Erinnerungen spornten mich an, nun als freie Bürgerin der Sowjetunion endlich mehr aus meinem Leben zu machen. Vor allem dann, wenn ich manches Mal nachts wach wurde und merkte, dass mein Gesicht tränennass war. Dann lag ich lange neben Doc, versunken in meiner Trauer. Auch nach all den Jahren ließ meine erste große Liebe mich nicht los. In der Stille der Nacht dachte ich, dass die Gefühle, die mich mit Oskar verbanden, viel schöner und intensiver waren als das, was ich für meinen Mann empfand.

Er war ein guter Vater, zweifellos, die Kinder liebten ihn. Er verwöhnte sie auch mehr, als mir lieb war. Aber mich liebte er wohl nicht so, wie ich es bei Oskar erlebt hatte. Er flirtete mit fremden Frauen und ließ sich gerne verführen. Er hatte viel erlebt im Krieg, viel gelitten, und jetzt war die Zeit zum Nachholen. Alles nachzuholen, was ihm viele Jahre lang nicht möglich war. Er war noch jung, in den Dreißigern. Mir war bewusst, dass Männer, egal ob jung oder alt, nach dem Krieg knapp und deswegen von Frauen begehrt und leicht verführbar waren – auch Ehemänner wie meiner. Sie beteuerten zwar, dass solch ein Abenteuer mit Liebe überhaupt nichts zu tun habe, aber die Kränkungen taten den betrogenen Frauen weh, auch mir. Und wenn solcher Schmerz einmal das Herz gefesselt hat, kann ein verächtlicher Blick oder ein Wort reichen, um das familiäre Leben zu zerstören.

Wir waren hungrig nach Normalität und Freundschaften mit fröhlichen Zusammenkünften. Draußen vor unserer Tür lag der Wald, in dem wir im Sommer oft feierten. Selbstgezimmerte Tische und Bänke vor traumhafter Naturkulisse waren unser Festsaal.

Am Anfang war auch ich mit Leib und Seele dabei, bis ich erkannte, dass es bei solchen Feiern nicht nur freundschaftlich zuging. Während wir Verheirateten die Kinder zu versorgen hatten, suchten manche Frauen nur ihren Spaß. Dabei war es ihnen egal, ob ihr Auserwählter verheiratet oder ledig war. Sie flirteten ungehemmt mit jedem, der ihnen zugetan war, und scheuten sich nicht, ihn gleich von der Tischrunde ins Wäldchen zu locken und sich ihm hinzugeben. Sie hatten Nachholbedürfnisse wie die Männer auch.

Welcher Mann sollte da widerstehen? Mein Mann jedenfalls nicht.

Während solcher Feste lief ich zwischendurch nach Hause, um nach den Kindern zu schauen. Die Flittchen warteten auf solche Momente. Schwups ging es ins Wäldchen – und mein Mann oder ein anderer hinterher. Wenn ich wieder da war, tuschelten die Frauen oft miteinander und schauten spöttisch zu mir herüber. Mir entging das alles so lange, bis ich eines Abends meinen Mann und Valeria in enger Umarmung vor der Tür fand. Naiv, wie ich war, ließ ich mich von den beiden anlügen. Sie schilderten die Situation als einen Schwächeanfall von Valeria, der mein Mann als Mediziner angeblich erste Hilfe geleistet habe. Wenn es auch zweideutig aussah, ich ließ mich täuschen, denn die Wahrheit hätte mir wehgetan. Ich verdrängte es einfach.

Heiße Sommertage verbrachte ich oft im kühleren Wald, um Beeren und Pilze zu sammeln. Sobald ich die Kinder schlafend wusste, griff ich nach zwei Eimern und lief los. Einmal fand ich so viele reife Beeren, dass ich durch das ständige Nach-unten-Sehen den Weg verlor.

Als ich mich suchend umschaute, hörte ich etwas. Ein Geräusch, das ganz aus der Nähe zu kommen schien. Hoffentlich kein Bär! Plötzlich überkam mich ein unangenehmes Gefühl. Ich glaubte, Sägegeräusche zu hören, die Baumkronen gingen langsam in meine Richtung zu Boden und drohten mich zu erschlagen. Auf einmal fing ich trotz der sommerlichen Hitze an zu frieren. Ich lehnte mich an einen Baum und schloss die Augen. Vereinzelte Bilder huschten durch meinen Kopf: Eine verrauchte Baracke mit vereisten Wänden, auf den Pritschen ausgedörrte Gestalten, Gestank nach Schweiß, Blut, Kohlsuppe. Ich sah Tote, die nachts leise oder qualvoll gestorben waren, und im Morgengrauen aus der Baracke herausgetragen wurden.

Ich ging auf die Knie, drückte mir die Ohren zu und versuchte, mich der Vergangenheit zu entziehen. Habe ich tatsächlich diesen Alptraum überlebt?

Ich wusste nicht, wie lange ich da gehockt hatte, als ich nur wenige Meter von mir entfernt zwischen den Büschen etwas Rotes sah. Ein Tier war es nicht, aber was konnte es sein? Meine Neugier trieb mich in die Richtung.

Es war ein rotes Kleid, das an einem Ast hing. Ich blieb abrupt stehen. Dieses Kleid kannte ich sehr gut, es gehörte Valeria. Immer noch völlig ahnungslos wollte ich gerade nach ihr rufen, als ich etwas hörte. Es war ein Ächzen und Stöhnen, und gleich darauf sah ich sie. Sie war nicht allein. Mein Mann saß mit geschlossenen Augen an einen Baum gelehnt, die Beine weit vor sich gestreckt, und auf seinem Schoß saß Valeria. Dabei rieben sie ihre Hüften rhythmisch aneinander. Ich vergaß zu atmen. Wie erstarrt schaute ich ihrem Treiben zu.

Nein, ich empfand in diesem Moment keinen Groll, keine Eifersucht oder den Wunsch, zu ihnen zu gehen, die beiden zu verwünschen, sie zu ohrfeigen, anzuspucken oder anzuschreien. Das, was ich sah, erinnerte mich an etwas, was ich selbst mit Oskar erlebt hatte. Es war so lange her. Sommer, Wald, Vogelgezwitscher und wir beide, mein Oskar und ich. Mit ihm konnte ich mich auch so vergessen, wie die zwei auf dieser sonnigen Waldlichtung direkt vor meinen Augen.

Hinter mir erklang leichtes Rascheln, ein Hase lief vorbei, und die beiden schauten automatisch in diese Richtung. Ich erstarrte. Ich wollte nicht entdeckt werden. Dann leises Flüstern und das Liebesspiel ging weiter. Ich entfernte mich leise rückwärts. Sobald ich den verlorenen Weg wiederfand, hastete ich nach Hause.

Die Kinder schliefen noch. Ich setzte mich an den Küchentisch und schaute mich um in meinem bescheidenen Zuhause. Die Tischdecke, die ich mit Hingabe liebevoll bestickt hatte; gestärkte und gebügelte Gardinen. Unser Bett, auf der die von mir selbst genähte Decke lag. Ein Bett, auf dem unsere drei Kinder gezeugt wurden.

Ein unerklärlicher Gemütszustand befiel mich, und mir erschien alles fremd. Ich stellte mir vor, von hier weg zu gehen, nur mit den Kindern. Zu meinen Verwandten nach Kasachstan könnte ich fahren. Zu meiner

Tochter. Einen Pass hatte ich endlich und ich durfte verreisen. Und mein Mann könnte seine Geliebte heiraten.

Der Gedanke gefiel mir. Ich schaute mich um: Was könnte ich mitnehmen? Kindersachen, meine paar Kleider, Unterwäsche. Viel hatte ich nicht. Und das, was ich hatte, war von mir selbst genäht. Ich hatte von Mama gelernt, mit der Nähmaschine umzugehen. Mama hatte für uns einfache Wäsche aus alten Bettlaken oder aus grober Baumwolle genäht, die sie auf dem Markt in der Stadt erschwingen konnte, aber für sich und ihre jüngere Schwester schneiderte sie elegante, sogar moderne Kleidungsstücke. Das war ihr im Gymnasium beigebracht worden. Nach dem ersten Weltkrieg gab es kaum Kleidung zu kaufen.

Der freie Handel, der in den Jahren der Neuen Ökonomischen Politik auflebte, war ja schnell wieder verschwunden. Als auch der Schwarzmarkt verfolgt wurde, blieben den Frauen nur Herrenunterhosen aus dunkelblauem Satin oder grauem Trikotstoff, die scheußlich aussahen.

Erst nach dem zweiten Weltkrieg lieferten die Alliierten nicht nur Schmorfleisch und Mais in Dosen nach Russland, sondern auch Kleidung. Darunter gab es weiche Damenunterhosen, Leibchen aus Wolle und sogar weiche Pantalons aus zarter chinesischer Seide. Die gab es in verschiedenen Farben: himmelblau, rosa und weiß. Sie wurden mit Seitenschlitzen, Leisten und Knöpfchen verziert. Was für eine Pracht! Und Frauen, die es leid waren, jahrelang die Liebestöter getragen zu haben, standen in langen Schlangen, manchmal die halbe Nacht hindurch, um diese Kostbarkeiten zu ergattern.

Unser Dorf erreichten solche Lieferungen nicht, oder sie waren unter Funktionären für deren Gattinnen aufgeteilt worden. Wir bekamen auf jeden Fall nichts davon, es sei denn, jemand hatte Beziehungen. Beziehungen waren eben immer schon die besten Zahlungsmittel. Eine Freundin vermittelte mir ein paar Pantalons in rosa und blau, aber ich hatte sie nie angezogen und sie mir für den Fall aufgehoben, dass ich mal ins Krankenhaus müsste.

Ich wühlte im Kleiderschrank, der genauso überschaubar war, wie unser Inventar insgesamt, und wickelte verborgene Schätze aus. Ich zog mich vorm Spiegel aus, mein altes ausgebeultes Hauskleid, die ausgewaschene Unterhose, und betrachtete mich nackt im Spiegel. Mein Gesicht war noch etwas rot von der Aufregung, und die Haare hingen mir wirr um den Kopf herum, garniert mit ein paar kleinen Blättern und Aststückchen. Ein unschönes Bild!

Vor allem erschrak ich darüber, wie dünn ich wieder geworden war. Drei Geburten und die viele Hausarbeit hatten mich ausgezehrt. Ja, ich konnte verstehen, warum mein Mann andere, attraktivere Frauen begehrte. Aber woher hatten diese Frauen die Zeit und das Selbstbewusstsein, sich zu pflegen? Und woher die hübschen Kleider? Was machte ich falsch?

Die Kinder wachten auf, riefen nach mir: „M-a-a-a-ma!" Ich versteckte die Unterwäsche im Schrank, zog mir ein frisches Kleid an – leider auch nicht viel attraktiver als das abgelegte – aber ich hatte im Moment kein anderes. Ich versprach mir fest, die Sache zu überdenken. Es musste sich etwas ändern.

Über das im Wald Gesehene wollte ich so lange schweigen, bis ich mir meiner Entscheidung sicher war.

Ich war immer noch nicht böse auf meinen Mann, vielleicht liebte er diese Frau so, wie ich Oskar liebte – geliebt hatte. Ich war mir nicht sicher, ob ich Oskar noch liebte. Es war so lange her. Ich wusste nur, meinen Mann liebte ich nicht. Oder doch? Warum sonst tat es so weh bei dem Gedanken, ihn verlassen zu müssen? War es die Angst vor der ungewissen Zukunft?

Dann dachte ich an den letzten Brief meiner Schwester Irene. Sie hatte mir geschrieben, dass es ihr in Kasachstan noch schlimmer zugehe als sie es von uns höre. Auf Kosten der Kollektivbetriebe würde die Erholung der Wirtschaft betrieben, aus ihnen würde alles herausgepumpt, nicht nur der erarbeitete Gewinn, sondern auch viel für die Produktion Notwendiges. Auch privat ginge es rabiat zu. Wenn es in der Familie eine Kuh gab, seien Steuern in Höhe des Preises für 16 Kilogramm Butter fällig. Wer Schafe, Hühner oder Kälber besaß, müsse dem Staat 2 Kilogramm Wolle, 80 Eier, 40 Kilogramm Fleisch abgeben. Irene beklagte sich, dass für ihre Familie nichts übrig bliebe und ihre fünf Kinder zu verhungern drohten. Nein, dorthin mit den Kindern vor meinem Mann und seiner Geliebten zu fliehen, wäre glatter Unsinn.

Die Kinder waren ausgeschlafen und vergnügt, und sie hatten Hunger. Ich kochte Kürbissuppe mit Weizengrieß und Milch. Das aßen sie gerne. Mein Mann auch. Als er gut gelaunt erscheint, laufen die Kinder zu ihm, bekriegen sich um den besten Platz an seiner Seite: Schoß, Rücken und Bein sind beliebte Kuschelplätze. Er wehrt sich nicht und lacht vergnügt.

Jetzt nicht ansprechen. Nicht heute. Ich wollte sein Glück nicht zerstören. *Vielleicht morgen? Oder übermorgen.* Wann würde ich den Mut aufbringen?

Langsam merkte ich, wie der Kloß in meiner Kehle verschwindet. Ich konnte wieder freier atmen. Die Trauer wich einem anderen Gefühl: Ich lebte, ich hatte Glück gehabt, das alles zu überstehen, ich hatte hier eine Aufgabe. Ich wollte für alle, die es nicht schaffen konnten, weiterleben, meine Kinder großziehen, Gemüse und Blumen züchten, Freundschaften schließen. Ja, das würde ich tun.

Beim nächsten Fest beobachtete ich Valeria, die übertrieben laut lachte, übertrieben draufgängerisch mit den Männern flirtete und so tat, als ob sie meinen Mann nicht kenne. Aber heute registrierte ich die verstohlenen Blicke, die die beiden austauschten. Trotz meiner Entschlossenheit, mich zu beherrschen, nicht eifersüchtig zu werden, traf es mich hart, und ich überlegte, nach Hause zu gehen. So kaltschnäuzig war ich nun doch nicht, dass ich diese Situation ohne Schmerz ertragen konnte. Sie belastete mich seelisch deutlich mehr, als ich mir gedacht hatte. Ich wusste ja, sobald ich nicht da wäre, würden die beiden gleich hinter dem nächsten Busch verschwinden, die Anwesenden würden über sie tuscheln und über mich lachen. Also blieb ich.

Da stieß mich jemand von der Seite an. Mascha setzte sich zu mir. Sie war Mitte dreißig, schlank, schwarzhaarig und selbstbewusst. Sie und ihr Mann wohnten noch nicht lange in unserem Dorf und wir kannten uns nicht gut. Man munkelte, Mascha sei eine Kriminelle. Mir war es gleich. Ich hatte im Krieg viele Frauen dieser Sorte kennengelernt, nicht alle waren schlechte Menschen.

Mascha zog an ihrer selbstgedrehten Zigarette und pustete mir den Qualm direkt ins Gesicht. Ich stand auf und wollte mir einen anderen Platz suchen. „Warte," hielt sie mich zurück. Sie hatte mich noch nie angesprochen. Was wollte sie?

„Und wie lange willst du diese Komödie mitspielen?" Ich wusste sofort, was sie meinte.

In ungewollt selbstmitleidigem Ton rutscht mir die bittere Antwort raus: „Was soll ich denn machen? Ich habe schon überlegt, mit den Kindern wegzuziehen. Soll er doch mit dem Flittchen glücklich werden!".

„Und wohin?" – „Zu meinen Verwandten." – „Aha, und was werden deine Verwandten sagen, wenn du den Kindern den Vater wegnimmst?"

Vor dieser brutalen Offenheit schreckte ich zurück. Ja, was würden sie wohl sagen? Linda ist ohne Vater groß geworden, und jetzt noch drei weitere Kinder ohne Vater. Ich war den Tränen nahe. Mascha legte ihre warme Hand auf meine und drückte leicht zu. „Ich werde dir helfen, vertraue mir."

Mascha übernahm das Ruder und ließ die Sache mit meinem Mann und Valeria platzen. Es wurde eine unschöne Geschichte daraus. Aber sie brachte auch Klarheit in unsere Ehe.

Valerias Mann war Jäger, er besaß ein Jagdgewehr. Er war jünger als mein Mann. Ich verstand nicht, was Valeria an meinem Mann so faszinierte, dass sie bereit war, mit ihm das Weite zu suchen. Aber das musste ich auch nicht verstehen. Wohin die Liebe fällt und warum gerade dorthin, darüber zerbricht sich die Menschheit seit ewigen Zeiten den Kopf. Doch die Tatsache, dass mein Mann offenbar bereit war, uns zu verlassen, traf mich hart. Seine drei Kinder, die er so liebte! Unfassbar!

Als seine Affäre mit Valeria im Dorf bekannt war, sprach ich meinen Mann endlich an. Er gab seelenruhig zu, dass es wahr sei und dass er plane, mit Valeria nach Süden in ihre Heimat zu ziehen

„Und die Kinder? Was sagst du den Kindern?"

„Ich weiß noch nicht." Seine Stimme versagte, es kam mir so vor, als ob ihm dieser Gedanke weh tat. Aber ich war so wütend, dass ich knallhart blieb. „Na, dann klären wir es doch sofort."

Ich rief die Kinder in die Küche und teilte ihnen mit: „Euer Papa verlässt uns. Er wird von hier wegziehen."

„Und ich?", fragte Sascha, er war den Tränen nah. „Ich möchte mit!"

Mein Mann, den ich in diesem Moment am liebsten umbringen wollte, breitete die Arme seinem Sohn entgegen aus: „Wenn du willst, kannst du mitkommen."

Sascha nickte heftig. Ich war vom Verrat meines Sohnes so überrumpelt, dass ich noch wütender wurde. Ich drehte mich zu beiden Töchtern um: „Und ihr? Wollt ihr auch mit Papa gehen?"

Die kleine Ludmilla flennte laut und versteckte ihr Gesicht in meinem Schoß. Nele schwieg, aber sie schüttelte kräftig mit dem Kopf und versteckte sich hinter meinem Rücken. Mein Mann schaute mich vorwurfsvoll an und sagt versöhnlich: „Kinder, geht ins Bett, wir werden es noch mit Mama besprechen."

Dann saßen wir beide in der Küche und schwiegen. Wir wussten selbst nicht, wie wir das Problem lösen sollten. Es tat uns beiden weh. Ob es nur wegen der Kinder war oder etwas anderes dahinter steckte?

Plötzlich hörten wir lautes Weinen, und kurz darauf lief unser Sohn in die Küche. Mit einem kleinen Koffer, in dem er seine wenigen Spielsachen aufbewahrte. Hinter ihm waren laute Schreie zu hören. „Wir wollen nicht mit dir spielen! Du bist ein Verräter! Du gehst mit Papa weg!" Ein kleiner Gegenstand flog Sascha hinterher. Mir zerriss es das Herz. Die Kinder wären die Verlierer in unserem Ehekrieg. Das wollte sicher keiner von uns.

In diesem Durcheinander klopfte es heftig an unsere Haustür. Wer sollte wohl so spät noch kommen? Es war schon nach zehn in der Nacht. Mein Mann wurde bleich im Gesicht, als unter kräftigen Schlägen an der Tür gerüttelt wurde und eine Männerstimme laut brüllte: „Komm raus, du Hurensohn! Ich schieße dir jetzt ein Loch in deinen Schädel!"

Mein Mann deutete mir ohne Worte, ich solle mit den Kindern ins Schlafzimmer gehen und die Tür hinter mir abschließen. So hasste ich meinen Mann nun aber auch nicht, es zuzulassen, dass ihm jemand ein Loch in den Kopf schießt. Ich zog meinen Mann am Arm Richtung Schlafzimmer, schob Sascha hinterher und schloss die Tür. Dann öffnete ich die Haustür, die bereits drohte, an den Schlägen auseinander zu brechen, und schrie: „Was soll das? Was machen Sie hier und warum jagen sie meinen Kindern solche Angst ein – mitten in der Nacht! Ich rufe jetzt die Polizei!"

Valerias Mann war so in Rage gekommen, dass er mit der Brüllerei nicht aufhören konnte. Er schwenkte sein Gewehr hin und her und rief wütend: „Wo ist das Schwein? Ich bring ihn um!"

Er war groß und kräftig wie ein Bär, aber ich hatte keine Angst vor ihm. Überhaupt kam mir alles plötzlich so komisch vor, dass ich mir Mühe geben musste, nicht zu lachen. Der gehörnte Ehemann war stockbesoffen und hielt sich nur mit Mühe aufrecht. Das hier, Kinder und die unschuldige Frau erschrecken, das wollte er nicht. Seine blutunterlaufenen Augen füllten sich mit Tränen.

„Er ist nicht da!", versuchte ich ihn zu beruhigen. „Und jetzt verschwinde!" Dann konnte ich mir aber nicht verkneifen, hinzu zu setzen: „Geh doch zu deiner Frau, sie weiß bestimmt, wo er ist!"

„Ich liebe meine Frau. Ich lasse es nicht zu, dass sie mich verlässt!" Die ersten Tränen rollten über sein Gesicht.

„Das musst du aber nicht mir, sondern ihr sagen!" Ich fasste ihn an der Schulter und drückte ihn sanft weg von der Tür. „Geh nach Hause und rede mit ihr. Ich muss mich jetzt um meine Kinder kümmern."

Ich schlug ihm die Tür vor der Nase zu, lehnte mich von innen an sie und fing an zu lachen. Ich versuchte, unsere Situation aus einem anderen Blickwinkel zu betrachten, und sie erschien mir mit einem Mal urkomisch. Ich verstand, es war meine Anspannung der letzten Tage und Stunden, sie löste sich plötzlich in ein befreiendes Lachen auf.

Auch in den nächsten Tagen fühlte ich mich nicht mehr so elend wie vor dem Zwischenfall mit Valerias Mann. Ich wurde von der Polizei befragt, was sich genau an dem Abend an unserer Haustür abgespielt hatte. Denunzianten hatten ihre vermeintliche Pflicht getan, die Polizei wurde gleich am nächsten Tag über den Vorfall informiert. Aus meiner Sicht zu diesem Zeitpunkt unnötigerweise, denn wenn es böse geendet hätte, wäre die Polizei zu spät gekommen.

Als ich den Jäger in der Wache traf, machte er einen jämmerlichen Eindruck, blass und zitternd schaute er mich schuldbewusst und reumütig an. Dabei konnte ich keinen Groll auf ihn haben. Er war noch so jung und so verliebt in seine Frau. Ich verzichtete auf die Anzeige, obwohl die Polizei mich dazu überreden wollte. Nein, ich wollte nicht, dass Liebende bestraft werden, auch mein Mann und Valeria sollten ihren Weg gehen können. Ich hatte mich damit abgefunden, mit den Kindern allein zu bleiben. Auch Sascha würde ich nie im Leben in die Hände einer Stiefmutter abgeben. Nein, das nicht. Kinder brauchen ihre Mutter. Aber dann ist alles ganz anders gelaufen, als ich es mir vorgestellt hatte. Mein Mann machte keine Anstalten, mit Valeria wegzugehen. Er nahm sich Urlaub und vertiefte sich in die Gartenarbeit. Es war Frühling, Zeit zum Umgraben, Kartoffeln und Gemüse wollten eingesetzt werden. Ich hatte alle Hände voll zu tun, da kam mir seine Hilfe recht.

***

Es mussten etwa vier Wochen seit dem Vorfall vergangen sein, als ich beim Umgraben eine kleine Trinkpause einlegte. In diesem Moment sah ich Valeria unsere Straße entlanggehen. Ihr Blick suchte die Augen meines Mannes, sie drosselte ihren Schritt und blieb dann stehen.

Ich schaute meinen Mann an, er grub mit gesenktem Blick weiter und beachtete sie nicht. *Welch ein trauriges Spiel*, dachte ich. *Sie liebt ihn noch! Und er? Wie sieht es bei ihm aus? Soll ich ihn fragen?* Aber das war nicht nötig. Als Valeria ihren Weg wieder fortsetzte, legte er den Spaten weg und nahm seine Trinkflasche. Er hatte meinen fragenden Blick wohl gespürt, kam näher zu mir und sagte leise: „Ich weiß selbst nicht, was mit mir los war. Ich war wie besessen von ihr."

Er schüttelte mit dem Kopf, als ob er irgendetwas Lästiges entfernen wollte. „Heute kann ich sie nicht mehr sehen. Sie ist mir zuwider. Sie wollte mir meine Kinder wegnehmen."

Als wir darüber sprachen, war es das letzte Mal. Mascha freute sich mit mir. Mit einer solchen Auflösung hatte sie selbst nicht gerechnet. Wir sprachen noch oft und lange darüber und auch davon, was wohl aus Valeria und ihrem Mann werden sollte. Mascha versprach, alles auszukundschaften und mir darüber zu berichten. Und das tat sie auch.

Valeria hatte angeblich meinen Mann verzaubert! Ja, mit Hilfe einer Kräuterhexe und ihrem Zaubertrank! Damals glaubten wir an solche Tricks. Die Hexe kreierte aus verschiedenen Kräutern, Tierknochen, Haaren und sogar Blut einen süffigen Likör, der einen zu bezirzenden Mann verzaubern sollte, sich unsterblich in die Auftraggeberin zu verlieben. Das Wichtigste dabei war, dass der Trunk regelmäßig zur Anwendung kam, damit das Ganze funktionierte.

Nach dem Überfall vor unserer Wohnung, der eine hässliche Kerbe von dem Gewehrkolben in der Tür hinterließ, hatten die Verliebten sich ein paar Wochen nicht gesehen. Es wäre auch ziemlich unklug gewesen, den gehörnten Ehemann weiterhin zu reizen. Vielleicht hatte das gereicht, dass der Zaubertrunk nicht mehr wirken konnte? Dieses Liebesabenteuer meines Mannes war damit jedenfalls beendet.

Aber das letzte war es nicht. Was mich betraf, hatte ich gelernt, damit umzugehen. Ich vertiefte mich in unseren Haushalt und die Kindererziehung. Aber das Ganze löste in mir eine Sehnsucht nach schönen bunten Kleidungsstücken und chinesischer Seidenunterwäsche aus. Auch wenn sie nach wie vor kaum zu bekommen waren.

Erst später, nachdem ich in das Land meiner Vorfahren ausreisen durfte, war es mir vergönnt, meine Sehnsucht nach hübschen Kleidern, Plisseeröcken und seidener Unterwäsche zu stillen. Ich konnte mir Dutzende davon in verschiedenen Farben kaufen. Jahrzehnte zu spät, konnten sie mir doch im Alter nicht die Freude bereiten, die ich als junge Frau daran gehabt hätte. Aber das gehört in eine ganz andere Geschichte.

26

Ja, das gehört in die Geschichte, die gleichzeitig auch die meiner glücklichen Jugend in Georgien ist, der Heimat meines Vaters, wohin die Familie noch in den Sechzigern zog. Von unserem Leben dort, von der Reise mit Mama in meinem ersten Auto auf den Spuren ihrer Vergangenheit.

Eine Geschichte auch von der gemeinsamen Ausreise 1992 nach Deutschland, dem Land ihrer Vorfahren – getrieben von der Furcht vor dem Bürgerkrieg in Georgien – und auch davon, wie dankbar sie ihrem Herrgott für das Geschenk war, die letzten beiden Jahrzehnte hier in Deutschland verbringen zu dürfen, bevor sie zu ihm gerufen wurde: mit 98 Jahren bei klarem Geist und fest verwurzelt in ihrem Glauben.

Ein Schriftstück aus Mamas Kästchen gehört allerdings noch hierher: In Mamas Unterlagen fand ich einen Zeitungsabschnitt. Das Papier war vergilbt, und stünde dort auf dem Rand nicht das Datum und der Zeitungsname, meine Suche wäre ins Leere gelaufen. Es war die Zeitung „Neues Leben" von 1969 mit einer kurzen Suchanzeige:

„Gesucht: Oskar Fuhrmann, geb. 1909."

Die Antwort sollte an Alma Peel gesendet werden. Postlagernd, wohl damit eine Antwort nicht zufällig in Papas Händen landen sollte.

An einen Besuch von Mamas Cousine in dieser Zeit kann ich mich erinnern. Sie brachte diese Zeitung mit. Nach Stalins Tod durften wieder einige deutsche Publikationen erscheinen: 1955 „Rote Fahne" im Altai und 1957 „Neues Leben" in Moskau. Die Cousine hatte sofort „Neues Leben" abonniert und dort nach ihrer verschollenen Verwandt-

schaft gesucht. Ich war 17 damals und erinnere mich an aufgeregte Gespräche auf Deutsch zwischen Mama und ihrer Cousine, von denen ich damals kein Wort verstand. Sie wollten wohl auch, dass keiner außer ihnen mitbekam, um was es dabei ging.

Aber nachträglich hat mich dieser Zeitungsausschnitt sehr stark berührt. 1969 – nach dreiunddreißig Jahren ihrer Trennung von Oskar – war sie immer noch auf der Suche nach ihm! Schade, dass ich mich damals so wenig dafür interessiert habe, was für Mama offenbar bis an ihr Lebensende so wichtig war. So muss auch meine Frage, warum sie mir damals nichts drüber erzählt hat, unbeantwortet bleiben.

Hier fehlt nun nur noch der Blick auf die Weiterführung ihres zuletzt geschriebenen Briefes an Oscar, der sicher nicht ohne Absicht ganz oben in dem Kästchen mit der Hinterlassenschaft meiner Mutter lag:

„24. Dezember 2014 (kurz vor Mitternacht)
Lieber Oskar,
der heutige Weihnachtstag ist für mich ein ganz besonderer Tag, ein Tag der Offenbarung. 77 Jahre in Ungewissheit mussten vergehen, um endlich die Wahrheit über dich und unsere Trennung zu erfahren.

Zum Heiligabend war ich wie jedes Jahr bei meiner Tochter Milla eingeladen. Ich durfte mit den Kindern, Enkelkindern und Urenkelkindern feiern. Ich bekam ein in schönes buntes Geschenkpapier gewickeltes und von mir heiß ersehntes Buch. Ich hatte es dann eilig, nach Hause zu gehen, allein zu sein und in dem Buch zu stöbern. Eine Ahnung erfasste mich: Dieses Mal würde ich deine Spur finden.

Ich habe mich nicht darin getäuscht. Die Offenbarung traf mich wie ein Blitzschlag: Ich fand im Buch *eine Seite mit der Auflistung von Opfern des Stalinismus in der Region Wolynien. Dort fand ich es schwarz auf weiß:*

Fuhrmann, Oscar; *1909;
verhaftet 1937;
hingerichtet 1938.

Mein Bauch zog sich zusammen, und die Kehle schnürte sich mir zu. Aber das Herz hüpfte in meiner Brust. Auch jetzt, da ich diese Zeile noch mal und noch mal lese, rast mein Herz wie wild und ich möchte laut schreien, aber ich drücke meine Hand auf den Mund und beiße daran.

Du bist erschossen worden. Erschossen!

Das Wort pocht in meinen Schläfen, hämmert in meiner Brust, verklebt mir den Gaumen. Du hast mich nicht verlassen. Du konntest mich nicht verlassen, denn du wurdest gehindert, zu mir zu kommen.

Ich lege das Buch zur Seite und schließe meine Augen. Ich versuche mir vorzustellen, woran du damals dachtest, als du an der Wand standest, mit nur 28 Jahren zum Tode verurteilt, deine Mörder vor dir. Was ging dir durch den Kopf in dieser letzten Minute? Deine trockenen, zerplatzten Lippen flüsterten kein Gebet, das weiß ich, du warst nicht gläubig.

Flüstertest du meinen Namen? Den Namen deiner Tochter? Deiner Mutter? Oder versuchtest du verzweifelt zu verstehen, weswegen du dort stehst, wer dich denunziert hat. Du kannst doch nichts Schlimmes getan haben! Wer wollte Dir Böses? Ja, so muss es gewesen sein: Dich trifft keine Schuld!

Und wo war dein Held und Führer Stalin, an den und an dessen Ideale du einmal glaubtest? Du wolltest doch nur leben, als Lehrer Kinder unterrichten, lachen,

lieben, deine Tochter aufwachsen sehen.
Hast du die Kühle der Kugeln gespürt?
Ich werde es niemals erfahren; in der wenigen Zeit, die mir noch bleibt, wird mich die Frage quälen: Warum?"

Nachweise

*https://www.bpb.de/izpb/192772/tauwetter-unter-nikita-chruschtschow

*http://www.russlanddeutschegeschichte.de/geschichte/teil2/wirtschaftlich/deportation.htm

*https://rd.institut-fuer-digitales-leben.de/mbook/6-fremde-und-feinde-die-russlanddeutschen-im-20-jahrhundert/61-zwischen-den-fronten-russlanddeutsche-im-ersten-weltkrieg/

*https://de.wikipedia.org/wiki/Februarrevolution

*(aus dem Archiv der Russlanddeutschen Geschichte)

*https://chroniknet.de/extra/was-war-

*https://de.rbth.com/kultur/geschichte/2017/08/30/zwangskollektivierung-in-der-udssr-komm-zu-uns-

Die Autorin

Ludmilla Dümichen ist eine deutsche Autorin mit russisch-georgischen Wurzeln. Sie lebt seit 1992 in Deutschland, heute in Bad Sassendorf.

Mit Vierzig eine neue Sprache zu lernen, war ihre große Herausforderung. Schon als Kind wollte sie Geschichten schreiben, später Journalistin werden.

Inzwischen hat sie mehrere Bücher in deutscher Sprache veröffentlicht.

Seit 2013 schreibt sie als Redaktionsmitglied für das Soester Magazin Füllhorn. Ihr Motto lautet: Die besten Geschichten erzählt das Leben.

Bisher erschienen:

Bittere Bonbons

Millas Lebensweg führte sie als Vierzigjährige nach Deutschland. Hin- und hergerissen zwischen Sibirien, Georgien und Deutschland erzählt sie in diesem Werk ihre Erlebnisse, und wie sie sich nun als „angekommen" sieht. Der Themenbogen der Geschichten ist weit gespannt. Leser/innen spüren ihre Lust und Freude, in einer neu erlernten Sprache die Herrlichkeiten aber auch die Traurigkeiten des Lebens zu erzählen.

Pustekuchen und andere Delikatessen

Auch das zweite Buch von Milla Dümichen schrieb das Leben. Mit 66 steht sie noch mittendrin und weiß immer wieder Spannendes zu berichten. Das bestätigen ihre begeisterten Leser/innen. Kein Wunder, sie wurde weit im Osten Russlands an der chinesischen Grenze geboren. In diesem Buch gibt sie uns weitere Einblicke über ihren Lebensweg, der sie über tausende Kilometer mit ihrem Lada durch Asien und mit einem alten Opel Rekord durch Europa führte, begleitet von ihrer furchtlosen alten Mutter, ohne Navigation und Straßenkarten. Dieses Buch ist voller Anregungen für Menschen, die den Herausforderungen des Lebens auch positiv begegnen.

ISBN: 978-3-96111-930-1   ISBN: 978-3-7528-6724-4

Herbstrauschen

Was machen alleinstehende 65-jährige Damen, die sich einen Partner wünschen? Die nach der zunehmenden Arbeitsverdichtung der letzten Jahre ihrer beruflichen Tätigkeit in der bodenlosen Leichtigkeit des Ruhestands versinken, der zwar wohlverdient, aber trotz allem irgendwie menschenleer ist.
Ironisch und mit klarem Blick auf die häufig unbarmherzigen Alltäglichkeiten begleitet Milla Dümichen ihre Protagonistin auf ihrer Suche nach dem passenden Partner durch den Dschungel von Online Dating & Co.

ISBN-13: 9783750400177

Spätlese&Eiswein

Liebe ist eine schwere Geisteskrankheit, das wusste bereits Platon. Dieser Konflikt zwischen Herz und Verstand lässt die Menschen bis in die heutige Zeit nicht ruhen. So untersuchten Hirnforscher die Hirnaktivitäten frisch Verliebter und fanden heraus, dass Liebe tatsächlich blind und süchtig macht. Heldinnen und Helden dieser Kämpfe zwischen Herz und Verstand sind im Allgemeinen junge Menschen. Das Buch entstand in Zusammenarbeit mit Eva von Kleist.

Teil 1: ISBN-13: 9783752625875

Teil 2: ISBN-13: 9783752620351